焦裕禄在洛矿原办公楼前留影

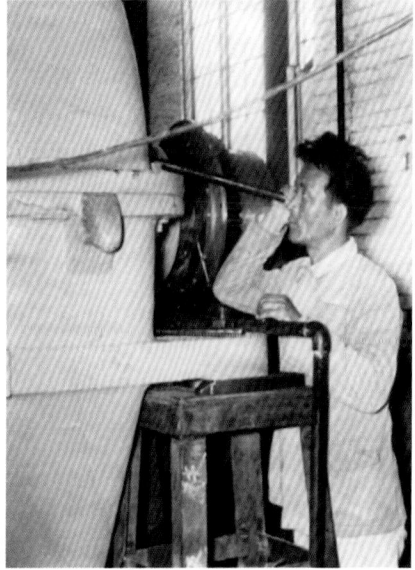

焦裕禄检查减速器运转情况

焦裕禄（左4）与苏联专家雅辛斯基检查机床设备

焦裕禄（左4）和前来厂部报喜的职工合影

在会战2.5米双筒提升机的日子里，焦裕禄曾在这个长条凳上睡过50多个夜晚

焦裕禄（前排左5）与车间工人、技术人员、苏联专家在我国第一台直径2.5米双筒提升机前合影留念

焦裕禄铜像

中信重工焦裕禄大道

2014年"七一"前夕，中信重工千名党员在焦裕禄铜像前重温入党誓词

河南省中共党史教育基地——中信重工焦裕禄事迹展览馆
已成为传承红色基因、践行初心使命的共有精神家园

电视连续剧《焦裕禄》在中信重工举行开拍仪式

建党 100 周年重点献礼影片《我的父亲焦裕禄》在中信重工举行开拍仪式

2020 年 5 月 14 日，是焦裕禄逝世 56 周年纪念日，焦裕禄的二女儿焦守云在中信重工焦裕禄铜像前向父亲敬献花束

传承

CHUANCHENG

写给焦裕禄的书简

骆自星　著

人民日报出版社

北　京

图书在版编目（CIP）数据

传承 / 骆自星著 . -- 北京：人民日报出版社，
2022.7

ISBN 978-7-5115-7371-1

Ⅰ.①传… Ⅱ.①骆… Ⅲ.①报告文学—中国—当代
Ⅳ.① I25

中国版本图书馆 CIP 数据核字（2022）第 097493 号

书　　名：传承
　　　　　CHUANCHENG
作　　者：骆自星

出 版 人：刘华新
责任编辑：刘　悦
封面设计：耕者设计工作室

出版发行：人民日报出版社
社　　址：北京金台西路 2 号
邮政编码：100733
发行热线：（010）65369527　65369509　65369512　65369846
邮购热线：（010）65369530　65363527
编辑热线：（010）65363105
网　　址：www.peopledailypress.com
经　　销：新华书店
印　　刷：三河市龙大印装有限公司
法律顾问：北京科宇律师事务所　010-83622312

开　　本：710mm×1000mm　　1/16
字　　数：280 千字
印　　张：20
版次印次：2023 年 1 月第 1 版　2023 年 1 月第 1 次印刷

书　　号：ISBN 978-7-5115-7371-1
定　　价：78.00 元

引子

魂飞万里，盼归来，此水此山此地。百姓谁不爱好官？把泪焦桐成雨。生也沙丘，死也沙丘，父老生死系。暮雪朝霜，毋改英雄意气！

依然月明如昔，思君夜夜，肝胆长如洗。路漫漫其修远矣，两袖清风来去。为官一任，造福一方，遂了平生意。绿我涓滴，会它千顷澄碧。

捧读习近平同志时任福州市委书记期间发表的《念奴娇·追思焦裕禄》，我心潮澎湃，心情久久不能平静。

我是从长篇通讯《县委书记的榜样——焦裕禄》"认识"焦裕禄的。"焦裕禄"三个大字，深深地刻在我的青春里。入职洛阳矿山机器厂后，我惊奇地得知脚下竟是焦裕禄奋斗过的一片红色热土——他曾在这里工作和生活了9年。

9年，人生能有几个9年！

焦裕禄的一生为党和人民工作了18年，其中在兰考475天，在洛阳矿山机器厂的9年占据了他参加革命工作后一半的时间。

有了这9年在大工业熔炉的锤炼，人们就更加能够理解焦裕禄后来在兰考治理"三害"是何等驾轻就熟。

　　我走近当年与焦裕禄一起工作过的洛矿工人、干部，他们一个个深情地传颂着与他并肩战斗的那3000多个日日夜夜。我被工业战线上的焦裕禄震撼了。

　　焦裕禄先后担任洛矿筹建处资料办公室秘书组副组长、工程科副科长、一金工车间主任、生产调度科科长、厂党委委员等职务。

　　在这里，焦裕禄从一个革命者转型成为一个建设者，亲历了新中国第一批被誉为"共和国长子"的重点工业企业的建设；在这里，善于钻研、迎难而上的他，从农村基层干部成长为新中国知识型的工业管理人才，带领职工制造出国内首台直径2.5米的双筒提升机，这台额定使用年限20年的机器，后来一直坚持服役了49年……

　　历经半个世纪的建设与发展，昔日的洛矿已改制为中信重工机械股份有限公司，成长为中国最大的重型装备企业之一，国家级创新型企业和高新技术企业，A股上市公司，全球最具竞争力的矿山装备供应商和服务商，国内最大的特种机器人研发与产业化基地。

　　2009年3月31日，时任中共中央政治局常委、中央书记处书记、国家副主席习近平到河南视察，第一站就到了中信重工。

　　中信重工焦裕禄大道，春和景明，满眼新绿。焦裕禄铜像神采奕奕，目带笑意。

　　习近平同志对于焦裕禄，有着一种特殊的情感。读初中一年级时，他听了焦裕禄肝癌晚期用棍子顶着肝部坚持工作，把藤椅顶出一个大窟窿的故事，受到深深震撼。从那一天起，焦裕禄勤政为民、无私奉献的高大形象，就牢牢矗立在他心中。陕北七年知青岁月，入清华大学深造，在中央军委机关工作，主政地方，进入党中央领导层，漫漫征途中，一直有焦裕禄的影子伴随。

　　习近平同志在焦裕禄铜像前驻足凝视。他参观了焦裕禄事迹展室，听取了焦裕禄同志在洛矿长达9年的工作生活情况汇报，语重心长地说："一个人的精神不是一朝一夕形成的。焦裕禄在洛矿工作的9年，是焦裕禄精神形成的重要时期。我们这一代人都是在焦裕禄精神的影响下成长起来的。"

随即，习近平同志专程奔赴兰考县焦裕禄纪念园拜谒焦陵，看望了焦裕禄的家人，深情回顾了向焦裕禄同志学习的亲身经历和感悟，并把焦裕禄精神精辟地概括为"亲民爱民、艰苦奋斗、科学求实、迎难而上、无私奉献"。

也正是这次视察，把焦裕禄同志革命工作中最重要的两个地方——洛矿和兰考联系了起来，也让焦裕禄这个光辉形象更加充实、丰盈、生动。

2014 年 3 月 17 日至 18 日，中共中央总书记、国家主席、中央军委主席习近平在河南省兰考县调研指导党的群众路线教育实践活动。

焦裕禄的二女儿焦守云在《我的父亲在洛矿》一文中记述——

2009 年 4 月 1 日，习近平同志专程来到兰考，瞻仰焦裕禄纪念碑，参观焦裕禄事迹展，并来到我母亲徐俊雅生前居住的地方，看望了我们兄弟姐妹等亲属。他深情地对我们说："我去了洛矿，那里有个焦裕禄展室，有焦裕禄的铜像，还有一条焦裕禄大道，我沿着焦裕禄大道走了一趟。"2014 年 3 月 17 日，习近平总书记再次来到兰考，缅怀焦裕禄精神。我向总书记汇报，为了拍摄纪录片《永远的焦裕禄》，我和剧组的同志们又一起走了一遍父亲走过的路。总书记听后当即问道，"那你们去洛矿了吗""洛矿有没有拍""焦裕禄铜像有没有拍"。可见，在总书记的心中，洛矿对于父亲的一生有着不可替代的重要影响。

焦裕禄精神孕育形成于洛矿。正是在洛矿的九载经历，铸就了焦裕禄的胸襟、操守和情怀，定格了他在兰考——生命中最后 475 天的永恒。

焦主任，你还好吗？

请允许我们依然这样称呼你，因为洛矿、中信重工的工人、干部直到今天还习惯这样称呼你。

在你逝世 50 周年之际，中信重工党委组织基层党员干部来到你最终工作生活过的兰考。焦裕禄烈士陵园内，参天的泡桐绿荫蔽日，葱郁的松柏密密环绕，白色大理石砌筑的墓地上竖立着一面屏壁，上面镌刻着毛泽东主席的题字"为人民而死，虽死犹荣"。大家怀着无比敬重的心情，久久伫立在你的墓前，不少人揉着眼眶，泪水在指尖滑落。

1964年5月14日，你在人生最成熟的年华倒下了，噩耗传来，洛矿被锥心般的痛苦淹没了。当时调度科正在召开组长会议，厂党委副书记赵祥庆同志拖着沉重的步伐走进调度科说："焦裕禄同志逝世了。"面对这突如其来的消息，同志们简直不敢相信，霎时间一个个呜呜地哭出了声，会议再也不能开下去了……50多年的岁月流逝，带不走洛矿人对你无穷的思念和永远的怀念。

曾伴你度过50多个深夜的那把长条凳，静静地陈列在河南博物院，真实地记录着你在工厂的生活。

岁月褪去了长条凳的色泽，却洗不去人们对其主人的追念；病魔夺走了一个共产党人的生命，却磨不灭激荡在你血液里的英雄气概和奋斗精神。

在洛矿、在中信重工，有多少人，听着你的故事成长；又有多少人，悄悄地在心中树起标杆，默默地追随着你的足迹前行。

作为敬仰你的新工友，我要向你诉说新老工友们对老主任绵绵不尽的感念、怀念和思念。时代将永远铭记你的英名。

我要向你报告你曾经为之奋斗的企业，怎样在焦裕禄精神的感召下凤凰涅槃般地走向新生，并培养造就出许多焦裕禄式的好党员、好干部。

期待通过写给你的书简，再次走近你，感悟焦裕禄精神在大工业熔炉里的孕育与形成，聆听一个时代的脉搏与心跳。

期待通过写给你的书简，触摸焦裕禄精神的伟力与魅力，寻找一个国企傲然崛起的火种与源泉……

目录

★ ★ ★

上　篇

一个时代的记忆

焦主任：

1931 年 9 月 18 日，日本侵略者的铁蹄踏上了中国的锦绣山川。1932 年 1 月 28 日，日本侵略者又对上海发动进攻，制造了一·二八事变。灾难深重的中华民族在风雨中飘摇。

1932 年 11 月，风行海内外、颇受大众青睐的上海《东方杂志》发布启事，向社会各界人士提出两个问题并征集答案：一个是"先生梦想中的未来中国是怎么样的"，另一个是"先生个人生活中有什么梦想"。

有比较乐观的，他的梦想"是个共劳共享的平等社会"，相信"未来的中国是大众的中国"；更多的则是悲观的，"在这漫长的冬夜里，只感到冷，觉得饿，只听见许多人的哭声"，"所做的都是噩梦，惊醒时总要遍身出冷汗"……

在这些有关梦想的答案莫衷一是之际，在距离上海不到 1000 公里的江西瑞金，中国共产党已经在追逐梦想的道路上奔跑，1931 年 11 月，建立起了中华苏维埃共和国。这是一个"广大被剥削被压迫的工农兵士劳苦群众的国家"。在此后的岁月里，党团结带领人民浴血奋战，打败日本侵略者，推翻国民党反动统治，于 1949 年建立了中华人民共和国，中华民族迎来了一个崭新的时代。

然而，新政权所接管的这片土地，并未摆脱贫穷和饥饿。1950 年前后，中国人均国民生产总值只有 50 美元，工业产值只占国民生产总值的 10% 左右，农业劳动力占总劳动力的比重超过了 85%。用毛泽东主席的话来讲，现在我们能造什么？能造桌子椅子，能造茶壶茶碗，能种粮食还能磨成面粉，还能造纸。但是，一辆汽车、一架飞机、一辆坦克、一辆拖拉机都不能造。

经过三年的经济恢复，1953 年，新生的共和国制定了以 156 项工程为核心的第一个"五年计划",雄心勃勃地迈出了奔向工业化的步伐。

洛阳矿山机器厂作为我国最大的矿山机械专业制造厂,列入国家 156 项重点工程。

1953 年 7 月,由第一机械工业部牵头组成的建厂组,在中原腹地郑州和洛阳,为国家重点建设项目矿山机器厂、拖拉机厂、轴承厂,勘察了 7 处备选厂址。一机部据此向党中央做了汇报。同年 12 月,国务院副总理兼国家经委副主任李富春,同一机部、河南省和洛阳市有关领导同志一起,听取了选厂组的勘察情况汇报后,向毛泽东主席做了汇报。

1954 年 1 月 8 日,经党中央、毛泽东主席同意,国家计划委员会正式批准,决定在远离洛阳明清老城的涧河以西新建我国第一座现代化的矿山机器厂。

洛阳是中华民族和华夏文化的发祥地之一,是中国四大古都之一,有五千多年文明史、四千多年城市史和一千五百多年建都史,历经十三个王朝,百余位帝王在此定鼎九州。洛阳涧西曾为京畿禁苑。公元前 11 世纪,周公旦在涧河东岸构筑王城;公元 605 年,隋炀帝在洛阳营造东都,涧西为皇家西苑,苑内造山为海,海中造蓬莱、瀛洲、方丈诸岛,海北沿龙鳞渠建有十六座宫院。北宋起,王朝政治中心东移有水运之利的汴梁,洛阳及涧西渐趋荒凉。

洛阳矿山机器厂、洛阳第一拖拉机厂、洛阳轴承厂等"一五"期间 156 项重点工程轰鸣的马达声,唤醒了洛阳涧西这片沉睡的土地。

"政治路线确定之后,干部就是决定的因素。"1953 年的全国组织会议提出,"必须抽调大批优秀干部到工业战线上去,派他们去掌握新建和改建的工厂和矿山,把他们锻炼成为胜任工业建设方面的领导骨干……"据统计,全国抽调到工业部门工作的干部共有 16 万多名,其中选调到苏联援建的重点厂矿的领导干部就有 3000 多名。

苏联专家来了,全国各地的干部、技术人员、产业工人来了。到 1954 年底,洛矿配备各类干部 582 人。同时,部局从太原、上海、东北等地的兄弟厂矿，调来 1000 多名技术工人支援洛矿。

上海重型机器厂厂志载："1955 年到 1958 年，援建洛阳矿山机器厂，共派去 146 人，其中包括厂长 1 人，中层干部 5 人，工程师 2 人，技术员 23 人，其他干部 10 人。"企业宣传部部长说，上重"去强不去弱"，把技术水平高的都送到了洛矿。

在全国各地调任洛矿厂的干部中，你——焦裕禄，便是其中一个。

你是 1953 年 6 月从共青团郑州地委第二书记任上调到洛阳矿山机器厂的，那年你 31 岁。

肩负着党交给的新使命，怀抱着实现国家工业化的伟大理想，你健步走进正在筹建中的洛阳矿山机器厂。

热血飞扬的日子

这是一个标志新中国矿山机械工业黎明到来的日子。

时隔 60 年，几乎每个早已头发斑白的老洛矿人，仍能清晰地回忆起那年那月那个令人振奋的情景。

如火如荼的建设工地上，到处都是来自四面八方的建设者搭起的席棚、插起的标杆。公路、桥梁、输电线正在破土动工，运送建筑材料的卡车川流不息，一片繁忙的施工景象呈现在人们的眼前，一座现代化的工厂将在这里横空出世。

面对着这幅雄伟壮观的图景，作为洛矿的首批建设者，兴奋和压力同时搅动着心绪，你默默地攥紧拳头："党叫我们搞工业，我们就得听党的话，听毛主席的话，学会搞工业！"

组织上分配你担任工程科副科长，你立即投入紧张的基建工作中。

当时的洛矿筹建处设在洛阳老城义勇街的一个小院子里，而洛矿的建设工地则在老洛阳城西十几公里外的涧河边上。两地之间没有像样的公路，更没有公交车，人来人往全靠步行。要把工厂建设所需的物资从洛阳火车站运送到建设工地，交通成为瓶颈，修路、架桥就成了当务之急。

你主动向洛矿筹建处请战，担任修筑临时公路的指挥部总指挥。

接到任务后，你卷起铺盖，用草绳一捆，就搬到了建设工地。修路指挥部就设在一个 5 户人家的小村子里，好几百名民工和干部，一下子集中在这么个小村庄里，临时搭的工棚也挤不下。你便提出把工棚让给工人、干部睡露天的意见，而且自己带头睡在露天野地里，还风趣地说："天下到哪里找这样大的房，这样大的床！"

艰苦的生活条件、繁重的体力劳动让一些青年人产生了畏难情绪，青年技术员小张对着你发牢骚："总指挥，我们来之前，人家说，洛阳是个好地方，咱们工厂是苏联老大哥援建的大工厂，楼上楼下，电灯电话。现在别说楼了，连像样的房子都没一间，还得住这席棚。"

你拍了拍小张的肩膀："小伙子啊，我听说你写了一首顺口溜：想洛阳，盼洛阳，到了洛阳太荒凉。还说电灯不明，马路不平，电话不灵，对不对？"

大家都笑了，你说："小张啊，你编的这些歌谣，说的都是大实话，还真是一点儿也没夸张。我没到洛阳时，也觉得洛阳是个大城市，应该很漂亮，可来了一看，和咱想的不是一码事。可是同志们，你们想一想，我们是干什么来了？我们是建设大工厂来了。我们厂是第一个五年计划的重点工程啊，不是说嘛，我们是共和国重工业的长子，什么是长子？长子就是大儿子，就得有一份担当啊！你想啊，我们在一片荒滩上把大工厂建起来了，当以后我们看到这片工业新城，该有多么自豪，要是别人把楼房盖好了你再来，还会有这样的自豪吗？对不对？"

小张又问："焦总指挥，听说你来洛阳前是郑州地委共青团第二书记，到这里当个修路总指挥，天天拾土搬石头，你觉得亏不亏？"

你一笑："亏啥？不修路哪儿有咱以后的大工厂！"

修筑公路前，厂里拟订了一个方案，要求公路底层铺 15 厘米厚的石子、面层铺 12 厘米厚的石子。你看到这一方案后，仔细地想了想，找到技术人员商量说："咱们修的是一条临时公路，这路只在建厂初期使用，一两年后就不用了，能不能将路面铺得薄一些？大家看看减去层石子是不是可以？要知道，光这一条临时公路所花的钱，可等于几个县一年上交的公粮啊！"

在场的同志听了后，都觉得你的话很有道理。技术人员经过反复地研究、讨论、验证，认为你的意见是可行的，于是决定采纳你的方案，在修路时将路面的石子厚度降低些。仅仅这一项，就为厂里节约了10万元的建设资金。

为尽快担起筑路重任，你虚心向施工人员请教。涧西浮桥需要边设计边施工，你先是认真调查了当地水文情况，又用高粱秆做了一个桥梁的模型，然后把这个模型拿到"诸葛亮会"上让大家提意见。技术人员和老工人对你做的模型进行了反复论证，认真推敲了建设过程中的每个细节。

你就像一颗铺路的石子，扎根在工地上。你吃在工地，睡在工地，奔波在工地，和工人一起劳动，抢脏活重活干，帮助解决修路中的难题，常常是一身热汗，一身泥水，一脸尘土，时间长了，大家都不叫你焦科长，亲切地称你"老焦"。

洛阳的雨水总是很急。

这天，你正带领工人修路。忽然，乌云密布，雷声滚滚，大雨倾泻而下。

大家冒雨跑回席棚，衣服上的水还没拧干，一个技术人员就气喘吁吁地跑过来报告说："公路上还有一段排水沟没挖通，雨下得这么大很有可能会把公路冲垮！"

你一听这话就急了，眼睛里像要喷出火来："为什么不赶快组织人挖？"

"这会儿雨太大，叫谁谁也不愿意去……"不等这位技术员说完，你便抄起一把铁锹冲出了席棚。

干部们看见你冲出去后，一个个跟着冲了出去。

紧接着，工人们一个个冲进茫茫雨幕中。

狂风卷着暴雨像无数条鞭子，狠命地往身上抽打。

风雨中，众人挥着铁锹，争分夺秒地抢挖排水沟，谁也分不清浑身上下究竟是雨水还是汗水。

排水沟挖通了，泛滥的洪水顺着排水沟奔涌而去，公路安全了。

你承担修建临时公路和桥梁的任务后，和同志们共同努力，很快便在洛阳涧河下游建起了一座木质结构的浮桥。

浮桥建成了，当大家正准备转向新的工作任务时，突然电闪雷鸣，天地间像挂着一幅无比宽大的珠帘，远处的一切都看不清了。

筑路工地的席棚面向涧河，棚顶漏着雨，不一会儿地上的被褥就全湿了。雨越下越急，像是天河突然决口。你站在席棚门口两眼盯着外边，惦记着涧河上的浮桥和建材的安全，你不停地在工棚里踱步。作为一个负责基建的工程科长、筑路总指挥，面对洪水的威胁，你怎能压制住内心的焦虑呢！

地上已经积起半尺深的水了。你实在沉不住气了，向指挥部干部张兴霖一摆手："走，咱们看看去！"

中信出版社出版的《精神的路标》一书记述，你和张兴霖光着脚，深一步浅一步，在泥泞的路上艰难地前行。

等你们赶到现场时才发现，涧河岸上的檩条已经被洪水冲走了，新建起的浮桥摇摇欲坠，正在风雨中飘摇。你急切地喊道："快，快去把干部、工人都叫来！"

等张兴霖带着大伙儿气喘吁吁地跑到河边时，发现你正在湍急的河水中捞木板。

原来，就在张兴霖回席棚叫人的20多分钟里，浮桥已被洪水冲断了。

为了抢救这些建材，你只身跳入水流湍急的涧河中。

在你的带动下，张兴霖等几十名干部、工人纷纷跃入河中，冲散的木板被一块块地捞了上来。

当最后一块木板被搬上岸时，你累得一下子坐在地上。

大家看着好不容易建成的浮桥散成了地上堆积如山的木板，一个个就像泄了气的皮球。

你见此情景，就招呼张兴霖领着大家唱一首歌，活跃气氛。张兴霖问："唱什么呢？"你说："就唱一首大家熟悉的《歌唱祖国》吧！"

张兴霖领唱起"五星红旗迎风飘扬"，连唱了三遍都没人应和，原来绝大部分同志都不会唱。

看到这样的情况，你抹了把脸上的水，笑着说："大家看没看过个电影，叫《胜利重逢》，讲的是农民参军打反动派的故事。"你有声有色地讲起了故事，大家听得入了迷。

"你们知道这部电影是在哪儿拍的吗？听说就在这个桥头。当时，剧组就住在咱们现在坐的这个地方。那会儿，桥东头是国民党的军队，桥西头是解放军。为了解放洛阳，战斗打得非常激烈，不少解放军战士都光荣地牺牲了……"

说到这里，有一个青年问："老焦，你讲的是解放洛阳的真实故事，还是电影拍摄的场面？"

这一问，你和大家都笑了。

你说："没错，我讲的是电影场面，但原型是解放洛阳的真实故事。当年，为了争夺这座桥，许多战士英勇牺牲，战斗中心就在咱们这个地方。"

你接着说道："无论是战争年代，还是和平建设时期，桥都是非常重要的。现在，为了解决运输困难，咱们架起了这座浮桥。可惜浮桥被暴雨冲坏了……但没关系，只要咱们齐心协力，就能把它重新建起来，而且还会建得更加坚固！"

你的一席话，赢得了热烈的掌声，鼓起了大家重建浮桥的信心。

在透风的工棚里，在摇曳的灯光下，在尘土飞扬的工地上，在滂沱的大雨中，你带领干部、工人种下了"敢教日月换新天"的梦想，硬将原本半年的工期，缩短到了3个月，圆满完成了筑路架桥任务，成功地打响了建厂第一炮。

望着一辆辆载满建材的卡车呼啸而过，你舒心地笑了。

张兴霖老人回忆1954年和你一起修建临时公路的情景，依然感觉到浑身热血沸腾。

你第一次踏上洛阳这块热土，从铺就第一条路开始，便参与到轰轰烈烈的新中国"一五"计划的工业建设中。

也是从这条路开始，一个无畏的前行者铺就了焦裕禄大道，成为工业战线的优秀指挥员。

也是从这条路开始，你的精神在这里逐渐孕育形成，并从洛矿走向兰考，在战天斗地的宏图伟业中放射出耀眼的光彩。

│ 使命的召唤 │

"呜呜呜……"一列火车嘶吼着，奋力行驶在黑土地上，浓浓的白烟翻滚着掠过车窗，远处湛蓝的天空连接着葱葱郁郁的山莽。你注视着车窗外，心里浮现无限遐想。

这是 1954 年 8 月一个碧空如洗、惠风和畅的日子。

据工友王明伦回忆，他和你在地方都是做青年团工作的，由省委统一调动到洛矿厂。当时转工业的气氛像参军一样，临走时各单位都是敲锣打鼓地欢送。1954 年，厂里响应国家的号召，决定培养自己的工业建设人才，派出了 100 多名年轻干部到上海交通大学、哈尔滨工业大学、沈阳财经学院等高等院校学习深造。你们 5 人被确定去哈尔滨工业大学学习。

在接到厂人事科通知的那一刻，你心里有说不出的高兴。一切如在梦中，一切却又是现实。渴望学习的你就像那一路进发的火车坚定向前，充盈着对未来的憧憬、如火的热情、钢铁般的决心和意志。

哈工大这个中国近代培养工业技术人才的摇篮，或许没有巍峨的大厦，却弥漫着苏俄式的悠扬的古色古香；或许没有优越的地理位置，却培育出了航天、行政史上无数的前辈们；或许没有赫赫的声名，却为国家项目埋头苦干，在建设美丽中国的历史进程中不断书写着亮眼的"哈工大答卷"。中国第一台会下棋能说话的计算机，国际首次高轨卫星对地高速激光双向通信试验，首创世界最大单口径射电望远镜（天眼）主动反射面结构方案……从中国到世界，一个又一个"第一"在这里诞生。

进入哈工大后，校领导向你们传达了调干生的教学计划，首先学习速成中学课程，每个学员都达到高中程度再编入大学本科。你原来文化程度只有高小，但你见缝插针，在工厂时已学完了初中课程。

一身中山装的你，钢笔别在胸前的口袋中，显得斯文而富有才华。你的肩上，挎着一个帆布包，里面装满了书籍。

1954 年 9 月，第一届全国人民代表大会胜利召开，调干生在学校礼堂收听了毛主席的讲话。大会号召："团结全国人民，争取一切国际朋友的支援，为了建设一个伟大的社会主义国家而努力奋斗。"你们听后为之振奋、鼓舞。

学生宿舍 21 点统一熄灯。每天哨声一响、集体熄灯，你就和同学打着手电讨论数学问题。有时碰到难题，同宿舍里的几个人都做不出来时，你就会跑到别的宿舍，请教其他同学，或者跑到离宿舍很远的大学生宿舍，去请教在校的大学生。有一次，你们碰上了一道难解的题，到了下半夜还没解开，室友们都睡着了。为了不影响室友们休息，你就跑到校园的凉亭里打着手电，一直到天亮，终于解开了这道难题。

同屋的学员石青突然接到家里来信，说母亲生病了，孩子没人管。石青这下子可着急了，哪还有心思继续学习啊，想中断学习回到厂里。你得知后劝他说："石青啊，你现在可不能走，咱们过去穷，没办法上学，参加工作以后又太忙，没时间上学。现在厂里让咱们带着工资上大学，这样好的机会上哪儿找去啊？你可别轻易放弃啊！我写信跟我爱人说说，让她没事儿多往你家跑跑，多照应照应，你就安心在这里学习吧。"

你的这番话，打消了石青退学的念头。他决定克服困难，无论如何也要珍惜厂里给的学习机会，早日完成学业。

一个星期天，你带领室友们来到东北烈士纪念馆。展馆位于哈尔滨一曼街，赵一曼塑像就屹立在右边不远的广场。

九一八事变不久，为了国家和民族的存亡，赵一曼舍子从戎、奔赴东北。她投身抗日救亡运动，而后带领一支游击队驰骋于白山黑水之间，"红枪白马"的英姿令日寇闻风丧胆。为掩护战友，不幸被俘的赵一曼在狱中经历了各种严刑拷打，如吊烤、竹签刺手指、坐"老虎凳"，等等，但赵一曼坚贞不屈，始终没有透露半点秘密。

你为赵一曼坚如磐石的革命意志而动容，久久地伫立在她的塑像前。

回到宿舍，你讲述了自己被日本鬼子抓去做苦工的痛苦经历，告诉室友们，我们要下决心学习好本领把我们国家的工业搞上去，不再受帝国主义侵略和压迫。

你们学习更加刻苦。

"少而好学，如日出之阳；壮而好学，如日中之光。"

考试发榜的那一天，当你们5个人的名字都在成绩合格的名单榜上时，大家激动地抱在了一起。因为在速成班的考试成绩优异，你被评为优秀学员。

20世纪50年代就以"工程师的摇篮"享誉全国的哈尔滨工业大学的博物馆里，专门设置了焦裕禄陈列区。那里记录着你一段美好的求学经历，传颂着你刻苦学习的故事，保存着你哈工大"优秀学员"的珍贵资料。

马上就要进入大学本科班学习了，你们兴奋地走在哈工大校园中，天空仿佛格外的蓝，丁香树即便没有了紫丁香的陪伴，却和冰雪一起，尽情地伸展着金枝玉叶。你们约定，待到5月丁香盛开，一定要好好看一看那花开时节的美景，闻一闻那令人沉醉的清香。

然而就在这时，厂内的培训计划变动了。因建厂进度提前了，组织决定让你们即刻中断在哈工大的学习，到大连起重机器厂进行岗位实习。

接到通知后，几位年轻的同志都说不去，即便不要厂里的助学金和工资也要把大学本科的课程学完。你对他们说："我们来这里学习就是为了更好地建设工厂，现在厂里需要我们回去，我们都是共产党员，就得服从组织的决定。"

1955年3月，你和洛矿22名干部、技术人员来到了大连起重机器厂，开始了紧张而新鲜的实习生活。

1955年3月的一天，大连起重机器厂机械车间生产调度员毛淑兰，像往常一样到车间开生产会，她发现车间主任身边多了3个陌生人。主任向大家介绍：这是洛阳矿山机器厂派来的3名干部，他们将在我们车间实习，希望大家在工作上互相照顾、互相学习。这3个人分别是焦裕禄、卢永训和吴永富。在接下来的一年多时间里，他们分别任车间的实习副主任、实习统计员和实习计划员。

现在，毛淑兰已是80多岁高龄的白发老人，回忆起当年与你第一次见面时的情景，仍记忆犹新。"他的年龄比我们大，待人很亲切，很和蔼，对谁都笑眯眯的。"毛淑兰说，"焦主任很朴实，他一年到头就两件衣服，一件是工作服，另一件是呢子料的中山装，很旧很旧，有些地方的毛已经磨平了……"毛淑兰动情地回忆说，她家庭出身不好，失去联系的二哥又被人说是参加了国民党，所以不敢要求入党，你不断地鼓励她，并作为她的入党介绍人，引导她加入了中国共产党。毛淑兰还遗憾地说："焦主任当年在大起工作时就经常用手按摩肝部，要是早知道他有肝病，我们应该照顾好他。"

创立于1948年的大连起重机器厂，由金属构造厂（原日本启正特件品制作所大连工场）、联合工具厂、氧气珐琅厂3个工厂组建。1949年10月27日，该厂研制成功中国第一台5吨焊接箱形吊钩桥式起重机，结束了中国不能生产起重机的历史。20世纪50年代生产出中国第一台门式起重机——5吨门式起重机以及140吨铸造起重机。20世纪80年代制造的30.5吨铁路集装箱门式起重机，填补了我国铁路集装箱国际联运的空白。

到了大连起重机器厂，你被分配到机械车间担任实习副主任。刚到时，一切都感到很生疏，开生产会，只能听不能发言；和工人谈话，只能谈思想，不能谈生产；走到车间，只看到许多机器，叫不上机器的名字，生产管理就更摸不着门了。

你心里暗暗着急，问车间主任："要学会工厂中的这些管理业务，得花多长时间？"

见你一脸迷茫，主任劝道："别着急，耐下性子，有个一两年大致就可以摸到点儿门道了。"

"一两年？"你不由得吃了一惊。

主任笑了笑说："工业管理是个系统工程，里面的学问大着呢，两年能摸着门儿就不错了。"

你很着急："可我的实习期只有一年啊，我们厂马上就要投产了，没给我那么长时间。你可得多帮帮我，我还啥也不会呢！"

主任拍了拍你的肩膀说："只要钻进去，从头学，功到自然成。"

就在你和洛矿同事满怀信心向神秘的现代工业殿堂进军时，传遍全厂并引起热议的"604"事件，使洛矿厂来大起厂实习的工农干部，深陷舆论漩涡并处于尴尬的境地。

那是一天下午，同你一起到大起厂实习的周锡禄和梁禾到机械车间熟悉情况。周锡禄看到前面有一排减速机，随口说："不知道这机器是啥型号，能找来图纸对照一下就好了。"

梁禾马上说道："机器型号是604，我都记在本子上了。"

梁禾来到资料室，对女资料员说："同志，我借604图纸。"

"啥叫604图纸？"女资料员感到莫名其妙。

"就是604型机器的图纸呀！"梁禾振振有词地说。

女资料员如坠云里雾中，柳眉微蹙："咱们厂里没有604型机器呀！"

梁禾回身指指车间的减速机说："就是那种机器的图纸嘛！"

女资料员背过身去，咯咯地笑弯了腰。

梁禾愈加摸不着头脑，不解地问："你笑啥？"

"这个604啊！"女资料员善意地揶揄着，一本正经对梁禾说，"减速机图纸上的俄文代号是60-4，不能读604！"

梁禾的脸立马羞成块大红布，脑壳低得恨不能钻进裤裆里。走出老远，女资料员咯咯的笑声仍犹在耳畔。

这件事风一样传遍全厂，一时成为人们茶余饭后的谈资笑料。

"拉牛尾巴的能搞工业，那还要大学生和技术人员干啥？"

"兔子能驾辕，谁还养骡子养马？"

这些冷嘲热讽，传入了你的耳朵。

河南省档案馆保存着你的部分档案，其中有 1955 年 4 月你本人填写的"干部简历表"，还有 1955 年 12 月 26 日你亲笔撰写的"干部历史自传"。

这份已经被保存 60 多年、业已泛黄的珍贵文物仍然让人激动不已。当我小心翼翼地一页页翻开，宛如与当年的你开始了一次时空对话。

你少年时历尽悲苦。1937 年末，日寇侵占博山县，在你家乡一带烧杀抢掠。由于家庭困难，你被迫辍学务农，还参加了一个民间抗日组织"红枪会"。在"自传"中，你写道："老百姓逼得没法，便以南崮山村李星七为首，组织了一个红枪会，起来抗日自卫，我参加了此会。"后来"红枪会"被日寇打散。1942 年，日寇开始强化治安，进行疯狂扫荡。你就是在那年被日寇抓去坐牢，遭受毒打，并被押到抚顺煤矿做苦工。

你在"自传"中写道："从此开始了残酷的地狱生活。"在狱中，你被误认为是共产党员，遭到毒打。你在"自传"中说："鬼子拿起扁担浑身上下打了数十下。一会儿头晕眼花晕过去了。醒过来，浑身是水，全身发麻……"1942 年 9 月，你被捆上汽车拉到张店车站宪兵队，1 个月后被送到伪救国训练所检查身体，交给济南抚顺劳工招募所，被送上火车，拉到了抚顺大山坑煤窑。

抚顺煤矿是当时日本满铁株式会社控制下的最大煤矿。日寇掠夺中国矿产资源，强迫中国矿工进行"人肉开采"。据统计，从 1905 年到 1945 年，由于日寇的野蛮统治，中国矿工死亡人数达 25 万～30 万人。当初像你这样被日寇抓来的"特殊工人"约有 4 万人，到抗战胜利时仅剩下不到 8000 人，除了少数能逃跑的外，绝大多数人都被折磨致死。这里的"特殊工人"每天被迫在煤窑里劳动 15 小时以上，几十人睡在一个工棚里，有病死的就被直接扔到"万人坑"里埋掉。你在"自传"中回忆："每天都下煤窑，不下就会遭毒打。由于一直挨饿，到矿上后见到食物，有些人吃得过多将肠子撑断了。有些人得了病不给治，不到一个月，我们附近村被抓去20人死去了17人……只剩我们3人带病下窑，并向家里写了信。到三月天，我们一个宿舍被抓去的老百姓和八路军跑了一半以上。"1943年3月，你从抚顺大山坑这个人间地狱逃回了老家。

这段痛苦的经历，使你深刻地体会到旧社会劳动人民的各种苦难，从而加深了对广人穷苦百姓的同情，并促使你日后坚定地走上了革命的道路。1946年1月的一天，在北崮山农民焦念帧家，一滴纯净而充满生机的新鲜血液，注入了中国共产党北崮山党支部的肌体。23岁的你光荣加入中国共产党。你在"自传"中写道："只知共产党对穷人好，自己自从共产党来了才有出路了。入党要好好干工作，在各种工作中起带头作用。"你参加南下武装工作队、领导土改和清匪反霸，以大智大勇、大爱大恨谱写了一曲慷慨羽声的英雄壮歌。

"拉牛尾巴的怎么了？在毛主席领导下这些拉牛尾巴的从熟悉锄把子到熟悉枪杆子，和人民一道推翻三座大山，建立了新中国。"

"604"事件深深刺痛了你的心。

夜深人静，你还在仔细阅读毛主席著作："严重的经济建设任务摆在我们面前，我们熟悉的东西有些快要闲起来了，我们不熟悉的东西正在强迫我们去做……"

你暗暗地嘱咐自己：有党的领导，天下都能打下，还怕学不会一套工业知识吗？！

迎着清晨浓浓的晨雾，你来到车间，从早到晚和工人们一起劳动，问这问那。工人们在车床边操作，你就像学徒一样，站在一边给他们打下手。有时，为了弄清一个零件的工艺流程，你跟着零件，跑遍十几台大小机床。图纸看不懂，你就带着图纸，在机床、零件边一点一点对照着看，向有经验的师傅请教。

有一个礼拜天，你披着上衣，踩在木凳子上，面对着墙上贴的几张图纸出神，桌子上摆放着茶壶茶碗。

同事周锡禄来找你，走进屋，看到你这副模样，就喊道："伙计，你这是咋啦？"

你一惊，从沉思中醒过来，笑着回答："我在学识图纸哩！"

周锡禄走近桌子，瞅着上面的茶壶和杯子不解地问："学习识别图纸，你拿这些东西干啥？"

"来，你来看看。"你拿起杯子，对着图纸说，"这玻璃杯，从上往下看，不是圆的吗？画在图纸上就是一个圆形。"

周锡禄拍了一下你的肩膀，开玩笑说："伙计，我看你是干啥迷啥。刚来厂那阵子你整天跟着加工零件跑，就像谈对象那会儿迷对象。"说着，他又用手指着图纸边上一张宣传画上的一个大姑娘说："今天你又钻到图纸里，你可别看错，别迷上这个大姑娘喽。"

你掂起茶壶："你再看这壶，从正面看，可以看到壶嘴和壶把，从壶嘴这个侧面看过去，就看不到壶把了。在图纸上，这壶把就成了虚线。"你说到这，倒了两杯水，递给周锡禄一杯。

周锡禄一咕噜喝完了水，拿着杯子，颠过来倒过去细看了一会儿，一拍大腿说："有门，有门，老焦，你可真行啊！昨天下午，我还闹出一个笑话，在毛坯车间，我拿着一个齿轮的图纸去找活，老半天也没找到，被一个圆棒子绊了一下，差点栽跟头。我当时不明白，图纸上明明是长方形，怎么这棒子是圆的呢？"

二人发出爽朗的笑声。

作为实习车间副主任，你除了学习一般工艺操作技术以外，把精力更多地放在了刻苦学习企业管理知识上。为了摸清车间生产计划的安排程序，每当计划员在编排时，你就在旁边看有哪些搞不清楚的地方，等人家编完以后，你就逐条细问、刨根问底，直到完全弄懂为止。

有一次，你要求计划员教你编排一份计划。计划员有些纳闷儿地问："你是车间主任，学编排计划干什么？车间主任又不负责编排工作计划。"

你认真地说："车间主任管着生产、抓着计划，不会编排计划哪能行！"

编排计划的确是件繁杂的事，不仅要熟悉生产情况，而且还得了解所有机床的性能。计划员认为，你刚来几个月，根本不适合编排计划。

一天，你病了，计划员到家里来看望你，谁知你正在琢磨编排计划呢，看到计划员来了，顿时来了精神，让计划员赶紧再教教你。说着，就拿出纸笔，不一会儿你居然编排出了一份既细致又准确的生产计划来。

张红涛、时丽茹主编的《焦裕禄精神在洛阳》一书记述，有一天，你和调度员小万到仓库清点制成品回来，满身油渍地刚走进办公室，桌子上的电话铃就响了起来。

车间王主任拿起听筒："嗯，嗯，"忽然脸上出现畏难神色，"不过真不巧啊，计划员小裴前天病了……那，我们再想办法吧！"

他放下话筒对你说："厂计划科催报下个月的生产计划，在这个节骨眼上，小裴偏偏又生病了，唉，这可急人啊。"

你看着王主任那为难的样子，语气坚定地说："老王，这计划，由我来做吧！"

"什么？老焦，做计划必须熟悉全车间上百台机床的性能、负荷、产品的要求，还有本车间与外车间的有关生产情况。你……"

"这些我知道，让我试试吧，不行，还有你这后台哩！"

夜色降临了，车间主任办公室的灯光亮了……

第二天早上王主任一上班，你就递上手里那份已经完成的生产计划报表说："我刚刚做好了计划，你看行不行？"

"什么？做好了？"王主任瞪大眼睛重新审视着面前这位实习副主任，他看到你黝黑的脸庞上透出朴实、谦逊的神色，明亮的眼睛里闪露着机敏、坚毅的光芒。王主任又把目光从你的脸上移到桌子上那一本计划报表，他一页一页看了起来。一会儿他激动地从椅子上站起来，向前抓住你的手，紧紧地握了起来，连声说："老焦，你真行，你真行！"

在下午下工前一个小时，车间工段长以上的干部召开会议，你宣读了计划报表。在讨论发言中，有人说：这个计划有措施、有指标、全面细致。还有人说：计划客观实在、切实可行。

会议结束时，王主任宣布："根据厂党委安排，我要到党校学习半年，车间主任的工作，由焦裕禄同志主管。"他又心悦诚服地说："说心里话，原来我还有点不放心，现在看来完全是多余的，焦裕禄同志完全有能力挑起这副担子。"

会场上响起一片热烈的掌声。

你讨教车工组冯师傅打钢花辨材质的故事至今仍广为流传。

在大连起重机器厂繁忙的生产线上，几十台车床在快速旋转，发出隆隆响声。你跟着值班调度小吴到锻工车间去催料，途经加工工段的时候，突然一个声音叫住了你们。

你随着小吴走过去，只听那老工人说："吴调度，昨天来的这 10 根轴里面，有一根是废料。"说着从地上拾起一根车过了"夹头"的圆钢棒料。

小吴接过来仔细瞅了瞅，又和地上其他几根料放在一起比量了比量，看不出一点差异，便说："不会错吧！这上边明明写着 45 号钢嘛！"

老师傅很自信地说："那是他们备料车间把牌号搞混了，不信你去化验室分析看看。"

小吴拿着圆钢棒料跑到化验室去了。不一会儿就跑了回来，嘿嘿笑着说："冯师傅，算叫你蒙准了。这一根材质是不对头。你稍等下，我已经通知备料车间再给补一根来！"

你把那根废料翻来覆去地仔细掂量了一番，觉得眼前这位老工人简直神了，居然不用化验，就可以断定材质牌号。

"冯师傅，你是怎么断定这是废料的呢？"

冯师傅笑笑说："方法很简单。第一，他们落地的响声不一样。"说着，他抓起那根废料，提起一公尺多高，然后让它自由落下。接着又拿起一根合格的圆钢料，做了同样的动作。响声果然不同。

"听出来了吗？"冯师傅说，"一个响声灵，这是 45 号钢。那根响声闷的，就是废料。低碳钢，咱们工人习惯上叫他'铁料'。这种低碳钢不适宜做轴。在其他方面，还是有用途的。"

你点点头。

冯师傅说着，又掂起两根圆料上了车床。

"第二种鉴定方法，是切削情况不一样。"说着，冯师傅用同样的切削姿势，对两根圆料各来了一刀，"看清了吧，45 号钢出屑流畅，'铁料'出屑就黏滞了。"

你再次点点头。

"这两种方法都可供参考。比较准确的方法还是火花鉴别。"冯师傅又把你引到砂轮机跟前，拿着手中的一根棒料轻轻触了上去。立刻，砂轮上迸出一束束耀眼的火花。冯师傅一边磨一边讲："看，这一根是 45 号钢。火花乍一看，就像冬天的树枝，分叉之间，又爆出好些个细碎的花朵和花粉，白亮耀眼，就像梅花。这代表含碳量，花越多，含碳越高。你再看这一根就不一样了。"说着，冯师傅把一根圆棒料也触了上去。

你凑上去仔细分辨，果然不一样。这后一根料迸出的只是一束束白亮耀眼的树杈，没有花儿。

冯师傅讲："这就是'铁料'。"

你把冯师傅讲的每一句话，都深深地刻在了脑海里。你心想："管好工厂，要学书本知识，但首先要拜这些有实践经验的老工人为师。从他们那里得到的知识，才最直接、最管用。"

一天，冯师傅正在专心致志地操作，突然听到背后有人喊他，转头一看，你微笑着站在他的身边。

"冯师傅，让我跟你当学徒吧！"冯师傅不知是没有听清，还是不相信自己的耳朵，他眨了眨眼睛说："焦主任，你说的啥？"

"您就收下我这个徒弟吧！"

一时间，冯师傅变得不知所措起来。

你浇油、扫地、勾铁屑、摆毛坯，不一会儿，就累得满头大汗。冯师傅喊住了正在整理工具箱的你："焦主任，那些活儿先放放。你过来，听我给你说说这种活件怎么加工。"

第二天一早，你拿着一块钢片，找到冯师傅，请他演示打钢花辨材质的技巧。冯师傅走到砂轮边，一边磨着钢片一边讲，你全神贯注地盯着打出的火花，听着冯师傅的讲解。磨了一块，你又从口袋里掏出一块不同型号的钢片，交给冯师傅，"师傅，你磨这块……"冯师傅打了一下说："这一块是 45 号钢。"紧接着，你又拿出一块递给冯师傅，冯师傅看了一眼说："这一块是高碳钢。"接着你又拿出第四块、第五块……这下可把冯师傅逗乐了："焦主任，你那口袋是个万宝囊还是啥东西啊，咋就掏不完了呢？"

你也笑了："冯师傅，我这算啥万宝囊啊，真正的万宝囊在您心中呢！"

后来，同事周锡禄知道了这件事，就逗趣道："老焦，听说你抽得起烟买不起火柴，天天蹲这儿打火？"

你哈哈笑道："伙计，咱可得使劲儿学啊！技术早掌握一天，国家建设就提前一天，党叫咱们转工业，可不能辜负党的信任啊！"

在火热的工厂一线，你窥见了工业科学的五彩斑斓。你下苦功研读《工厂管理基础知识》等书籍。老厂长梁芝田珍藏的《关于车间作业计划》一书，也摆上了你的案头。你仅用半年多时间，就掌握了通常需要三年多才能掌握的企业管理知识。实习期间，你在《起重机厂报》上连续发表《党小组是怎样保证完成计划的》《对工段长工作方法的几点体会》《谈谈前方竞赛中的问题和意见》等文章，提出了加强思想政治工作、全面发动群众、改善企业管理等方面的意见，还为车间基层干部总结了 10 条工作经验，同志们都称你是"最棒的车间主任"。

一次，车间任务突然增加，有些人就叫喊困难，什么人力不足、设备不够，等等。你听说后，二话没说，一头扎到一线，详细了解每个零件、每道工序、设备台数、工人数目、每月超额等情况，并和工人一起算细账，发现完成计划潜力很大。之后，你主持召开生产会议，把情况作了详细分析，到会的人都很吃惊，十分佩服，于是计划很快就落实下去了。

车间的增产任务能否完成，关键在于减速器工段。

该工段前几个月每月都完不成任务，这下又增加了 10 台的任务，工段的刘段长急得满工段跑。

你蹲点到工段后，与刘段长正在讨论优化投料工序的问题，一个组长跑到跟前说："刘段长，铣床上没活了，二班干啥？"

刘段长忙从口袋里摸出一个油渍渍的工作手册，翻了一下交代说："接干 004 滑块，50 件，料在毛坯库南头，图纸……"

话没说完，一个工人找到段长："刀具用完了，磨刀房磨不出来咋办啊？"

又一个工人说："你给我交代的活与这批图纸不对型号，这没法干啊！"

刘段长应接不暇。

你对他说："别急，一个一个来！"几个人一会儿就解决完问题走了。

"老刘啊！这会闲了，你跟我来，咱俩聊一聊。"

刘段长跟你走进主任办公室。你递给他一条毛巾擦汗，随后，又给他倒了一杯水："坐下来好好歇歇。"

"主任，有啥事说吧，我哪有时间歇啊！"

"别急么，这会就是塌了天，你也要坐在这喝口水，好不好？老刘啊！你说说，像你这样整天力没少出，劲没少使，为啥工作效率还是上不去呢？"

刘段长无奈地拍了拍手里的工作手册，苦笑了一下。

你语重心长地说："你说，一个人浑身都是铁，能打多少钉？换句话说，一个人能力再强，能把你们工段的活干完吗？三国有个关云长，千里走单骑，过五关斩六将，大英雄是也，可他最后败走麦城。"

"主任，你是不是说我没走群众路线，跳单人舞？"

你说："一个人能把一台戏唱热闹？你为啥不能重视发挥大伙的积极性啊？党小组的作用你重视了没有？计划交群众讨论了没有？相信群众，发动群众，你一个脑袋就变成十个脑袋，一双手就变成十双手。"

"焦主任，今儿个你算找到了我的病根，你说，下一步，我该从哪里入手啊？"

你沉思了一会儿说："老刘，你看这样好不好，今天下午咱们开个党、团员、班组长以上骨干分子会，发动大家提意见，然后再研究今后的工作。"

刘段长说："行，行，只要能把生产搞上去，工人不管提啥意见，我都愿意啊！"

《焦裕禄精神在洛阳》一书记述，下午，你与刘段长一起走到车间会议室门前，刘段长突然拉住你低声说："慢些进去，你听，早来的同志正在议论我，咱在这儿听听！"

你小声说："看你老刘很粗，你是粗中有细啊！"

从门缝中传出来工段党小组长的话："你问我工段党小组都干些啥？除了每月收收党费，每周主持一次小组党的生活会，别的啥工作都不做。"

"我们工会小组也是这样，每天上班看一下车间贴的进度表，一看工段那根不争气的红线，谁不觉得脸红？"这是铣工组长兼工会组长的粗嗓门。

"刘段长整天忙忙碌碌，谁知他忙个啥？生产计划揣到他口袋里从来不给咱们交个底，干了这批活，还不知道下批干啥。"这是女工团小组长的尖嗓门。

接着值班工长操着山东口音说："说实在话，刘段长也够辛苦了，忙得他胡子老长也不刮，中午吃饭连洗手的工夫都没有，我是打心眼里替他着急，可有啥办法，咱插不上手呗，我找他分配工作，他总跟我说，你刚来，不摸底，大小事全包在他一个人身上，别人有劲使不上啊！"

你给刘段长使了一个眼色："走。"

刘段长推开门激动地双手举起说："意见提得好啊！我谢谢大家了！"

全场响起了掌声。

这掌声化作奇异的力量，减速器工段圆满完成了当月的增产任务。

你在这里学管理，刘段长们也从你那里学到了管理。

你在读小学的时候就接触了二胡，几乎无师自通。在工业文明发达的大连，你的特长再一次得以发挥。

在你二女儿焦守云看来，你除了具备一个党员干部的优秀素质以外，你的个人魅力同样十分耀眼。

"父亲是个高个子，长得非常英俊。"焦守云说，"李雪健在电影中将父亲的形象塑造得感天动地，可是从形象上来说比不上我父亲。"

当年李雪健来到焦家，焦守云的母亲就说："这不是老焦，老焦哪这样啊。"据说当时对李雪健打击很大，当时他刚演完《渴望》，如日中天。"但李雪健用他精湛的演技生动诠释了父亲的形象，这就是艺术的魅力。"焦守云说。

在人们心目中，你的形象往往较为严肃，其实，真实生活中的你能拉会唱、能歌善舞。

你在南下工作队的时候，靠着拉一手好二胡进了文工团。你不仅擅长乐器，而且歌也唱得很好，曾在当时仅次于《白毛女》的大型歌剧《血泪仇》中担任男一号。

你是一名很好的男中音，后来，当焦守云的儿子、你的外孙余音成为一名男中音歌唱演员后，焦守云才恍然大悟，原来儿子是继承了外公的天赋。

你瘦高个，悟性高，跳起舞来风度翩翩。

明媚的假日，大连起重机器厂小礼堂音乐荡漾，舞姿翻飞，歌声悠扬。你作为厂里的中层，闲暇时也要陪苏联专家下舞池。你眉宇英俊，身材挺拔，举止儒雅，当年南下路上，宣传队来自延安的杨指导员曾留学苏联，组织大家习练过交谊舞，舞技舞姿当然不成问题。问题在于，你缺乏进入那个场合必备的行头。你的爱人徐俊雅一番思量，为你添置了一身深蓝色直贡呢中山装。

高建国在《大河初心》一书中记载，你一生中穿过的最好的衣服——那套呢料中山装，现陈列在兰考焦裕禄同志纪念馆里。60多年时光磨洗，中山装的颜色已明显晦暗，衣领依稀可见"地方国营大连服装厂出品"字样，下面的商标"晨光"已磨损得只剩"辰儿"字样。徐俊雅晚年看到当年丈夫穿过的这套服装，睹物生情，禁不住喟然长叹："他一辈子就穿过这么一件好衣服，陪同苏联专家联欢，很是气派……"

"青青子衿，悠悠我心。"今天的人们在你留下的这套中山装前流连，可以想见青年焦裕禄的身影，亦可感受徐俊雅为你置装的款款深情。

大连起重机器厂领导很快注意到了你这个来自洛矿的，有激情、有担当、善管理、接地气，多才多艺的实习车间主任，为此厂党委做了一个决定，并上报一机部：派出两名能独当一面的工程师到洛矿工作，以换取你留下。

你婉拒了这份厚意。

1956 年年底，你满载学习成果，回到洛阳矿山机器厂。

这时工厂基地已完全呈现出一片欣欣向荣的景象，一座座巍峨的厂房已经在那片田野上矗立起来。

新中国的矿山机械工业，向你发出召唤……

| 长条凳的诉说 |

听到了吗？焦主任！

你分明听到了新中国矿山机械工业的声声召唤。

洛矿厂原总规划从筹备到建成为 6 个年头，单建厂时间即为 4 年。代表着建设者心声的首任厂长在给中央的报告中明确建议："这个工厂的建设不需要 4 年，3 年就行了。"

"3 年就行了！"这是一代洛矿人立志装备中国、振兴民族工业的铮铮誓言和孜孜行动。

一座座高大的厂房建立起来。

一台台"洋"的、"土"的设备安装起来。

矗立在中国大地上的、我们自己的第一座现代化的矿山机械企业，即将以它历史性的启动开创我国矿山工业的新纪元。

就在这个时候，你被厂党委委以全厂最大的车间——一金工车间主任的重任。

深夜，你冒着刺骨的寒风，直奔工厂来了。

车间大会上，你温和的目光紧紧地落在职工们身上，你说："现在国家百废待兴，百业待举，生活条件差，困难多，更需要同志们众志成城、团结一致。只有领导者的决心、工程技术人员的蓝图，没有工人的努力拼搏，还是纸上谈兵，决不会生产出国家急需的机器。职工同志们，我焦裕禄能不能在一金工干出个样来，全靠大家鼎力相助了！"

职工的目光中闪动着火花，拍麻了自己的手掌……

一金工车间进入设备安装调试阶段，安装设备有专门安装单位。为了早日投入生产，你把车间的钳工、电工也组织起来，参加调试工作。你对他们说："咱得抢时间，早把设备调试好，早投产提升机。"你的小本子里密密麻麻地记着一些机床调试的数据，对精度达不到要求的从不放过。

设备安装全部完成，机器轰隆隆地开动，你的双眼熬得血红，两腮陷入深窝，可你的脸上却挂满了喜悦的笑容。

终于迎来了这一天！终于盼到了这一刻！

1958年初，新中国第一台直径2.5米双筒提升机决定在洛矿一金工车间试生产。

中华人民共和国成立初期，中国的钢铁产量只有15.8万吨，不到当时世界钢铁年总产量的0.1%；煤炭产量仅0.32亿吨；原油产量仅12万吨，90%以上石油产品依靠进口。中国的煤炭业要从战争的重创中恢复过来，并且踏上全面、协调的高速发展轨道，作为联系地面和井下的"咽喉"，矿井提升设备担负着沿井筒提升煤炭、矸石和升降人员的任务，研制极为迫切，也至关重要。

你在动员大会上对工人们说："我们生产的不仅是提升机，而且是6亿人民的志气，是新中国工人阶级的气概！"

你的话音如同一记重锤击响了无数个鼓点，一种特有的共鸣，在车间上空久久回荡。

你深情地说，能够参加新中国第一台直径2.5米双筒提升机的制造是我们每一位职工的幸运，我们要坚定为民族争气、为工人阶级争气的信念，发挥自己的主观能动性，争取早日生产出国家急需的提升机产品。

"为民族争气、为工人阶级争气就是我们的口号。"你问大家，"记住我们的口号了吗？"

"记——住——了——"

耳畔一阵雷鸣。

"大家重复一遍！"

"为民族争气！为工人阶级争气！"

工人们听了你的动员，摩拳擦掌，能为新中国生产自己的提升机贡献力量，人人心中都充满了自豪感。

你用解剖麻雀的方法，和技术人员、老工人一起，对整台机器上千个零件一一熟悉，从图纸资料、工艺规程，到工具准备、材料准备、外协作件准备，一丝不苟，连一个小螺丝钉都不放过。你用了几个夜晚，将提升机上关键零件、加工方法、所用工具，都一一画在了本子上，并密密麻麻地写了许多说明，做了很多记号。

2.5 米提升机投入生产以后，从毛坯加工到装配，都存在很多技术难题。你组织干部、技术员和工人组成"三结合小组"，分析研究攻关。

减速器上的被动轮，是由齿轮轴与齿轮组合而成的。按照苏联图纸规定，要把齿轮内孔加热，使孔扩张后装入齿轮轴，这种加热装配方法叫"烘装"。

但是，图纸没说明烘装的具体办法，你就请教苏联装配专家。由苏联专家指挥，你们用半天多的时间用砖垒了一个简易炉子，把大齿轮架在炉子上面，用焦炭加热齿轮内孔，加热到一定时间，把炉子拆掉，再把轴装入齿轮孔内，第一个齿轮轴就这样装完了。

使用这种方法，人人看见都想笑，因为轴与孔的装配，一台减速器就有六道工序，各种规格都不同，装一个垒一个炉子那怎么能行？

当时人们对苏联专家都很恭敬，有意见不敢提。于是，有工人找车间技术组组长初玉玺，他很支持工人，对苏联专家的办法直摇头，但也不敢正面提。工人提出直接用木柴加热不支炉子，初玉玺说要请示焦主任。你答复，只要多快好省就尽管干，但要避开苏联专家晚上干。

第一次在夜间烘装齿轮时，工人把大齿轮用三点支平，用木柴加热内孔，由于没经验，当齿轮轴下到 1 米时，就再也下不去了。出这么大的事故，工人都很害怕。你告诉大家不要紧，分析一下再说。

最终分析原因是内孔受热不均匀，导致孔上端扩张大、下端扩张小，形成了上大下小，所以齿轮轴下到 1 米就下不去了。针对这种情况，改用尺棒代替千分尺，解决了因工件太热人不好靠近测量尺寸的问题，再就是，要注意工件的上下受热均匀。

你又指示制作专用吊具，使吊装省劲又安全。以后烘装各种齿轮都用这种办法，一直沿用了好几年。

这次改进大齿轮烘装方法，你将其作为群众的合理化建议，给予工人一定的奖励。

2.5 米提升机减速器中间（齿轮）装置，是由两个齿轮和一个齿轮轴组装而成的。当时中间装置齿轮接触面不够大，而且不是很均匀。解决中间装置的质量问题，需要一台剃齿机，而当时没有这种机床。

你和于永和等老师傅反复琢磨，决定利用一台旧车床进行改制。你和老师傅们苦干了十来天，其间三天三夜没回家，终于搞成了，解决了剃齿问题，提高了减速器的质量。

在试验减速器运转时，你去了解情况，并用螺丝刀支在减速器上听某个齿轮的声音，判断质量情况。

在你的组织、支持下，职工们齐心协力解决各种生产难题，顺利推进提升机的生产。

提升机上有一种叫轴瓦的零件，按工艺规定，这种轴瓦上要浇注一层"巴氏合金"，可是使用手工浇注时连续几次都没能成功，不是出现气孔，就是黏合不牢，出了不少废品。这不但浪费了许多贵重的钨金，而且直接影响了试制提升机任务的完成。

一个技术员说："我们在外国实习时，这样大的轴瓦，他们也用手工浇注，质量也是马马虎虎的，咱们还能有什么办法！"

你说："这是我们厂试制的第一台大型提升机，我们交给国家的产品，一定要达到高质量标准，绝对不能凑合！"

你找到装配工段的工段长于盛华和技术员陈继光等人，鼓励他们想办法突破这项难关。

于盛华等人想了很久，提出了离心浇注的方案。但是这个方案一提出立即遭到一些人的反对。有人说："使用离心浇注这么大的轴瓦，太危险了，就连外国人都没有使用过，我们能行吗？"

你觉得这个方案有道理，说："外国人没用过，咱们就不能用吗？咱们现在就是做着前所未有的事。"

陈继光查阅了大量的国内外有关资料，精心设计了切实可行的工艺规程。

于盛华等人在试验时需要一台机床来测定转数，当时车间里管设备的人担心把机床弄坏了，不让他们使用。你知道后，马上决定给他们腾出一台机床。

浇注机试验连续失败了几次，每次失败后，你就和于盛华、陈继光等人一起找失败的原因，并鼓励他们不要气馁，接着试验下去，不成功不罢休。

在你的大力支持下，离心浇注机浇注出合格的轴瓦，不仅突破了生产中的关键瓶颈，而且为以后的批量生产奠定了基础。

你对这件事总结说："作为一个领导，必须善于支持新生事物。办工业要走自力更生的道路，而领导更应该站在自力更生道路的最前沿。"

天车在空中忙碌地行驶，发出隆隆的声响；车床、铣床、钻床的轰鸣声，电动机得意扬扬的欢唱声以及钢铁的碰撞声，好像在演奏高亢激昂的交响乐。

一金工车间主任办公室里，你正在看苏联工艺专家编制的一金工工艺。

青年工人小孟跑到办公室："焦主任，5 米立车上的车刀质量有问题，这个班没下来就打了 4 把。"

你二话没说："走，到车间看看。"

你跟着小孟急忙来到 5 米立车跟前。

"小孟，你开车，我给你打下手。"

小孟爬上立车，全神贯注地开车床，车床急速旋转着，铁屑喷洒着火花，变成蓝色的铁屑卷着花儿半悬在托板上。

你一边用铁钩子清理铁屑，递送必要的工具、量具，一边观察着车刀的切削情形。

不一会儿，只见刀杆开始来回抖动起来，随之发出轻声的呻吟，刀杆越抖越厉害，呻吟声变成呜呜的间断声。"咔嚓"一声，车刀折断了。

小孟满头大汗，焦急地对你说："焦主任，这刀的角度有问题！"

你把折断的车刀拿在手上反复观察着，安慰小孟说："别急，你去找吕师傅，他在这方面有经验，你们一块商量改进意见，我去找专家，再想想办法。"

洛河畔一座漂亮的红色大楼，绿水掩映，鲜花盛开。来洛支援我国"一五"期间重点工程建设的苏联专家就住在这里。

"我是矿山机器厂一金工车间主任焦裕禄，我有事要找负责一金工工艺的专家茹拉廖夫。"

卫兵打通电话后说："你去吧，红楼第一个门口，有个翻译接你。"

在年轻翻译引领下，你走到一个办公室门口，敲了敲，推门走了进去。

苏联专家茹拉廖夫正与另一位专家下国际象棋。

你对身边的翻译说："你告诉他，5米立车上加工的大齿轮圈刀具损坏严重，严重影响了生产进度，请他去看看，给想一些解决的办法。"

翻译走到茹拉廖夫跟前，传话给他，茹拉廖夫慢慢抬起头，操着一口生硬的中国话说："我已经盖（看）过了，加工很正常……你们真（中）国人刚干工业……能干成这样，就很不简单了。"

你焦急地说："这样干下去，我们3个月出产提升机的计划就要落空了。"

茹拉廖夫听翻译说了一遍后，放声大笑几声，笑完又摆出一副严肃的面孔说："主任同志，3个月就要出产提升机，在我们苏联也不容易达到，何况你们刚刚建工厂。"

次日早上 8 点，你一进车间，小孟就兴奋地在门口截住你说："昨天下午吕师傅帮我将刀头角度改动了一下，又好使又好用，加工一个齿轮圈，从 16 小时缩短到 10 小时，活儿干下来，车刀不怎么磨损。"

听了小孟的话，你急忙走到 5 米立车跟前："你开车试一试！"

小孟试完停车，将车刀卸下递给你，你双手接过车刀，又叫了几个有经验的老师傅与技术员和吕师傅来一金工车间，集中到 5 米立车跟前，分析比较两种车刀操作。

你扬起新车刀说："这是咱们工人改出的新刀，大伙都看了，我不能说这新刀就好得没一点儿缺点，但它明显优于进口的老刀。不妨咱们就在这把改进刀的基础上，想想办法，动动脑筋，再进一步改进。从今儿个起，咱们用一周时间，拿出一个更加完美的新刀固定下来，这就是一金工车间投入生产后研发的第一项技术！"

两天后，工人们改进了新屑槽，加宽了负切屑刀。车床试验结果，效率又有了进一步的提高，加工一个大齿轮圈，只用 6 小时。

3 天后，你又一次走进工艺专家的办公室。你跟翻译说："翻译同志，你给专家说一下，我这一次来，是请这位工艺专家茹拉鲁廖夫同志下车间看一看，我们修改了一下工艺，叫他承认工人们研制出新的车刀为齿轮加工的合法工艺车刀。"

茹拉鲁廖夫听完翻译的话，脑袋摇得像拨浪鼓，连说："不行，不行！这工艺刀的规格，已载入我们苏联的百科全书，绝对不会有问题，而你们中国学工业，不应该抛开我们规定的工艺规程，自己另搞一套。"

从第一个五年计划开始之年的 1953 年起，新中国迈出了工业化建设的步伐。历史无可辩驳地表明，这是一个依靠外来援助的起步。当时，为了打破一些帝国主义国家的恶意封锁，把旧有的落后的农业大国迅速建设成为可在一定程度上拥有现代化水平的工业经济和国民经济体系的新中国，我们接受了苏联和一些东欧国家的援助。

洛阳矿山机器厂的提前建成投产，与苏联政府和人民的热情帮助分不开，工厂由苏方设计，并提供了现代化的技术装备，还帮助培养了 66 名技术干部，先后派来 20 名优秀专家帮助筹建、建厂和试生产工作。

从 1953 年 7 月洛矿开始筹建，负责工厂设计的苏联乌克兰国立煤矿设计院就派来了以设计总工程师斯列夫柯为首的工作组，到洛阳协助开展地形勘探、厂址选择、设计资料收集等工作，直到厂址确定才回国。

1955 年，中央号召提前完成"一五"计划，洛矿要求苏方提前完成设计。乌克兰煤矿设计院给予大力支持，他们选出 80 名设计师，日夜加班进行设计。1956 年底，一金工建设抢进度，苏联专家和中方人员一道工作到深夜。甚至除夕晚上，斯列夫柯、雅辛斯基、特卡钦柯、弗雅特金还在辛勤劳动。在生产过程中，苏联政府在半年多的时间内为洛矿送来了几台关键设备，确保了一金工试生产。提升机设计师别洛乌索夫，对第一台直径 2.5 米双筒提升机减重方面提出了很多建议。

洛矿厂党委会议室里，常委们在开会研究如何对待外国专家问题，厂长说："同志们，外国专家帮助我国建设，是非常有经验的，是值得我们好好学习的。中苏两党、两国政府和两国人民之间的深厚友谊，历史不可忘记，苏联专家伟大无私的援助也永远会铭记在洛矿人心中。"

厂长接着说："但是，也有一些东西经过实践检验，不一定是成功的经验，随着科技的发展，也要不断地改进。"

说到这里，看到你走进会议室门口，厂长说："老焦，你来得正好，来，快谈谈你们车间工人们对专家的反映和你个人的想法吧！"

"行，我正要给党委汇报呐，我曾两次找专家茹拉鲁廖夫，第一次是进口车刀出问题了，请教专家现场指导。我们工人革新出一种新的工艺刀，不仅耐用 10 倍以上，而且由原来的加工一个大齿轮圈用时 16 小时提高到 6 小时。我昨天又去让专家认定、修改工艺，承认新车刀为齿轮加工的合法工艺车刀，茹拉鲁廖夫说不允许我们中国另搞一套。"

厂长高兴地说："这把刀改得好，是解放生产力的突破口，老焦你的意思是……"

"我想在 5 米立车上举行一次车刀表演，请专家参观、鉴定，让事实说话，不知厂里同意不同意？"

你的话音一落，大伙你一言我一语地议论纷纷。

少数常委担心这样做会影响厂方与专家的关系，有人说这可是关系到中苏关系的问题。大多数同志则认为表演很有必要。

厂长望了望大家说："大伙的意见我听了，我认为，谁的刀好就用谁的。从目前的情况看，这不光是一金工车间的问题，在全厂范围内确确实实有那么一部分工艺规程束缚了工人的手脚，阻碍了生产的发展。通过这次刀具表演，或许可以使专家和我们从中受到一些教育，在事实面前，认识真理，驻我厂的外国专家中，对工艺改变的认识也不一致，通过这次刀具表演，统一一下认识，我看是件好事。咱处理好了，不仅能得到专家的认证，还能得到他们今后的帮助。不仅不会影响中苏关系，还会增进与老大哥的兄弟关系。"

厂长最后敲定说："就这样定了吧，试验新刀，你回去好好准备一下，专家们参加，我通知他们。"

刀具表演开始了。

一金工车间，5 米立车被人们围在中间，像城门一样高大，成"开"字形，给人以威武雄壮之感。

你站在悬空的立车走板上，俯视着前来观战的人群。

小孟略感紧张的眼神与你沉着的目光相遇，顿时感到踏实多了。

厂长陪着专家组组长斯契夫与工艺专家茹拉廖夫来到车间。

张红涛、时丽茹主编的《焦裕禄精神在洛阳》一书记述，你向人群挥了挥手，工人们闪出一条通道，留出车床前的显著位置。待厂领导与专家站定后，你向操作台前的小孟点了点头。

小孟按动电盘，"刷"的一下，大卡盘飞速转动起来……刀架开始移动，车刀慢慢插进压好的提升机齿轮圈。

机声隆隆，指示灯闪亮，上百双眼睛都被车刀吸引住了，卡盘飞旋着，蓝色的钢屑顺着刀尖流出来，又卷起一圈一圈的花屑，大约5寸长，"啪"的一声，自动折断，又开始重复着铁屑的流出、卷曲……

观众中谁在喊："好啊！是宝刀！"

话音一落，掌声四起。

茹拉鲁廖夫弯腰从地上捡起一段冷却了的铁屑，嘴里叽里咕噜递给厂长。

翻译告诉厂长："专家说这刀子很好，为什么还要改革工艺呢？"

厂长笑着望了望站在一旁的你。你面向茹拉鲁廖夫说："专家同志，这使用的是工人自己设计的刀子，您设计的刀子下面就开始表演了。"

茹拉鲁廖夫顿时满脸通红。他生硬地喊了一声："拿工艺车刀来！"

你一招手，小孟立即从工具箱里捧出6把车刀。茹拉鲁廖夫从西装口袋里掏出放大镜，对准车刀刀头，比来比去挑选出了一把最满意的车刀，交给了小孟。

小孟"啪"地关闭了电门，换好了车刀，按照工艺要求重新调整了车床转速切削用量，按动电门，马达又轰鸣起来。卡盘开始运动，但速度比刚才显然慢了许多，钢屑不是顺着刀在往外流，而是一块一块往下挤。不一会儿，刀杆颤抖着发出低微的呻吟。

茹拉鲁廖夫瞪大眼睛，约莫过了5分钟，只见刀杆猛地一震，"砰！"一块枣核大小的合金刀头滚到他的脚下，茹拉鲁廖夫不好意思地赶忙用皮鞋踩住。

小孟连忙退了刀停下车，专家组组长斯契夫摇头，茹拉鲁廖夫脸上红一阵白一阵。他低头看看手中那把打坏的刀子上迸裂的大口子，将翻译叫到眼前，打着手势呜里哇啦起来。

你从他的表情上已猜准了他想要说什么，没等翻译开口，就不慌不忙地从口袋里拿出一把万能量角尺，递给茹拉鲁廖夫。

西斜的太阳透过高大的玻璃窗照射下来，车间地面光影斑驳。

茹拉鲁廖夫眯起左眼举起车刀角尺，对着光线，翻来覆去地比量了半天，刀子角度丝毫没有问题。他茫然地晃了晃脑袋，将打坏的刀子往地上一扔："完全是制造的原因！"他指挥小孟再装第二把车刀。

第二把车刀情况依然如前。刀屑仍是一块一块地挤，刀杆还是微微地发颤。不一会儿，只见刀杆猛地一抖，发出刺耳的尖叫，钢屑迸溅着火花，像一条狂蛇乱窜。

小孟当机立断，把刀退了出来。茹拉鲁廖夫恼火地责问："问（为）什么退刀？"

小孟把卸下的刀递给了他，他不用放大镜，便可以看清刀刃上一个麦粒大的缺口。

茹拉鲁廖夫猛一抬头，一把推开小孟，冲到操作台前仔细地瞅了瞅，看看机床，看看进刀的速度，没发现违规作业。他回过头两眼盯着小孟叫了起来，还伸出一个小拇指胡乱地比画着。

你望了望大家，平静地说："同志们，是立车师傅的站出来！"话音一落，5个立车师傅从人群中走了出来。茹拉鲁廖夫在5个人中选出一个最满意的老立车工，然后他又亲自安装，重新降低了转速。

第三次"表演"又开始了。

茹拉鲁廖夫弯着腰，靠近机床，一边两眼盯着刀尖，一边用手指打着手势，指挥刀子慢慢地移近零件。刀尖接上了，第一块钢屑挤了下来。他刚刚直起身子舒了一口气，只听"嘣"的一声，合金刀头崩裂的碎块迸射出来，吓得他忙往后退了两步。

你向前礼貌地说："专家同志，请您对我们的新刀具提提意见。"

茹拉鲁廖夫："咳！咳！你们的刀具可以使用，可我们的刀是上了百科全书的呀！"

厂长微笑着说："没有什么说的了，刀具表演很成功。"他转向你："你说几句吧。"

你那双深邃的目光扫射了一下人群，用洪亮的声音说："同志们！现在我宣布：从今日起，我们自己新出的车刀，就是加工提升机齿轮圈的合法工艺车刀。"

"哗!"掌声如雷般扩散开来,不少人眼角挂着泪花。

你又大声说:"但是,革命没有止境,真理也没有终结。所以我们的车刀改革并没有到底,我们要继续学习,反复实践,不断创新,不断发明,加速我国工业化建设。"

最执着的追求,始自信念;最恢宏的书写,源于精神。

在制造 2.5 米提升机的日子里,你日夜领着大家攻难关,吃住都在厂里,连续 50 多天没回过家。

你是三军主帅啊!

这里有谋略——运筹帷幄,决战千里;

这里有布阵——各司其职,各负其责;

这里有进攻——斩关夺隘,冲锋陷阵。

整个车间激情昂扬,在争分夺秒中迎接胜利的曙光。

为了赶工期,车间的干部、工人们都是晚上 12 点下班,天一亮就开始工作。夏天,早晨 5 点天就亮了,大家休息的时间很少。而你则每天在深夜下班后,主持召开 30 分钟至 1 小时的生产例会:一是总结当天的情况,二是部署第二天的生产任务。有时会开得时间长,开完都凌晨一两点了,你就在用车间装箱板钉成的长条板凳上一躺,盖上棉大衣眯一觉。

细心的人们发现,在会战 2.5 米双筒提升机的日子里,你有 50 多个凌晨,都是在这个长条板凳上度过的。

王有益是提升机的设计者,在生产最紧张的时候,他和你一起睡板凳。

忙完了一天的工作,王有益环顾车间,看遍了周围也没发现一个能睡觉的地方。

你指着二楼走廊里的大板凳对他说:"小王,晚上就在这上面将就将就吧。"

王有益躺下去,又窄又硬的凳子面硌得后背很不舒服,怎么也睡不着。你教他睡长板凳的"窍门":"侧着身子躺,把腿蜷着。"

第二天一早，睡了板凳的王有益腰酸背痛。

"我睡了几天大板凳就受不了，老焦连续50多天，他是怎么熬的啊……"王有益感叹地说。

赵广宜作为车间技术员，那段时间也是天天在车间跟班作业。

由于连续熬夜，年轻的赵广宜也吃不消了，特别是一到后半夜，不由得上下眼皮直打架。他却看到你毫无倦意，就一直硬挺着。

等提升机造好了，赵广宜累病了。"我那时突然发现吃辣椒没感觉了，找到医生一问，才知是熬夜熬得神经麻木了。"

"老焦也是个普通人，这样干谁受得了？可没办法，再苦再累他都能扛住。"赵广宜说。

剃齿是齿轮精加工的新工艺，是中间齿轮加工的一道难题。车间把任务交给孙永康、于荣和。你守在车床前，一面鼓励他俩克服困难，一面又生怕他们累着。在他俩工作时，你自己却比他俩都忙，不是打水、送饭、递扳手，就是借工具、喊吊车……两位工人师傅一口气干了两天两夜，你也整整陪他们熬了两日两宿。

看到你连续熬夜，于荣和恳求："焦主任呀，你累了，回去休息一会吧，我们保证完成任务。车间的担子重啊，把你累倒了可咋办？"

你说："不要紧，我还能顶得住。"

那时，你有严重的胃病，经常疼得直不起腰来。可你从来不把自己的病放在心上，实在疼得扛不住了，就顺手从兜里掏个苏打片放到嘴里。大伙心疼你，劝你回办公室休息一会，你爽朗地说："我扛得住。屁股和板凳结合得多了，腿就会软，人就会懒，就会和工人疏远了。"

大家经常见到豆大的汗珠顺着你的脸颊往下流，你都顾不上擦一下。为了早日使矿井下的阶级兄弟用上国产提升机，你"只恨自己力量太小，为党做的工作太少"。

老战友周锡禄见到你，关心地说："老焦呀，几天不见，怎么瘦成这个样子？"你风趣地说："瘦好嘛！瘦了可以减轻负担，走起路来方便。"

梦想像种子一样在耕耘中绽放，然后，蓬勃成一片灿烂的希望，幸福地站立在金秋。

在你的指挥带动下，一金工车间只用了 3 个月就制造完成新中国第一台新型 2.5 米双筒提升机。

试车，是令人期待的日子。

这个重要时刻，正一分一秒地向洛矿的创业者们走来。

大家紧张地盯着你，你手一挥："开始！"

工人师傅坐在操控台上，手一合电闸，一声巨大的轰响，2.5 米双筒提升机徐徐转动起来。

人群里爆发出一阵掌声。

你果断地手一挥："重载试车，开始！"

卷筒嘎嘎响了一阵，粗大的钢丝绳绷紧、绷直。

卷筒略微震动了一下，开始把钢丝绳一寸一寸卷到滚筒上。

人群中顿时爆发出热烈的掌声。

苏联专家茹拉廖夫围着提升机看了又看，嘴里不停地念叨："奥秦哈拉绍，奥秦哈拉绍（很好，很好）！"

厂宣传科干事拎着照相机跑进车间："大家静一静，照相啦！"

工人们哗啦一下围在提升机旁，摆姿势，做表情，都想把自己光辉的影像与新中国第一台新型 2.5 米双筒提升机一起嵌入镜头。

这时，技术员小陈四处看看：咦，焦主任呢？

工人们哗啦一下散了，到处找你。

你半靠在一处木盒搭成的靠椅上，头靠在后面的木箱上睡着了，手里的香烟还在燃烧，留着长长的烟灰，稍一动弹就会跌落……

"五一"国际劳动节那天，你和一金工车间工人举着红旗，敲着锣鼓，将新中国第一台新型 2.5 米双筒提升机披红戴花地献给了祖国光辉的节日，那种自豪感、荣耀感、崇高感全都映在了一张张灿烂的脸上。

新中国首台 2.5 米双筒提升机的成功试制，鼓舞着建设者们在创业的路上勇往直前。

1958 年，洛矿提前一年零两个月建成，并为国家节约投资 211 万元。10 月 31 日，国家验收委员会在洛矿建厂质量鉴定书上写下评语："洛矿全厂建筑、安装工程质量总评为优。"

1958 年 11 月 1 日上午 9 时，洛矿全厂 6000 多职工在厂前广场举行开工生产典礼，庆祝工厂提前建成并向国家交工验收。国家验收委员会主任、中共河南省委书记处书记李立为大会剪彩，并在验收书上签字验收。

"这是一个为冶金和煤炭工业制造设备的工厂，它制造各种采矿、起重和选矿机械，也制造冶炼和轧钢设备……像这样具有强大生产能力和现代化设备的大型矿山机器厂还是第一座。"1959 年 4 月 16 日，《人民画报》第 8 期图文并茂地介绍了洛阳矿山机器厂。

创业者以忘我的劳动热情，与天地争高，与日月赛跑，年轻的企业到处充满蓬勃的生机。各种提升机的综合生产能力，原设计年产量为 200 台、9251 吨；在投产第三个年头的 1960 年就完成 294 台、13015 吨。机器产品总量超过设计能力 26.7%，大大显示了工人、干部和科技人员的聪明才智和主观能动性。后来任生产调度科长的你，创造性地进行工作，将不同型号的提升机同类零件和各种桥式起重机通用零件组织在一起，按批量生产，工效成倍地增长。

1959 年 10 月 12 日，周恩来总理到厂视察了！

周总理在厂领导的陪同下，来到你曾主帅的一金工车间。他仔细地了解各个工段和工人们的生产情况。在卧式滚齿机、大型立车和卧车等重要设备旁，他询问了这些设备供应来源和有关生产等问题。工人钱万有正忙碌着加工提升机上的马达轴，周总理轻轻地拍了一下他的肩膀，说："您在忙啊！"钱万有惊奇地回头一看，呀，是周总理！总理亲切地问他是哪里人，带几个徒弟。看到工人们新造出的机器，周总理非常高兴，不断地和工人们握手，深邃的目光饱含热情。当看到刚出产的打眼机时，周总理根据国家建设的迫切需要，建议工厂增产 20 台打眼机。

周总理走后，厂党委专门召开会议，研究 20 台打眼机的增产事宜。你带领生产调度科连夜做出计划，合理调配资源。全厂上下都为能完成周总理下达的支援国家重点建设的任务而激动和自豪，立即掀起了劳动竞赛热潮，20 台打眼机 1 个多月就顺利完成并发往沸腾的密云水库建设工地。

河南豫西，距离洛阳市区 100 公里处，有一座百年老矿叫观音堂煤矿。你带领工人制造的新中国第一台新型 2.5 米双筒提升机，曾在这里为煤矿服务了 49 年。

2015 年 1 月 22 日，中信重工厂区焦裕禄大道旁，随着你的老工友徐魁礼缓缓揭开红布，中国首台 Φ2.5 米双筒提升机崭露雄姿，重新回到诞生地。作为企业新增的一处工业文化遗产，它和焦裕禄大道、焦裕禄事迹展览馆一起，成为焦裕禄精神和公司企业文化的景观链。

中信重工承担了大型提升机装备开发国家"863"计划，取得了提升机科研的一系列突破：研制成功我国井下使用的最大规格提升机；研制成功我国最大的塔式双机拖动提升机；率先推出国内首台高性能液压防爆提升机。

中信重工已把提升机的水平提高到每次提升量 40 吨、每秒提升速度 16 米以上的级别，关键技术达到了国际先进水平。

中信重工设计、制造了各类矿井提升机 8000 余台，大型提升机的国内市场占有率达 85% 以上。

驻足新中国第一台新型 2.5 米双筒提升机前，看着你和工人们当年的合影，我们能感受到黑白照片中传递出来的那份成功的喜悦和自豪。

科学求实，勇于担当，迎难而上，艰苦奋斗，是工业文化的突出体现。在百废待兴的情况下，你以"革命者要在困难面前逞英雄"的大无畏气概，带领工人攻坚克难，书写了一代共产党干部平凡而不朽的传奇。

|　"政治科长"　|

　　焦主任，你清楚地知道，在 20 世纪 50 年代那段特定的历史时期，知识分子是比较敏感的话题。整个 50 年代，针对知识分子的不是某个特定的政治运动，而是一连串"组合拳"。其间除了 1956 年有过一段短暂的"早春"之外，大部分历史岁月，知识分子都在运动的漩涡中挣扎、浮沉。

　　而在新生的中国最大的矿山机械制造企业，你对知识分子、对技术人才另眼相待，充满了关爱。当时技术人员中有一些南方人，吃不习惯北方的面食，你回家跟爱人商量，把家里仅有的几斤大米拿出来给技术人员。这哪里是几斤大米？你这是表明了党对知识分子的态度！

　　赵广宜从沈阳重型机器厂派往苏联学习培训，一年后，学成返回祖国。1957 年 10 月，组织上分配他到洛阳矿山机器厂。到厂的第三天，他拿着厂人事科的调令到一金工车间报到。在车间主任办公室，他第一次遇见你。他的回忆文章是这样描述的——

　　焦裕禄三十五六岁年纪，中等身材，黑黑的脸庞显得有些消瘦，可他有着劲松那般挺拔的身姿，有着白杨那样昂首的气概。瞧他那沉静的神情，就使人知道是革命熔炉里炼过的、铁砧上锻过的人。他那两条浓黑的眉毛含着坚韧果敢，刚毅的额上蕴蓄着革命的智慧，一条条深深的纹路，显示出以往岁月的艰辛。最惹人注目的是他那年轻的、意气风发的脸上长着黑密密的胡子（可能太忙了没时间刮），目光炯炯有神，使人感到，老焦是位言信行果、虚怀若谷的实干家。

我走进老焦的办公室，见他正在聚精会神地攻读。办公桌上堆放着《机械工业企业管理概论》和《机械制造工艺学》。

他见到我走进办公室，马上起来亲切热情地跟我紧紧握手："小赵，欢迎你学成胜利归来！"接着，老焦点燃一支香烟，吸了两口，开始说："我们早就盼望你们学成回来了。现在祖国正在开展大规模的经济建设，急需大批人才。"他指着桌上的书籍，仍然带着浓重的山东口音："党号召我们向科学进军，外行要尽快地变为内行。我只能见缝插针利用时间看点书，学点知识。小赵，今后我就拜你为师了。"

我向他汇报了赴苏联学习培训一年的概况。老焦向我介绍了厂里和车间的一些情况以后，继续说："我们厂的基本建设接近尾声。小赵，组织已研究决定，你任西跨工段的总工长。在车间没有投产前，你的主要工作是协助苏联专家茹拉鲁廖夫同志负责车间的机床设备安装，并兼做俄语翻译。"

老焦又点燃了一支香烟，接着说："又红又专是党向我们提出的要求。我们一定要戒骄戒躁，永远沿着又红又专的方向前进。"

我跟老焦初次见面，仅仅瞬间，彼此之间的距离忽然缩短了，甚至消失了，我们好像成了久别重逢的战友。

我上班的第一天，老焦为方便工作，将我和苏联专家茹拉鲁廖夫单独安排一间办公室。开始，我与茹拉鲁廖夫配合默契，机床安装调试工作进展顺利。

一天上午，在中跨 265B 镗床旁，因铺镗床周边的脚踏板，我和茹拉鲁廖夫争执起来。老焦正在附近清洗机床零部件，协助安装公司加快机床的安装进度。他见我嗓门愈来愈高，急忙走过来，将我叫到一旁，十分严肃地对我说："小赵，你嗓门高，顶撞专家，不是解决问题的办法。"

我回敬道："茹拉鲁廖夫实在太过分了，他一定要按机床安装说明书规定，对脚踏板木材的产地、树种严格要求，太不切合实际。"

老焦说："这是专家工作认真的表现。我们应该主动和苏联专家搞好团结，尊重专家的意见，耐心地阐明我国的国情，据理力争，尽可能地说服专家。"

从此以后，我与茹拉鲁廖夫再没有发生过争执，再没有红过脸。我们彼此相互尊重，亲密合作，顺利地完成了车间机床安装调试的任务。

一天晚上，我在值班，夜里12点，老焦找到我，认真又焦急地说道："小赵，请你教我俄语吧，从最简单的字母开始。现在新中国的工业项目几乎全由苏联援建，厂里的设备和图纸上很多都是俄语书写的，如果我不懂俄语，怎么熟悉设备和图纸呢？作为一个车间主任，如果连车间的机器和图纸都看不懂或者不熟悉，还有啥资格指挥生产呢！"

我被老焦的谦虚好学打动了，立刻满口答应。他顾不得已是后半夜和满身的疲意，重新回到办公室，开始了俄语学习的第一课。

学起俄语来可真不容易。比如俄语字母"P"发音时舌头要颤动才能发出正确读音，这对于说话带有山东口音的老焦来说非常困难。我教了他好多遍，他不停地认真模仿重复了好多遍。可是，两小时过去了，他对有些基本字母的发音还是很不准确。他劝我回去休息，他说他今夜的任务是学会全部俄语字母。

接下来一连几天，只要有空老焦总是在练习发音。有一天，我无意间听到他说话的声音有点儿别扭，就问怎么回事。他不好意思地说："这段时间天天练发音，舌头好像越来越不灵活了。"

我让他张开嘴，发现他的舌头已经有点儿肿了，顿时心疼不已。他当年学习俄文用过的厚厚的《俄华大辞典》和其他专业书籍，陈列在公司焦裕禄事迹展览馆里。一个甲子的时光流过，桌上的书籍都染上了浓重的赭黄色。

韶光已逝，岁月难留。今天，当我怀着崇敬的心情追忆他时，老焦那纯朴可亲、谦虚好学、令人信赖，以及他对技术人员、对知识分子的尊重和关爱，仍深深印在我的脑海。

家居上海、毕业于复旦大学的青年技术员小张，由于受不了建厂初期的艰苦生活，借出差的机会回到上海后，不愿回洛阳了。

围绕小张这种无组织、无纪律的行为，团组织开会讨论，有的说把他开除算了，有的则主张争取、教育，给他一个改过的机会。

你支持了后一种意见。你说，第一，我们要正视现实。你看，我们现在就是比较困难嘛！像小张这样的青年，由于长期在大都市里生活，对艰苦的环境还不习惯。第二，要对他予以信任，耐心等待。小张在校时是一位高才生，而且是自愿报名来洛阳的，来时怀里还揣着一份决心书。现在思想有了反复，要等他醒悟过来。我们国家培养一个大学生不容易。

经你这样一分析，大家心里亮了。最后结论是：先发信，后去人，耐心地说服动员他回来。

小张接到团组织的信，在父母的支持下，带着挨批评、受处分的思想，扛着行李回来了。

回来后，他怎么也没想到，等待他的是一场非常热烈的欢迎会。会场上挂着会标，写着欢迎小张归来的大字。会场周围写满了青年人应该投身祖国建设，在火热的斗争中考验自己、锻炼自己等大幅标语。

会上，你亲自致欢迎词。你首先欢迎小张归来，肯定了小张前一段的进步表现和这一次的实际行动。接着帮他分析了当初不愿再回到洛阳的思想根源，最后对他寄予期望。

深深的内疚、浓浓的感激充满了小张的整个身心。

小张放声痛哭，他沉痛地检查了自己的错误，表示今后坚决按照党的要求努力工作。

年轻人那种激情又在他身上欢畅地激荡起来。

他工作积极，要求进步，不久就加入了中国共产党，成了很有威望的工程师。

一金工车间的青年技术员陈继光，1956年毕业于大连工学院机械制造工艺专业，在业务上出类拔萃，尤其擅长机械加工工艺。1957年"反右"运动中，陈继光由于家庭出身不好，受到同事们的冷落，几乎被打入另册。他因得不到理解和信任，觉得有才难施、有志难展，常常闷闷不乐。

你深谙知识分子的内心活动，在国家大规模的经济建设中，他们最大的悲哀是报国无门，理解和信任是他们的第一需要。你更明白，现代化的机器产品，离开专家和技术人员是不行的。于是，你力排众议，批准陈继光加入了设备安装突击队。

一金工车间起用出身不好技术员的事，很快在全厂传得沸沸扬扬。

在厂党委会上，大家争论得很厉害，厂长让你谈谈想法，你平静了一下激动的情绪，坦陈己见："刚才有的同志对我重用陈继光这位家庭出身不好的技术员提出了意见，我谈谈我的看法。这些年国家不惜重金，聘请几千名苏联专家来帮助我们搞经济建设，而我们自己培养的知识分子却不敢大胆放手地用，这是人才的浪费！"

你激动地站起来："我个人认为，政治与技术是对立统一的。政治就是政治，不能与技术混为一谈。技术是属于生产力的范畴，是没有阶级性的。我们的知识分子热爱党，热爱新中国，热爱工厂和自己的事业，我们没有理由不信任他们！"

厂长带头给你鼓掌："说得好！洛矿的建设不能离开自己的工程技术人员，我们应该在政治上严格要求他们，在思想上团结他们，在生活上体贴入微地照顾他们，在生产上大胆地使用他们。我支持一金工车间的设备安装让咱们自己的技术人员来唱主角！"

接下来的几天，你又有了一个新的发现：陈继光有个习惯，每天见了谁，说了什么，做了什么工作，都要详细地记录下来。

这天，你看见陈继光正在厂门口看大字报，便走上前去："小陈，又在这里看大字报？"

陈继光不好意思地笑笑："焦主任，我来受受教育。"

你拉了他一把："走，咱们散散步。"

两个人走到大门外，你问："小陈，听说你有个习惯，每天都要做很详细的笔记。"

陈继光愕然："焦主任，你咋连这个都知道？"

你问："是不是有这习惯？"

陈继光说："焦主任，我生怕哪一天我说错了啥话，做错了啥事儿，连自己都不知道，连个证人都找不着。"

你拍拍陈继光的肩膀："小陈，你的业务技术在厂里是数一数二的，对厂里的贡献大家是有目共睹的。你别怕，把腰杆子挺起来，不要分散精力做无用功。出什么问题，我来承担。"

陈继光用感激的目光看着你。

你说："你的心情我理解，你放心，有什么错你就往我身上推，我抗风能力比你强。"

陈继光的泪水夺眶而出，他什么也没说，对着你深深鞠了一躬。

从此，陈继光在工作上更加卖力了，为一金工车间解决了一个又一个技术难题。其中一项不带空刀槽的双向人字齿轮加工任务，连苏联专家都束手无策，陈继光查阅了大量的国内外资料，多次深入生产现场，与工人们研究制订方案，精心设计工艺规程，反复操作试验，终于攻克了这项难关。

清晨，阳光伴着早春的微风落下，人们仿佛能听到树枝上新芽抽出的丝丝声。嫩绿的叶子告诉人们，1959 年的春天到了。

这个春天，洛阳矿山机器厂全面投产，你被任命为厂生产调度科科长，担负起全厂的生产调度任务。

1960 年 6 月，调度科的生产计划刚一下达，一金工车间副主任初玉玺就提出来，车间里加工的 130 多个齿轮由于滚齿机人员不够，有完不成计划的危险。

你找来图纸工艺算起细账。你一张一张看，一件一件算，看每个齿轮的关键问题在哪儿，工作量究竟有多大。接连弄了四五个夜晚，才把账算完，根据一金工车间的现有生产能力，确有完不成任务的可能。怎么办？难道党交给的任务就非得打折扣不成？

你决定，到群众中去找办法。

1958 年，在洛阳矿山机器厂第一次生产誓师会上，你代表一金工车间做了发言，对车间技术人员提出了"三好""四快"的要求。"三好"：准备工作质量好、理论结合实际好、联系群众好。"四快"：准备进度快、解决问题快、工具供应快、帮助实现合理化建议快。60 年过去了，如果不说明这个"三好""四快"的历史背景，大概很多人都察觉不出来这是你半个多世纪之前就提出的工作理念。"三好"中，你特别提出"联系群众好"，那时，"四风"问题少之又少，但是即便是这样，你还特别强调了"联系群众好"，可见群众观念在你的心中是多么强烈、多么牢固。

一大早，你就来到一金工车间滚齿机小组，找了几位老工人一块商量。果然办法被大伙想了出来：重新调整劳动组织，让徒工顶班，老工人巡回检查，这样就使车间原本只能开两班的机床，可以开起三班来。

你找到初玉玺，问："老初，滚齿机人员不够很现实，可是你想没想，用什么办法来解决？"

初玉玺苦笑了一下说："我能有什么办法，机器就那几台，人也就那几个，都是死数……"

不等初玉玺说完，你便接上说："机器虽然是死的，可掌握机器的人却是活的，只要把他们发动起来，什么困难都可以克服，人的因素是第一的嘛！"

于是，你就把和工人早上一块商量的办法说了出来，初玉玺脸上露出了笑容。

一金工车间滚齿机组调整了劳动组织，130件齿轮不但完成了，而且还提前了5天。

事后，初玉玺见了你，称赞说："老焦，你可真行。"你谦逊地回答："我能有什么，办法来自群众啊。"

在调度科工作期间，同事们发现，在你随身携带的提包里，经常装着好几种工作手册，分门别类记载着各车间的详细情况。从生产任务、设备条件、劳动力量，甚至哪个人有什么思想问题、家庭困难等，你都记得清清楚楚，了如指掌。工人们说："焦科长不仅业务熟，还善于抓人的思想。跟着他干工作，就是再重再难的任务，我们也都乐于接受！"

刚到生产调度科时，你发现，科里一些人有思想包袱。他们认为，干调度吃力不讨好，两头受气，磨破嘴，跑断腿，而且工作没有技术含量，学不到什么东西。

一天晚上，你到调度组长刘玉莹家去了。你对刘玉莹说："老刘呀，你搞生产调度这么多年了，你在工作中最深刻的感受是什么？"

"干咱这一行，嘴要能说，腿要能跑，嘴勤、腿勤，心里还要常常惦记着生产计划、零件毛坯、开会调度。"

"为什么调度工作这么忙乱呢？"

"工厂调度是指挥全盘生产的枢纽。这儿找你要人，那儿找你要料。今天这个车间吵着完不成计划，明天那个车间嚷嚷着上道工序影响了他的计划执行。天天像打仗一样，哪能不忙乱。"刘玉莹一个劲儿发着牢骚。

"就没法解决这个问题吗？"

"那有啥法，工作性质就是这。我也巴不得能有个好办法哩！"

你说："我虽然初来，可仔细看了下咱们的工作，我觉得忙乱的问题可以解决。"

刘玉莹急忙插嘴问："那你说说咋解决吧！"

你说："我认为越是生产繁忙，我们管生产的，就越不能光靠下调度命令，光讲零件，光要数字。依我看，要调度好生产，就先要'调度'好人的思想。"

大连起重机器厂的技术骨干姜枫椿经历了旧社会的苦难。你同他谈心时问："姜师傅，你干活为啥？"姜枫椿笑了笑，慢条斯理地回答说："挣钱养家呗！"

你沉默了。每个人头脑中，都有一台无形但功率可观的发动机。像姜枫椿这样的技术骨干，身上蕴藏着推动生产发展的巨大潜力。怎样才能使他开动机器，把自身的潜能充分释放出来呢？

机会来了。一次车间组织教育，你给工人讲怎样做新中国的主人翁，回顾了日俄战争时期的旅顺之战。你讲道："日本和沙皇俄国为争夺旅顺殖民统治权，在中国领土上打仗，无辜百姓却承担了生灵涂炭和失去家园的高昂成本。那时中国人一条命，还不如洋人眼中一只狗。日本人把抓来的中国男女作为'俄探'，公开砍头示众。鲁迅就是看到一些中国人麻木不仁围观这次屠杀的照片，才弃医从文的。如今，党领导人民赶走侵略者，建立了新中国，人民当家作主的好日月到来了。咱们工人作为国家的主人，应该以主人翁的姿态发挥聪明才智，把我们可爱的祖国建设得更美好啊！"

你发现，那天进行教育时，姜师傅把手绢都擦湿了。原来，这个朴实得像一把大地的泥土的师傅，心中同样装着高山大海！

你针对姜枫椿祖居大连，父辈对殖民统治有切肤之痛，自身对新旧社会反差感受深的特点，10多次上门同他拉家常，话人生，启发他把对党和国家的朴素感恩之心，化为多做贡献的力量。

姜枫椿的国家主人翁意识被唤醒，潜能涌泉般释放出来。他积极改进刀具，提高工效9倍，还毫无保留地传授革新技术。

姜枫椿一直保存着你离开大连前送给他的照片，当你病逝的噩耗传来，他眼含热泪，在你送给他的照片背面写下"学习焦裕禄，听党的话，跟党走，不怕困难，永不变心"的誓言。

姜枫椿牢记你的谆谆教导，矢志建功立业，后来成长为全国劳动模范。

谈起你对他的思想"调度"，姜枫椿老人说："是焦裕禄成就了我的人生。"

你到党员、团员家里去了，到生活困难的职工家里去了，到有病的同志家里去了，到思想上有包袱的同志家里去了。

你接连召开党员会、团员青年会，以自己的革命经历和英雄烈士的光辉事迹去教育他们。你这种善于接近人、了解人，胸怀宽广、赤诚相待的精神，感动了很多人。你像一团火，把全科人员的心熔化在一起，把生产调度科带得思想统一，团结一致，精神舒畅，干劲十足。大家都说，在焦科长的领导下，干起工作来就觉得有使不完的劲儿，个人杂念消除得快，废铁也能变成钢。

1960 年初，国家下达给洛阳矿山机器厂的任务大幅度增加，厂党委提出了完成全年任务的方针、口号和重点。作为调度科长，你想到的是如何让全体干部职工时时想着这个大局。

在一次生产调度会上，参加会议的人到齐了，你没有像以往那样讲计划、讲零件完成情况，而是给参加会议的人发了一张纸，要进行一次考试。你说："同志们，现在我们做一次小测试，试题有两道：第一，今年全厂的中心任务是什么？第二，最近厂党委提出了哪些行动口号？"

参加会议的人面面相觑，有人小声嘀咕：这唱的是哪一出呀？调度会不讲任务，不讲产品质量，真稀罕！知道这些虚的东西有什么用呀？

考试的结果不出所料，成绩普遍不太理想，有人甚至交了白卷。

你看过考卷后站起身，语重心长地说："今天不是给大家出难题，我想通过考试，让大家更明确一个问题，一个生产领导干部，首先要吃透上级党组织的指示，如果心中不了解全厂的中心任务，不了解党委的意图，那是很难带好队伍、完成党交给的任务的。"

这一次别开生面的生产调度会，给大家留下了极其深刻的印象。

1960年的春节，皑皑大雪铺盖了洛阳城。

节后上班的第一天，你早早来到厂里。在了解一些基本情况后，你组织调度科职工召开了一个简短的班前会。会议主题不是研究生产，而是要求调度科的干部职工分头下去，了解各车间职工节后的思想状况，帮助车间做好职工的收心工作。

散会后，你披着那件人们十分熟悉的旧黑大衣，深入到机声隆隆的车间里。

从最西边的三金工车间，转到最北边的配料工段，你到机床旁、电炉边、毛坯库里，向职工问长问短，认真倾听着每一个职工的谈话。

最后，你来到二金工西跨，遇见车间副主任吴永富。你开门见山地问："老吴，今天节后上班第一天，情况怎么样？"

吴永富脱口而出："今天机床开动得很早，毛坯投得也不少，零件……"

你摇摇头，打断他的话说："老吴，我问的不是这个。春节刚过，职工们的思想状况怎么样？干劲怎么样？反映怎么样？"

一连几问，吴永富才把话题转到职工的思想状况上来。临走时，你特别吩咐道："春节放了几天假，今天刚上班，要把抓好职工的收心工作放在第一位。车间主任就好比战场指挥员，必须及时了解自己的战士在想什么。"

就这样，一圈转下来，职工的思想状况你了如指掌，为调度人的思想奠定了基础。

每当同志们回忆起和你一起工作、一起生活的情景时，总是深深怀念着你这位出色的"政治科长"。

总结你的"政治"，可概括为"三高"：高度的政治敏感；高远的政治站位；高明的领导艺术。

出色的"政治科长"，诠释了你高度自觉的政治修为。

　　新中国工业建设中孕育而成的高度自觉的政治修为，化作同困难和灾害斗争的英雄壮歌，在你长眠的兰考、在你曾经工作过 9 年的洛矿、在祖国大地亿万人民心中竖起一座永不磨灭的精神丰碑。

有一种品格叫高山仰止

午夜时刻，火车嗷嗷地进站了。

你和李靖涛等 5 名一起出差的同志走出北京站，凛冽的寒风迎面扑来。

当时，有人说："来到伟大的首都北京，该找个像样点的旅馆住下，便于工作。"

你听到后就说："住什么地方，还不是一样工作。"

听了这句话，大家没说什么，但心里还是想要找个条件好的旅馆住。大家走了一段路，看到一个旅馆，进去一看，房间又黑又窄又矮。

有人就不高兴地说："这怎么住呀！"

你却高兴地说："同志们，党交给我们的工作还没干，哪能先考虑自己呢？还是先完成党交给我们的任务要紧。"又说，"毛主席在延安窑洞里写出了许多伟大的著作，我们今天住这个房子比窑洞好多了，问题不在于住好房子，而在于做好工作。"

大家被你说服了，就同意住下来。

但是，一个房间只有 4 张床，还剩下一个人怎么办呢？有人提议，你是带队领导，应该另找一个单间住。

你当即拒绝，说："我们都是来工作的，为什么要让我单独住一间房呢？不行，绝不能搞特殊！"

说着你便去找旅馆服务员，请求给加个床铺。

服务员说："这房间不好加铺，给你另找个房间吧？"

你说："把床铺放在门口就行了。"

服务员还是迟迟不同意，你又耐心地说："北京旅客多，一个人占个房间，不仅影响其他旅客居住，而且多开支旅费。现在，国家正在搞建设，各方面都需要资金，能节省一厘钱用于建设方面也是好的。"

一席话，说得服务员心服口服。你忙着和服务员一起抬床安铺，床安好后，你又抢先住上。

同去的几个人看到这种情况，很过意不去，就要求和你更换床铺，你却说："我睡在这里好极了。"

1957年冬季的一天，寒风好似一个醉汉到处游荡着，时而放开喉咙狂怒地咆哮，时而疲惫地喘着粗气。

中信出版社出版的《精神的路标》一书记述，下班了，你从车间走出来，刚走不多远，一眼就看见一条小水沟边露出一个圆钢头。

你弯下身子，用手指在泥里抠那个圆钢头，抠了很长时间也没有抠出来，你双手却沾满了泥巴。

李靖涛当时是车间团组织工作的负责人，正好路过看到你，就问："主任，这么大的风，你不赶快回家，在干什么？"

你风趣地说："这里有宝。"

李靖涛惊奇地问："什么宝呀？"

你说："你看，这里埋着一根多么好的圆钢呀！"你又使劲地摇摇晃晃，还是没有拔出来。哪知手上有泥有水，手握圆钢打滑，猛一使劲，你摔个跟头，一屁股坐在泥地上，弄得身上都是泥水。

你让李靖涛找个砖头来，用砖头左敲敲，右敲敲，终于敲动了。

你高兴地拿着近两尺多长、一寸直径的圆钢，对李靖涛说："你看这是根多么好的圆钢，能车个大螺杆。"

在车间设备安装的某一天，你在车间的一个角落里，发现了带钉子的木板，这些木板原来是包装机器用的包装箱，如今，机器拿去安装了，这些带钉子的木板便散乱地扔在这儿。

你看着那些闪亮的钉子，心里十分疼惜，便动手去拔木板上的钉子，不一会儿就拔了一大把。但看着这一大堆木板，一个人很难拔完，于是你就走回办公室，发动其他同志一起干。

好拔的都拔完了，有几个钉子不好拔，你就用尽全力，不顾手痛地继续拔。有位同志说："焦主任，咱们捡这些钉子，够节约的了，剩下那一两个就算了，何必费那么大劲儿。"

你和颜悦色地说："能拔一个就拔一个，我们的国家还很穷，我们要处处注意节约。一根钉子虽算不得什么，拔得多了，就会有大的用处。"

后来，你们称了一下，这一次竟拔下来了5斤钉子。

1959年，你从一金工车间调到生产调度科当科长。科里的同志见你上班时老穿着一件又破又旧的黑大衣，和你半开玩笑地说："焦科长，你怎么这么节省，现在都当了大科长了，怎么还穿着这件旧大衣，该把它送到博物馆了吧？"

你笑了笑，回答说："这件大衣还能穿，就让它多为人民服务几年吧。再说，穿旧大衣还有个好处，下车间和工人接触多方便，要是穿件新大衣，工人还怕给咱身上蹭上油，不敢接近呢！"

你这件黑大衣，1953年从郑州来到洛矿时，大家看见你穿着；在洛矿工作了9年，从工程科副科长到一金工车间主任，再到生产调度科科长，你也一直穿着。直到你要调到县里，人们送别你的时候，仍见你带着这件黑大衣。后来，在兰考当县委书记时，你还是穿着它。

人们清楚地记得，这件黑大衣，你天冷时当外套穿，生产任务忙，在车间睡觉时，你就铺一半盖一半当被褥用。所以后来大家都称你这件大衣是"两用大衣"。

你的孩子们穿得也很朴素，衣服大都带着补丁。

1960年3月，天气虽已转暖，但早晨和晚上老天爷还是开足了冷气。你的儿子焦国庆脚上的一双鞋，穿了整整一冬天，已经烂得前后都开了花，连补都不好补了，而你却像没看见一样，问也不问一声。张泉生实在看不下去了，有天就对你说："孩子的鞋都烂成那样了，你给他买双新的吧！"

没想到你竟若无其事地回答说："鞋是烂了，不过还能再穿一段时间，天已经暖和了，冻不着他就行，我小时候连草鞋还穿不上呢！"

你严格要求自己的子女，有这样两个小故事。

一次是在你刚调到洛矿不久，当时你还在洛阳老城住着。有一天假日，你带着才2周岁的儿子焦国庆在院子里玩，不知怎的小国庆把吃着的馍扔掉了一块，你就让小国庆把馍块捡起来，小国庆哭着不捡，你就逼着他捡了起来。

还有一次，你的一个孩子看见别人吃杏，就闹着想吃。你哄不下，就领着孩子去买杏。在买杏的时候，你的孩子背着大人从卖杏的篮子里拿了一个杏，正在吃的时候，被你发现了。你很严肃地责问孩子："谁给你的杏？"小孩未回答，这时你又向旁边另外一买杏子的人问："同志，是不是你给孩子的杏？"那个人说："不是我，我还在称杏呢。"

这时，你全明白了，这一定是孩子偷偷从卖杏的篮子里拿的，于是就当场给你的孩子一顿严厉的批评。

你买了杏子以后，随即从买到的杏子里挑了一个最大的还给了卖杏的人，并带着歉意说："孩子小，不懂事，乱拿东西，真对不起。"

卖杏的人执意不要你还，说："小孩已经吃啦，就算了，不要还。"

你说："一个杏，算不得什么，怕的是他养成一种不好的坏习气，不严加管教可不行。"

认识你的人都知道，你一贯地勤俭节约，从不浪费；一贯地严格要求自己和家人，任何时候都不搞特殊化。

负责车间青年团工作的李靖涛清晰地记得，时值春节，厂里举行文艺会演，发了很多门票。恰好，此时你与周锡禄书记交谈工作。这时，他从厂里回来，直率地说："焦主任，这是文艺会演门票，给你几张吧！"你说："生产忙，我没时间。"李靖涛说："给你小孩看吧！"你说："不行！哪能这样，厂里文艺会演门票应发到职工群众手里。职工群众一天忙到晚，为国家生产机器，辛苦劳累，多么需要放松一下，得到些精神食粮啊！"你谢绝了他的提议。随后，李靖涛又遇见了你的爱人徐俊雅。他说："俊雅同志，厂里发了很多文艺会演门票，给你几张，让小孩去看看吧。"俊雅回答："不行呀，老焦对我说，对孩子只管吃饱穿暖，让他们好好学习就行了，不能搞任何特殊。我要把门票拿回去，老焦知道了，会发大脾气的。"

你的爱人徐俊雅在车间做统计、收发资料等工作。当时徐俊雅孩子多、家务重，身体不好，非常瘦弱，而且两腿浮肿。

李靖涛很同情她的难处，说："你身体不好，支持不了，让焦主任跟周锡禄书记说说，调换一个比较轻松一些的工作吧！"

徐俊雅说："我才不敢说哩，老焦的脾气你不知道吗？只听组织召唤，不管我的困难。我让他为个人的事说情，他会发脾气呢！"

不久，李靖涛借一次偶然的机会向你提及此事，让你给周锡禄书记说说，给徐俊雅调换一个工作。

你一听便说："老李，那不行，我们不能向组织伸手提要求呀！"

你还再三嘱咐李靖涛，徐俊雅的工作千万不要给周锡禄书记讲，否则就会脱离群众的。

一天，你回到家中，徐俊雅告诉你，尉氏老家的亲戚来信了。你问徐俊雅是什么事，徐俊雅说："孩子他舅舅的儿子建国，今年20岁，在家没事干，想到咱厂里当临时工。"你当时是车间主任，安排一个临时工应当没有问题，可是，你没有这样做。

为说服徐俊雅，你给她讲了一个毛主席的故事。

你讲，新中国成立前夕，毛主席家乡亲戚朋友纷纷给他写信，要求推荐参加工作。毛主席对秘书田家英说，我们共产党的章法，决不能像蒋介石他们那样搞裙带关系。毛主席告诉田家英："处理亲友一般来信的原则是，凡是要求到北京来看我的，现在一律不准来，来了也不见。凡是要求我给安排什么工作的，一律谢绝。我这里不介绍，不推荐，不说话，不写信。"

你讲完这段故事之后，郑重地说："毛主席给我们树立一种风范，我们更没有理由为自己的亲属向组织提出任何要求了。"

1961年春，你的肝病已经发展得十分严重了，厂党委为了让你安心养病，决定将你从厂职工医院转到徐俊雅的老家尉氏县。事先党委书记找徐俊雅商量，由徐俊雅一同回家护理，并安排每天给你补助2两黄豆。

徐俊雅走进你的病房，看到你正伏在床头柜上专心致志地写东西。徐俊雅小声叫了声老焦，你应声转过头说："啊！是你。"徐俊雅的目光落在床头柜上的一份1961年厂生产计划表上。她拿起计划表："老焦，你这是干什么……"

徐俊雅传达了厂党委的决定，你听了严肃地问："你答应了？"

"我同意了。"徐俊雅回答。

你说："那好，既然组织做出决定，我服从，我回去治病。但你不能回去，这道理很简单，你是厂里的职工，哪能离开工作岗位，去伺候自己的亲人养病呢。"

徐俊雅说："你的病重，我是你的爱人。"

你说："对，对，你是我的爱人，一点儿也不错。可是你别忘了，你徐俊雅是党的干部，在个人问题上，咱要撇开家庭关系，站在全厂的利益上考虑问题，你想一下，我有病是没办法，不能工作了，少一个人就少一份力量，现在倒好，又抽一名干部离岗，你想想，厂里为了给我治病花钱，咱不能给厂里挣钱，反而又赔上个给厂挣钱的，我总觉得心里不是滋味。"

"老焦，你都病成这个样子了，还一心想着工厂，你怎么不为自己想想，由于工作忙，我整天上班没有时间伺候你，这次厂党委批准我陪护，你就给我这个机会吧！"

说到这里，徐俊雅眼里噙满了泪水。

1950年，徐俊雅结识了在尉氏县团委工作的你，这个外貌俊朗、能拉会唱的青年令她倾心。

我在高建国著的《大河初心》一书中看到这样的记述——

　　1950 年 3 月，焦裕禄从尉氏县大营区调任青年团尉氏县委副书记。5 月至 10 月，焦裕禄与团县委干事徐俊雅一起参加河南省团校培训。10 月 25 日省团校举行结业典礼，焦裕禄和徐俊雅同框集体留影。徐俊雅站在前排右一位置，焦裕禄站在四排右四位置。

　　徐俊雅久闻焦裕禄在大营剿匪除霸智勇双全，威慑敌胆，堪称传奇英雄。省团校共同的学习和生活中，多才多艺的焦裕禄更是令她几近倾倒。新中国给那一代年轻人的一大福音，就是恋爱自由，婚姻自主。年轻的姑娘在沐浴时代新风向未来眺望时，惊喜地发现，焦裕禄不仅是组织信赖、人民爱戴的好干部，而且面容英俊，身材挺拔，口才出众，善解人意，还拉得一手好二胡，有一副好嗓子。当得知焦裕禄仍孑然一身时，徐俊雅心中那股异样的情感便潮水般泛滥起来。那段"小芹"与"小二黑"的对话，就发生在此后。

　　一个明媚的假日，焦裕禄端着脸盆来洗衣房洗衣。凑巧的是，徐俊雅也来了。一切都看似偶然，但这种偶然似乎已发生过多次。

　　年轻漂亮的徐俊雅，扑闪着美丽的大眼睛，青春的脸庞漾满了笑意："焦副书记，您的二胡拉得可真美呀！"

　　焦裕禄笑道："小时候学过，南下路上给人伴奏过，也演过歌剧。"

　　"演的什么剧？"徐俊雅的眼睛放射出喜悦的光芒。

　　"是《血泪仇》，我演被伪保长逼得家破人亡的青年农民王东才。"焦裕禄转而问道，"俊雅同志，你也爱好文艺吗？"

　　"谈不上爱好，在学校时参加过演出。"徐俊雅说着，莞尔一笑，"焦副书记，有机会，咱们合演一出现代剧可以吗？"

　　"好哇！"焦裕禄爽快地对徐俊雅说，"咱们排演部新剧吧？"

徐俊雅忽闪着睫毛，盯着焦裕禄问："演什么呢？"

"还演《血泪仇》吧！"焦裕禄认真说。

"嗯，《血泪仇》是部好戏，不过……"笑靥如花的徐俊雅瞅着焦裕禄突然大胆地建议，"依我看，要演就演《小二黑结婚》！你扮演小二黑，我扮演小芹。"

"那能行吗？"枪林弹雨中毫无惧色的焦裕禄，此刻突然腼腆起来。他挠着头说，"我比你大 10 岁，演不像。"

徐俊雅轻轻地笑了："你不会打扮得年轻一点吗？"

多么清纯的两情相悦！两颗年轻的心，碰撞出了爱的火花。

1950 年 11 月，一个飞雪初霁的冬晚，焦裕禄和徐俊雅的婚礼在团县委会议室举行。

…… ……

从此，你们心心相印，相濡以沫，携手走过风雨和阳光。

此刻，看到你生病的样子，徐俊雅心疼啊！

你从兜里掏出手绢，给徐俊雅擦了擦眼泪。

"我知道你心疼我，但一想到厂里，还是我一个人回去吧！"

1961 年初春，你只身一人回到尉氏县治疗。

写到这里，我不禁想起当年那个因"看白戏"而受到爸爸严厉批评的孩子。斯人长逝，那曾经影响了千百万人的品格风范，还在滋养着焦家后人吗？

焦家小院隐在兰考一条安静的小巷里，你去世后，你的家人在这里居住了将近 30 年。透过铁门，里面是斑驳的砖墙，一棵石榴树翠绿的枝叶和鲜红的花朵在风中摇曳。

这里早已无人居住了，徐俊雅已于 2005 年与世长辞，你的 6 个儿女而今分别落户在开封、郑州、成都。只是，每当父亲纪念日的时候，儿女们就会像候鸟一样返回这里。

高天之上，父亲依然瘦削，微笑地看着他们。

冥冥之中，母亲始终严肃地、关切地、默默地注视着他们。

这里，曾经是他们的家园。

这里，是他们永远的精神家园。

你逝世时，徐俊雅才 33 岁，上有孩子的奶奶、姥姥两位年迈老人，下有 6 个尚未成年的孩子，最小的孩子焦保刚才 3 岁多。一家 9 口人全靠徐俊雅每月 50 多元的工资和每个月 13 元的抚恤金艰难度日，生活很拮据，但徐俊雅始终牢记着你临终前的遗言："我死后，你会很难，但日子再苦再难也不要伸手向组织上要补助、要救济。"

仿佛生者与死者生前有约，从焦家小院出门隔条马路，可见焦裕禄墓前高耸的烈士纪念碑。作为承前启后的未亡人，徐俊雅默默守望着夫君雨涤松青的墓庐，也带着儿孙守着焦家生生不已的精神家园。

你的二女儿焦守云在《我的父亲焦裕禄》一书中回忆说：1991 年的时候，母亲差不多 60 岁。时任总书记的江泽民要到家里看望她，她给我打了电话，让我回来陪她。江泽民总书记问及我们家的情况，如姐妹几个，是否困难之类，我一一做了回答。还讲到我母亲 33 岁就守寡，独自拉扯我们 6 个孩子，吃了很多苦。江泽民总书记握着她的手，说："你不容易啊！焦裕禄的军功章里也有你的一半！"顿时，她的眼泪就哗地流了下来。

你们的子女的名字，大都有着与共和国、与时代同行的鲜明特征，并且投射出那个年代党的中心工作的影子。焦国庆生于 1951 年 10 月 1 日，为纪念新中国两岁华诞，故名；二儿子焦跃进生于 1958 年，名字打着"大跃进"的印记；三儿子焦保刚生于 1962 年，当时力倡保粮保钢，遂有斯名；三女儿焦守军因出生时哭得响，乃取名玲玲，当兵后为立志从戎，自己改名守军。

2017 年 5 月 12 日，焦守云来到洛阳市委党校，以"我的父亲焦裕禄"为题，以质朴的语言、真挚的感情、鲜活的事例，讲述了父亲光辉的一生。

她说："做焦裕禄的子女要承受很多压力。因为老父亲是政治人物，并不是属于社会名流，所以哪些事不得体了，别人会说你看焦裕禄女儿怎么怎么样。在过去，甚至你什么发型、什么衣服别人都要评价。和几个朋友出去玩，有人说，这是焦裕禄女儿，我立马不知道怎么说怎么笑了，老想哪儿是不是不得体。"焦守云感叹，"我们几个都堂堂正正的，起码我们的所作所为对父亲没有影响。有的说你们做生意吧，这个那个，打着父亲的旗号，那不行。"她说自己出去爱讲一句话，"在这个社会里头一定要耐得住寂寞、贫穷。"

焦国庆的家风记忆，始于在洛阳读小学三年级的时候。那时，焦国庆穿的是打了补丁的衣服，看到有的同学衣服新，别提有多羡慕了，回家就向爸爸要新衣服。你说："你的衣服不是还能穿吗？为什么非要新的呢？你是农民的后代！"他瞅瞅当科长的爸爸衣服上的补丁，感到脸上火辣辣的，悄悄低下了头。

高建国在《大河初心》一书中披露，焦国庆至今难以释怀的是，爸爸生前多次修补办公室藤椅上的破洞，有时忙就让他和姐姐来补。那时，姐弟俩尚不能理解，椅上的破洞，对焦家意味着什么。爸爸谢世后，他们才明白，藤椅也是战场，破洞就是爸爸同病魔搏斗的战场留痕，修藤椅就是修工事。爸爸是在创造条件同病魔英勇抗争，争取时间早日根除"三害"啊！

焦守军9岁时的一天，县委一位叔叔带她去了郑州的一家医院。当时你病得很重，看守军来了，你非常高兴，坚持要坐起来，并且真的使劲坐了起来。守军说不知道为什么那天父亲格外喜欢她，一遍遍嘱咐"要好好学习，照顾好妈妈"。她想，也许父亲休息几天就会回去工作，可怎么也想不到这竟是父女最后一次见面。

1972年冬，高中毕业的焦守军要参军了，临走的晚上，母亲拉着她的手再一次嘱咐："到了部队不准向组织提任何要求，不能接受组织的任何照顾，工作要走在前面，待遇上要在后面。"焦守军入伍以来从未在任何报刊上发表过写自己、写家事的文章，也从来未做过任何事迹报告。她把自己当作一块砖、一块石，守在长城的一个角落，担起保卫祖国的重任。她曾两次参战，多次立功。她退休前是成都军区档案馆的一名文职干部。她任中级职称专业技术干部12年，面临退休，但军区档案馆没有高级职称指标。一位领导得知后，提出给她解决高级职称，守军却婉言谢绝了。她说："爸爸活着的时候告诉我们不能搞特殊。"

你的孙女焦力，曾是陆军第54集团军某部战士。"爷爷把我的父辈们都放在最艰苦的岗位上磨炼，到了我们这一辈，这条规矩也没有变。入伍时，妈妈反复叮嘱我到了部队要去最苦的岗位上好好锻炼成长，所以我选择了战斗班排。"朴实的讲述，让我们感受到一种精神的坚守。

亲爱的外公：

您知道吗？您魂牵梦绕的兰考，如今脱贫了，是在习近平总书记亲自关怀下摘下了世世代代扣在咱们兰考人头上的那顶穷帽子，过去的风沙内涝盐碱变成了今天的金山银山绿水青山，一望无尽的良田和一片片的泡桐林成为了咱们兰考的名片……

外公，转眼间55年过去了，您的子孙们是多么想念您啊……您的孙辈中，如今最小的也都成家立业了。过了而立之年的我们，同样也是食人间烟火的普通人，也面临着"票子""房子""孩子"等种种生活中的难题。生活中的我们无论过得好与不好，都传承您的教诲……我们都可以无愧地对您说，我们都是您的好子孙，我们都在践行咱们焦家的家风。

……　……

焦主任，这是在你去世55年后，你的外孙余音写给你的一封家书。

半个世纪过去了，仿佛一切都在变，又都没有变。

从兰考回来多年了，我的脑海里时时浮现出那个到处弥漫着泡桐花香的兰考大地，那棵叫作焦桐的泡桐树，那片几百亩地紫罗兰宝石一样绽放的泡桐花海。清明前后，正是泡桐花开的时节。煦暖的阳光照耀着兰考大地，葱郁的麦苗茁壮成长。麦田间、道路旁，一树树紫红的、淡蓝的泡桐花，一簇簇一串串地在枝头绽放，如诗如画般在大地上盛开。

在中信重工焦裕禄大道旁的焦裕禄事迹展览馆里，人们排起长队参观焦裕禄事迹展。这里已成为河南省中共党史学习教育基地。一拨又一拨敬仰者，跟随讲解员的步伐，倾听解说，观看图片，瞻仰实物，学习焦裕禄精神，重温入党誓词。

2020 年 7 月 11 日，我在中信重工焦裕禄大道，看到一队红色的风帆。哦，是红领巾的队伍。面对铜像上的焦裕禄，如林的手臂举过头顶，齐声背诵习近平总书记词作《念奴娇·追思焦裕禄》：

"魂飞万里，盼归来，此水此山此地。百姓谁不爱好官？把泪焦桐成雨……"

猎猎飞舞的队旗，映红了少先队员朝气蓬勃的脸庞。

宋人欧阳修说过，圣贤者"虽死而不朽，逾远而弥存"。鲁迅也说过："死者倘不埋在活人心里，那就真真死掉了。"你就是一个虽死犹生，埋在活人心里，逾远而弥存的高尚的人。你的精神，你的形象，将逾远而弥存，历经时日而愈加光芒四射。

"绿我涓滴，会它千顷澄碧。"

50 多年时空穿越，短暂的生命铸就精神的永恒。

| 大爱无言 |

泪珠在眼睛里水晶般地凝结着；

眼眶中突然掉下什么东西，潮湿地划过脸颊；

眼泪失去控制，如瀑布般倾泻下来；

……

焦主任，当年你的同事、你的工友，健在的现在都是80多岁的老人了。我走近他们，透过那晶莹的泪光，看到一种超越亲情的情感在他们心灵的最深处涓涓流淌。

1956年5月初，吴永富家里又添了一个小孩，这已经是老吴的第五个孩子了。他家里没有老人帮忙，为了照顾这个刚刚出生的小生命，他不得不请了4天假。当天晚上，你就委托车间里的一个同志去探望老吴，并捎去了10块钱。深知你为人的吴永富没有推辞，含着泪接过了这10块钱。

1957年11月的一天夜里，老工人窦月发忙着在车间搞试车，很晚才回家。他一边走一边想：爱人要生孩子了，天又这么冷，屋里炉火还没生呢。刚一踏进家门，爱人便对他说："焦主任派人给咱家送了一大堆木柴。"

窦月发奇怪了：焦主任怎么知道我们家缺木柴呢？回想了半天，原来是中午在厂里吃饭，他和你聊家常，无意中说出了爱人要生孩子和屋里冷的事。

窦月发感动地和妻子说："焦主任的心里，尽装着咱工人的心思。"

1959年9月，邻居张泉生的爱人要生小孩。这本来是个喜事，可张泉生却整天愁眉苦脸的。你以为他缺钱用，就关切地问他："老张，要是缺钱，我给你拿点先用着。"

张泉生犹豫了一下，为难地说："钱倒不是太缺，可就是我爱人不会针线活，孩子衣服还没人做，我把布送到了上海市场国泰服装店，人家说要 3 个月以后才能取，你说急人不急人。"

你爽快地说："这是小问题嘛，我帮你解决。"

当时，你的爱人刚生下小孩不久，也正忙得不可开交。可你仍然动员自己的爱人和岳母连夜突击，很快给张泉生做出了四五件小孩衣服。有一件他至今还保存着。

1961 年，你因肝病住院。一天，你又偷偷回到厂里了解生产情况。刚走进办公室，就碰见老工人出身的调度员刘辅臣。

"老刘，听说你爱人生孩子了？小孩儿咋样，胖不胖？孩子用的东西准备齐了没有？能照顾过来不？"

听刘辅臣说都准备好了，能照顾得来，你又问刘辅臣："家里缺什么不缺，有什么困难没？"

刘辅臣不经意说了一句："困难倒没有，就是我爱人想喝点小米粥。"

你停顿了一会儿，说："这不难，我来想想办法。"

当天下班后，刘辅臣回家洗过手脸，正准备到厂职工医院看他爱人，刚走出家门，就迎面碰上了你。

你拿出一个报纸包说："老刘，这有 2 斤小米，不多，先给大嫂熬熬喝，有啥困难，你再说。"

刘辅臣好久没有伸手去接。你催促说："老刘，客气什么，快接住，产妇喝点小米汤是很有好处的。"

说着，就把一个帽子大的报纸包塞到了刘辅臣手里。

上有老下有小，你和所有男人一样承担着养家糊口的责任。而你所生活的年代，工资几乎是家庭的全部收入来源。

无论在工厂还是当县委书记，你都算得上"高收入阶层"，但焦家却经常吃不饱饭。

你的二女儿焦守云回忆，在洛矿的时候，她还出过一次事故。由于粮食不够吃，她就跟着母亲去厂里背茄子，母亲背一大包，她背一小包，公交车来的时候，她没挤上去，就掉下来了。公交车已经启动，车外的人大声喊，幸好旁边有人反应快，一把把她拉了出来，司机师傅很机警，迅速踩住了刹车。当时的石子把她的腿硌坏了，今天这些痕迹还在。后来有叔叔对她说："你那小腿像藕节一样，如果车轮真轧过去，嘎巴一下就断了。"

她说，那时候母亲才20多岁，正是爱美的年龄，虽然有几个孩子，还穿高跟鞋。当时有共青团组织的舞会，还经常有文艺活动。后来因为老是吃不饱饭，只能在厂里喝点酱油青菜汤，就浮肿得很厉害，走路都要扶墙，哪有力气跳。

蹊跷的是，你如此高的工资，焦家却没有积蓄。1964年春节前夕，在兰考当县委书记的你带着家人回了一次山东老家。回家的前一天，你顶着风雪找到了县委副书记程世平，说想借300元钱。程世平生怕不够，就安排人事科借400元。屋外风雪交加，屋内炉火熊熊。程世平穿得厚，感觉身上都有些热了，却发现你贴近火炉烤火，还微微打着哆嗦。他心中一惊，问你是不是又犯病了，并顺手摸了摸你的衣服，又是一惊："大冷的天，你穿个空心袄，怎么能不冷呢？连件秋衣也不套，往里透风，还不得冻坏了。"你笑了一下："老程，咱没衣服往里套啊。"程世平说："那就赶紧买布做一件嘛。"你说出了真情："没布票，钱也紧张，将就着吧。许多群众连棉衣也穿不上啊！"程世平心酸道："没布票，我给你找，无论如何也要做件内衣。不然，老娘见了心里啥滋味？"就这样，程世平拉着你到街上买了一身价钱便宜的处理布。你去世后，除了常年佩戴的一块手表，没留下任何遗产。

你工资高，家里却一穷二白，这种怪账只有老百姓算得清楚。

10块钱、1堆柴、5件衣、2斤米……这些东西在今天看来微不足道，但在那最苦的时期却显得异常珍贵。

离1957年的除夕只剩下两天了。深夜里，屋外北风怒吼，大雪纷飞。

刚从东北调到洛阳的老工人赵玉龙一家正围着火炉取暖，忽然听到一阵敲门声。会是谁呢？这么晚了还有人来串门？

赵玉龙打开房门，伴着一股凛冽的冷风，只见你像个雪人似的走了进来。一看是主任，赵玉龙吃了一惊："焦主任，这么冷的天，你这是有啥急事儿吗？"

你笑笑说："没有，没有。眼看要过年了，你刚从外地调来，我来看看，你家里过节的东西都准备得咋样了？备齐了吗？"短短几句话说得李玉龙一家人心里热乎乎的。接着，你又问起了他们家里的生活情况。

赵玉龙一时激动得不知说什么才好，握着你的手连声道："谢谢，谢谢，我们没困难，没困难。"

高明礼等4个年轻人是从东北调来的，想着过年没人看管设备，商量着留了下来。

除夕晚上，你和车间党总支书记赵翔九一起来到单身职工宿舍。

你们特意带来了对联和年画，给他们贴在宿舍门上。你问大家："过年不回家，给家里写信了没有？这是你们调到洛阳以后的第一个春节，怎么样啊，想家不？"

怎么会不想家呢？可一见到你们，他们心里满是温暖，想家的心思一下子减去了大半。

你们陪他们去俱乐部参加文娱活动，夜里12点放过了鞭炮才回家。临走时，你还不忘嘱咐他们几个，明天是大年初一，都要到你家去吃饭。

第二天，高明礼他们齐聚到你的家里。虽然只是些粗茶淡饭，但大伙依然很高兴。你则故作神秘地说："今年过年意义可大了，你们几个知道吗？"

大家问你："怎么个大法？"

你笑着说："以前过年，都是独门独户自己过，今年，咱们大家凑在一起，成了一个革命的大家庭，这不是意义很大吗？"

听到你的话，大家都笑了起来，再没有一点儿拘束，相互拉起了家常。

在你看来，一个共产党员、一个干部，以什么态度对待群众，关心群众，这不是什么方法问题，而是为人民服务的思想纯不纯，无产阶级感情深不深的问题。你视职工为亲骨肉，以最朴素的方式阐释了什么是群众路线、什么是公仆情怀。

你在大连起重机器厂当实习车间副主任期间，有一天夜里 12 点左右，你正走向车间办公室，一阵婴儿的啼哭声从前面不远处传来，你循声走去，听到更衣室里有婴儿的啼哭声。你心中一惊，走到一个用棉衣包着的婴儿面前弯下身子，轻轻地抱起婴儿。

车间里，大车在运行中，零件还吊在空中。青年女工李培娜在操作天车。忙过一阵子，她停下车，顺着梯子走下来，急忙走进更衣室。她一看，孩子没有了，吓得她急忙跑到车间。路过主任办公室，她伸头贴着玻璃窗往里瞅。你一手端个茶杯，一手拿个小勺，正给孩子喂水。暖气片上搭着孩子的尿布，孩子身上披着一件粗呢子外衣。

李培娜跑到门口激动地喊了声："焦主任，您……"泪水直往下流。

你温和地说："这样吧，以后上夜班，就把孩子放这里，我这里安静也暖和。"

1959 年夏天，工人徐魁礼因发烧昏倒在路上。醒来时，发现自己已经躺在了洛阳第二人民医院的病房里。头和脖子、两肩像捆在一起不能活动，而且疼痛难忍。

一睁眼，发现你和车间领导赵翔九都在跟前。赵翔九扶着他坐起来，你就给他喂水。

问起病情，医院诊断说徐魁礼是大脑炎。你怎么也不相信，质问："他是摔倒得的病，怎么会是大脑炎呢？"

你去找院长，结果进一步检查，确诊为大脑蛛网膜破裂后下腔出血。

你守了一天一夜，直到认为没有危险了才走。之后，车间派了专人到医院看护。

出院后，你和车间领导商量，不让他急着上班，给 1 个月假让他回家休息。徐魁礼总感到心里不安，最后仅休养了半个月就返厂上班了。

工人刘跃宗得了病躺在家里。两天了，不吃也不喝。你知道这件事后，就忙跑来探望。你摸摸刘跃宗的额头，发现烫得厉害，就问："跃宗，找医生看过了吗？"

刘跃宗说，回来就在床上躺着，因为不能下床，还没去医院看病。

你一听，马上说："有病就要看医生，走，我送你去医院！"

刘跃宗心里过意不去，便推脱说："焦主任，你已经忙了一天了，就别在这些小事上费心了。"

"生病可不是小事，容不得耽误，还是看病要紧！"说着，你便扶刘跃宗下床。

没想到，刘跃宗刚从床上爬起来，便一踉跄，几乎摔倒。你坚决地说："来，我背你下楼！"

刘跃宗一听，主任要背自己下楼，说什么也不肯，他赶忙推辞说："不，不，我个头大，你背不动。"

一句话没说完，你已经把他背了起来。

从楼上到楼下，你一步一个台阶稳稳地把刘跃宗背了下来，刘跃宗忍不住流下的眼泪，把你的后背都浸湿了一大块。

到医院后，你将刘跃宗安排到病房，又跑前跑后找医生。看着他打了针，服了药，才离开病房。

二金工车间老工人陈好富和你并不相识，在一次偶然接触中，听说他有心脏病，思想压力很大，你放心不下，处处留心给他找个好医生看看。

你在涧西医院找了一位有名的中医大夫，便立即找到陈好富，带他一块去看病。

陈好富感动地说："焦主任啊，你为我们工人把心都掏出来了。"

1958 年 8 月的一天，青年女工张美英不幸触电，从 10 多米高的天车上摔了下来，生死未卜。

救护车很快把她送去了医院。

你立即赶了过去。在医院抢救张美英的 6 个多小时里，你始终寸步不离地守在医院。

做完手术，张美英仍未脱离危险期。你天天去医院探望，并多次请求医护人员，一定要尽心尽力护理好。

张美英的伤势一天一天好转，你还经常去医院探望，每次，都会自己掏钱买些水果之类的东西让她补养身体，并鼓励她振作精神，好好养伤。

不久，张美英奇迹般地康复了。她重返工作岗位，并多次被评为厂级先进工作者。

焦主任，巧的是，33年后的1991年8月3日，张美英突然病倒，闻讯，由原一金工车间扩建而来的提升设备分厂的党委副书记朱炳富、副厂长朱铁军等马上来到医院。厂长胡联国从市里请来专家，并派人到肉联厂买回冰块为病人降温。张美英临终前一天，胡联国、朱炳富等始终守护在医院。我那时在公司报社当记者，8月24日，张美英的儿子、齿轮分厂职工秦毅含着眼泪对我说："我母亲8月5日去世后，朱书记一直在医院忙前忙后，不大熟悉我母亲的胡联国厂长夜里常来陪我们。寿衣，是提升设备分厂几位女工帮助做的；拉来的冰块，是厂长、书记抬进太平间的；正在住院的分厂工会主席李尚林，抱病来到现场安慰我们。"

说到这里，秦毅讲起你当年照顾她母亲的往事："1958年8月，我母亲在原一金工开天车时从天车上摔下来，时任车间主任焦裕禄说：'不惜一切代价抢救过来！'在医院昏迷1个月，焦主任操尽了心。"

33年后，你的后辈重现此情此景，秦毅感慨地说："从提升分厂领导身上，我看到了焦裕禄的影子。"

1991年8月28日的《洛阳矿机报》，刊发了我采写的报道，标题是：

　　事情发生在同一人——提升设备分厂职工张美英身上，前后相距33年：

　　　　昔日负伤焦裕禄捧出一颗心

　　　　今日过世厂领导倾注一片情

焦主任，还记得你两次让房的事吗？大连起重机器厂、洛阳矿山机器厂的干部工人可是念念不忘啊！

你在大连起重机器厂实习期间，住的是单位职工宿舍，住房只有两个房间，向阳一间是 17 平方米，对面一间是 13 平方米。你、4 个孩子、妻子徐俊雅与母亲一家三代 7 口人居住。本来住得就很拥挤，也很不方便，然而你心里还惦记着单位住房紧张的老工人潘师傅。

徐俊雅哄孩子睡下以后，正准备休息。你望着入睡的小女儿，对爱人说："俊雅，我有一件事跟你商量。"

徐俊雅问："啥事？你说吧！是公事，还是私事，是厂里的事，还是家里的事？"

你笑着说："俊雅同志提得好，这事可是公事、私事、厂事、家事都集中到一块了，真难分出是家事还是公事了。"

徐俊雅笑着说："老夫老妻了还拐弯抹角个啥啊。"

你说："我们车间工人潘师傅一家 4 口人没有房子住，我准备把向阳这间给他们！"

徐俊雅望着你为难地说："我知道你想着别人，宁可苦自己，可咱 7 口人，住这两间本来就不宽，现在再挤到一间，况且，咱妈在这儿。这样吧，叫咱妈他们搬过来，这一间总比那一间大 4 平方米，还能放下一张桌子。"

你说："我早就设计好了，把阳台利用起来，晚上把铺盖铺上，让小梅、小庆、小云睡在那里，早上起来把铺盖卷起来，这叫合理使用有效面积。实际那一间加上凉台，和这一间一样大。"

一个星期六的下午，厂里下班后，你和徐俊雅帮助潘师傅搬家，女儿小梅、儿子小庆放学回家也一起往楼上搬东西。天刚黑，潘师傅一家 4 口人住进了新居。

晚饭后，潘师傅和爱人前来道谢，进门一看，你一家 7 口人都挤在一间 13 平方米的小房间里，两个小一点的孩子已经在地铺上睡着了。看到躺着的、站着的一屋人，潘师傅一下子呆住了："我，我不知道……我以为……"

你握住潘师傅的手安慰他说："现在困难，弟兄之间相互帮助嘛！这一间就够我们住了。你们和我家一样，也是有老有小的一大家啊！"

看则平凡，实则非凡，处处为民至伟；说来容易，做来不易，时时无我最难。

1956 年，你即将结束在大连起重机器厂的实习时，洛矿新盖了一栋家属楼，竣工后分给了你一套 50 平方米的房子。

洛矿厂厂长打电话，把这一好消息告诉了远在大连的你。电话那边的你激动地说："谢谢！谢谢领导！"

厂长笑道："老焦，这是你应得的啊。你家里人多，又是干部，分给你这套房子是厂党委和工会共同研究决定的。"

放下电话，你心里面一阵欢喜，想到全家老小 7 口人终于不用再挤在那个只有 13 平方米的小窝里了，妻子徐俊雅终于也能跟着自己享享福了，不由得连脚步都轻快了起来。

你要马上把这个好消息告诉爱人。眼看到家门口了，你突然顿住了脚步。你想到几个将要和你一起奔赴洛矿的大连厂的工人师傅，他们都是有经验的老师傅，是你焦裕禄和大连厂好说歹说才同意让你带回去支援洛矿的。郝师傅一家 5 口都来了，厂里给安排的宿舍住不下，人生地不熟的……一个念头在你脑海中闪过。

中信出版社出版的《精神的路标》一书记述，回到家，徐俊雅见你心事重重的，还以为你在工作上遇到了什么难题。接过你的外套，关心地问道："又有啥难啃的骨头了？"

你看着妻子："不是难啃的骨头，是一道难选的题目。"

你喝了口水，继续对徐俊雅说："你说，大连厂同意给咱洛矿派几位师傅过来，是不是特别难得？"

徐俊雅张口答道："那还用说，那不是你费好大的劲争取来的吗？"

你接着道："他们几个拖家带口地到了洛阳，咱是不是得先保障人家有住的地方？"

"肯定啊，难道还不让人家睡觉啊？厂里不是说给他们安排好宿舍了吗？"

你说："厂里宿舍也挺紧张的，听说郝师傅他们家里人多，宿舍住不下。"

徐俊雅隐约明白了什么："老焦，你就别绕圈子了，有啥话你就直说吧。"

"今天厂长来电话了，说家属楼竣工了，给咱们分了一套50平方米的两居室。"

"真的？"徐俊雅高兴得差点儿跳了起来。

"真的。"你点了点头，"可我想……俊雅，我觉得咱们应该把房子让出来，让给郝师傅他们住。"

兴奋的表情僵在了徐俊雅的脸上："老焦！"

你说："郝师傅他们刚到洛阳，对一切都不熟悉，如果连个像样的住处都没有，怎么安心工作啊！他们比咱们更需要这套房。"

徐俊雅瞪了你一眼："行了，反正我说不过你。"

几周之后，你回到了洛矿，拿到了本属于自己的新房钥匙。你找到厂工会主席，一脸喜色："主席，钥匙给我了，我就是房子的主人了，我是不是就有支配权了？"

工会主席笑道："是啊老焦，看你激动成什么样了！"

你在他面前坐下，郑重地说道："主席，我和你商量个事儿，这次从大连过来的郝师傅一家5口都来了，厂里给安排的宿舍住不下。我想不如这样，把分给我的那套房子让给郝师傅住。我把钥匙给你，由你代表厂党委和工会把钥匙交给他。"

工会主席愣住了，一时不知该说什么好，只重复道："这是厂里分给你的啊，分给你的……"

你说："主席，你可千万别说是分给我的，你就说这是安排给咱们厂新职工的，是组织的关怀，让他们一进厂就能体会到党的温暖。这份情记在党的账上，记在洛矿的账上，与我焦裕禄无关！"

时隔多年，每当人们谈论起当年你无私让房的这段佳话，郝师傅仍会眼含热泪地呢喃："焦主任，那可是我们全家的大恩人呐！"

焦主任，你总是在群众最困难的时候出现在群众面前，在群众最需要帮助的时候去关心帮助群众，工人们说："焦主任的心里啊，只有他人，唯独没有自己。"

1956年，90%的大连起重机器厂职工上调一级工资。依据条件，你也在晋级之列，机械车间上报的晋级名单上有你。你却恳求领导说："我是来实习的，这级工资不该涨，应该给别的同志。"车间领导劝说："你的档案关系在这里，工作做得不错，怎么就不该涨？"你急了，跑去找厂长，陈述种种理由，结果如你所愿，没有涨这一级工资。

一天夜里，为了第二天让早班的工人上班后马上能把一批铸铁件上车床，你找到上夜班的王师傅，决定两人连夜把活抬到车床边。王师傅拿来一根钢管，穿进你捆好的绳套中。王师傅将钢管搁到肩上，但肩膀上总觉得轻飘飘的，身后也一直没有动静。他回头一看，顿时傻了眼——你正双手捂着腹部，佝偻着身体，脸上不断沁出一颗颗豆大的汗珠。王师傅慌了，失声大叫："老焦！老焦！你怎么了？"你使劲地按压住肝部，缓缓抬起头，勉强笑道："没啥，有点儿困了，可能是这几天没休息好。"王师傅急得直跺脚："这都啥时候了你还糊弄人，走，我这就送你上医院！""上什么医院，来！咱俩换个方向，我在前你在后，快！"你颤抖着身子，高一脚低一脚地往前走。王师傅说，他永远都不会忘记那一晚你的背影，那么瘦弱，那么颤抖，却又那么坚强，好像是铁打的一样。

1959年初，你执掌全厂生产调度。你一天到晚，一年到头，总像早晨的太阳那样，朝气蓬勃。正当生产大步前进的时候，胃病、肝炎、神经官能症，像几条毒蛇似的一齐向你袭来。就在那时，铸钢备件突然增加了800吨。时间短，任务急。你用筷子顶着剧痛的肝部，熬了十几个深夜，喝完了3瓶500CC的胃痛药水，翻阅了600多张图纸。有时痛得头上直冒汗，你就用大腿使劲顶住。你经常一边吃着药、按着胃，一边主持生产会议，落实增产任务，从来没有听你说过一个累、一个难、一个痛字。

出于医生的职责和对你的敬佩，医院把你的病情反映到了厂党委。厂党委研究以后，决定让你立即住院治疗。

临去住院前，厂党委书记对你说："老焦啊，这次住院，党委对你有三个要求：第一，是安心治疗；第二，是安心治疗；第三，还是安心治疗。"

你回答说："好吧，我就趁这次住院治疗的机会，把我这台机器来一次全面彻底的检修，准备迎接更加艰巨的任务吧！"

1960 年底，你住进了医院。

医生为你做了第一次全面检查。当你解开衣服纽扣后，露出的是一根缠在腰间和胸部的像筷子一样粗的绳子。

你笑着说："我经常觉得身上有什么东西像锅滚了一样咯噔咯噔地跳，就用绳子勒起来，然后就感觉好受一些。这也算是我发明的一种器械疗法吧！"

医生知道，这是肝病恶化的前兆。但是，看着你爽朗乐观的面容，他又不敢相信，沉默很久后说了一句话："焦科长呀，真是一条铁汉子！"

在你住院的时候，劳资科的张天资因患肝病，和你住在同一家医院里。

张天资的病情比较严重，曾经几次昏迷过去。

一天早晨，张天资清醒了一些，守护在周围的同志马上都围上来问长问短。住在另一个房间的你也围了过来。

你说："前天我来看你，你还认不出我呢，今天能认出来了吧？"

张天资忙说："能，能，焦科长，你也生着病，赶紧坐吧！"

你坐在床边，随即从口袋里掏出了一本刊登有毛主席给王观澜同志的一封信，以及王观澜同志自己与病魔做斗争的体会的杂志，指着说："老张，咱这病可不能背思想包袱，你越背包袱，对病情越不利，思想上得先要有个乐观主义啊！给，这本杂志有空你看看，主席的信，最好也能仔细读读。"

张天资说："好，好，一定读读！"

下午，你从医院回了趟家，再回医院时，手里提着4包简装的葡萄糖粉走进了张天资的病房："老张，给！"

张天资一看是葡萄糖粉，忙说："我不能要，你也病着呢，还是你留着用！"

你脸一拉，装着不高兴："我比你强，我能吃饭，你比我更需要，我是专门给你带的。"

在住院那段日子里，一天到晚，除了治疗时间，你几乎没有闲下来的时候，肝部只要痛得稍轻一些，你不是帮助护理人员扫地、倒垃圾，就是给重病号喂饭、打开水，再不就是给病友讲故事，借以活跃病房里的气氛。

同时，你的电话也特别多。尽管住院以前，你已经把各项工作交代得清清楚楚，但你仍然每天都打电话到生产调度科询问计划完成情况。后来，你嫌电话里说不清楚，就干脆和"家里"商定，每星期由科里派人来向你汇报两次生产工作。

你说，不是对科里工作不放心，而是心里如果不装着厂里每天的生产进度，就吃不下饭睡不着觉。

科里也乐意这样做，生产上遇到的问题，你总会提出意见和见解。

后来，医院发现了这种情况，认为这样下去有碍于你康复。在征得厂党委的同意后，医院采取措施，"切断"了这种"联系"。

和厂里的联系被切断后，你向往生产一线的心情，反而更加强烈。

由于医院离厂不是太远，中间的楼房很少，你每天都要抽出时间，走出病房，站在医院的院子里，凝神静听从远处厂房里传来的锻锤声。

有一天，你在院子里听了一会儿，脸色陡变：不对，今天怎么没有锻锤的声音？

你没有往下想，就快步跑进医院办公室，抓起电话打到厂里。

调度科接电话的是主持工作的老刘。

"老刘，厂里出什么事了？"

"焦科长，请放心，一切正常！"老刘想了想，才回答。因为厂党委有指示，在你患病住院治疗期间，不准用工作的问题打扰你。

"不要骗我，是不是 5 吨锻锤出了问题？"

老刘纳闷了：是谁的嘴这么快？问题刚一发生，就通风报信去了。不过，既然焦科长把问题挑明了，就实话实说吧。

"焦科长，5 吨锻锤齿轮箱的轴扭断了一根，我也是刚接到报告，你是怎么知道的？"

"哈哈，我嘛，有顺风耳！我在医院听出来的。"

你又问："老伙计，你都准备采取什么措施？"

"焦科长，你放心，我正在组织一切力量，抓紧时间抢修，保证不耽误重点产品出厂！"

"对，得抓紧。"

听了科里采取的措施，你说："措施我同意，但是，光这些还不够。我们应该学会两条腿走路，我的意见是，立即增加 3 吨锤的力量，给 3 吨锤配齐三班倒，争取把现有的来料提前吃光。这样，下一步 5 吨锤任务重时，3 吨锤就可以掉过头来，帮助 5 吨锤。老伙计，你看怎么样？"

老刘答道："我完全同意。焦科长，我这就去组织！你自己要好好配合治疗，大家都盼着你早点出院呢！"

你将自己全部的生命献给了共和国的热土，献给了你所深爱的事业和人民，用"鞠躬尽瘁，死而后已"写下了永恒……

1962 年 6 月，河南省委组织部通知洛矿党委，调焦裕禄同志到尉氏县任县委副书记，支援农业第一线。接到通知以后，洛矿党委立即召开常委会。常委会一直开到深夜，大家心里真是舍不得你离开呀！

当时赵祥庆是洛矿党委副书记，常委会决定由他代表党组织和你进行谈话。

当赵祥庆找到你、把上级的决定告诉你的时候，你当即表态："一切听组织的安排。我生在农村，长在农村，对农村工作熟悉，应该到党最需要的地方去工作。"

看着你消瘦的面庞，赵祥庆停顿了一下说："你要知道，虽然我们战胜了连续三年的自然灾害，但豫东地区仍然是重灾区，生活工作条件要比洛矿艰苦很多，遇到的困难也要大得多。"

你听了以后点点头说："困难肯定会有，但只要把群众发动起来，天大的困难也能克服。"

赵祥庆面带忧虑地看着你说："我实在担心你的身体，医生说你的肝病虽然好了一些，但是必须得注意。"

你没有等他把话说完，便拍着胸脯保证："领导放心，我的病我知道，它最欺软怕硬了。我硬起来，它就怕了，我顶得住，请组织放心。"

第二天一早，你收拾好了行囊，迈着坚定的步伐告别了工友，告别了你生活了9年的洛矿，告别了这个激情如火的工业大建设，走向了新的人生战场。

没有人知道，此时你的生命里程仅剩下一年多的时间。但在这一年多的时间里，从尉氏县到兰考，人们却听说了太多与你有关的感人事迹，直至成为人们的共同记忆。

爱民者，民亦爱。

1964年5月14日，你猝然远去，年仅42岁。噩耗传来，洛矿职工的心都碎了。

生产调度科的同志们吃饭饭不香，睡觉觉不甜，苦苦地思索着，怀念着你这位可敬可爱的领导，你累得又瘦又黑的高大身影，好像又站在了调度科的门前。常在你身边的同志，连日茶饭不思，眼都哭红了。老工人于荣和一连跑到党委要求了3次，要到郑州去吊唁，他含着眼泪说："焦裕禄是俺们工人的亲骨肉，让我最后去见他一面吧！我要给他擦擦脸，洗洗手，给他扣好扣子，让他安静休息。"

1966年2月7日，广播里传来了播音员齐越那充满深情的浑厚声音——

1962年冬天，正是豫东兰考县遭受内涝、风沙、盐碱三害最严重的时刻。这一年，春天风沙打毁了二十万亩麦子，秋天淹坏了三十多万亩庄稼，盐碱地上有十万亩禾苗碱死，全县的粮食产量下降到了历史的最低水平。

就是在这样的关口，党派焦裕禄来到了兰考。

…… ……

长篇通讯《县委书记的榜样——焦裕禄》震动了中国亿万群众，再次感动了曾与你并肩战斗了9年的洛矿干部工人。

调度科何卓林听着哭着，久久不能平静。1959年你到调度科当科长，这时曾在地方工作时犯过错误的何卓林也来到了调度科做调度员。一个风雨交加的夜晚，你来到他家和他促膝长谈了3小时。你离开工厂前夕，又专门到何卓林家里，给他留下了两条终生难忘的教导：第一要他努力学习毛主席著作，依靠党，听党的话，有什么事多向党说；第二要他积极工作，在实践中改造思想，只有思想上没有包袱，才能真正做好工作。你还送给他一本《思想修养问答》。你崇高的革命精神，像大海的波涛冲击着他的心，你的高大形象好像又站在他的面前，向他提供帮助和教育。何卓林当夜写了一篇7000余字的回忆《终生难忘的教诲》。之后，又带着全家大小连续听了3次广播，听一次哭一次，全家哭作一团。

曾经和你在一起工作过4年的初玉玺和他的爱人几天都吃不下饭，老初的爱人说："老焦和老初活像兄弟俩，那时老焦一件黑棉大衣，老初一件破皮袄，两个人在厂里不知度过多少夜晚，老焦来到俺家，碰见啥吃啥，现在我一端起碗来就想起了老焦。"

一金工车间职工心情更加难过，车间在"继遗志干革命敢于流血牺牲，接红旗为人民不怕吃苦受累"的誓言面前，举行了追悼大会。老工人赵玉龙一走上台就说不出话了，哭着说："我刚从抚顺调来，正逢春节，人生地不熟，他深夜冒着大雪到我家来，问我生活有什么困难，还缺什么东西。

自他走后，每次过年我就想起了他。"

工具科召开了支部大会，学习你的模范事迹，37 名党员个个泪流满面，"五好工人"李治邦泣不成声地说："那时我在大连，不想来洛阳，焦主任和我谈话，什么也没有说，从兜里掏出来一本《关于重庆谈判》叫我看，是他在我迷路的时候给我指明了方向。要是能替他死，我心甘情愿去替他死。"

你的亲密战友、党委成员一连学习了几次，都没有读完那篇通讯。读一次哭一次，好像又看到了你在参加党委会。你离厂时的那次谈话牢牢钉在党委副书记赵祥庆的心底，他怆然泪下："我从他的话语中，感觉到他在思想上有着克服困难的准备，可以看出他的内心世界，充满着对未来生活、工作的无限激情和信心，充满着革命乐观主义精神。不料，这次谈话却变成了我俩最后一次谈话。之后，我曾经收到过他的数封来信，反映他在县里和同志们关系搞得很好，生活也很好，表示要按照党的教导尽力去完成党所交给他的任务。他的信很诚恳、很热情，我受到很大启发，但以后再也不能见到他了。"副厂长付日明哭着说："老焦临别时对我说，老付，你可是党从死亡中把你救活的呀，要注意身体，好好工作，以后我再来看你。没想到，就再也看不到他了。"

厂党委又召开了 3000 余人的悼念大会，全厂从上到下，沉痛万分，伤心的泪水汇成了无底的河。

厂党委政治部组织撰写了你在洛矿的事迹材料，并整理出你在洛矿的 14 句经典名言——

1. 只要钻进去，外行也能变成内行。

2. 我们干革命就不怕吃苦，革命者就要在困难面前逞英雄。

3. 没有办法时，要到群众中找办法。

4. 吃别人嚼过的馍没味道。

5. 路是人闯出来的，我们应该当闯将，闯出一条自力更生的路子来！

6.屁股和板凳结合多了，腿就会软，人就会懒，就会和工人疏远。

7.人是最宝贵的。不了解人，不首先做好人的工作，其他工作就会走进死胡同。

8.只抓工作不抓思想，是亏本生意；先抓思想带动工作，是一本万利。

9.一个共产党员，以什么态度对待群众、关心群众，这不是方法问题，而是为人民服务的思想纯不纯、无产阶级感情深不深的问题。

10.做一个革命者，就要像松柏一样，永不变色，要像杨柳那样，栽在哪里，就在哪里生根发芽。

11.牙刷旧了可以扔掉，但节约思想却永远不能丢。

12.权力是人民给的，我们没有理由把人民交给自己的权力为亲友捞好处。

13.身体有病并不可怕，可以吃药，可以治疗，可怕的是思想上有了病，思想有病，就是健康的身体也会垮下去的。

14.只恨自己力量太小，为党做的工作太少。

1966年2月9日，厂党委政治部发出向你学习的通知。

腊尽春回时节，寒风依然刺人肌骨。洛矿上下被中国大地奔涌的热流包围，沉浸在感动和亢奋中，一个回忆焦裕禄、宣传焦裕禄、学习焦裕禄的高潮很快在全厂掀起。

三分之一的厂级干部下去蹲点，把一般号召同个别指导结合起来；全厂副科级以上的中层干部，每人每月参加劳动一周，每人固定抓好一个小组。铸钢车间清理工房文忠过去工作不安心，被你的事迹所感染，家里来信叫他回去修房子，而组里正在搞一项革新，他说："不搞成功我不回去。"老工人陈好富学习了你的事迹后带病上班，领导劝他休息，他说："我的病和焦裕禄同志比，算得了什么！"据 7 个单位 76 个生产小组统计，平均提前 4 天完成 2 月份生产任务的有 40 个，占 53%。厂 2 月份总产值完成月计划的 108.2%，比 1 月增长 29.3%，较上年同期增长 34.1%。

…… ……

焦主任，岁月把你带走了，可岁月带不走这片土地对你的敬仰和深情，也带不走那个耸立在朝霞中的身影。

优秀的民族产生优秀的民族文化，优秀的民族文化培养永恒的民族精神。这种优秀的民族文化与民族精神，一经产生与出现，就超越时空，成为人类共同的文化瑰宝和精神财富。而同时，世界也会向他送出感激的目光。

无疑，你——焦裕禄，已成为一个时代的民族记忆。

50 多年了，在洛矿人、在中信重工人内心的最深处，眼泪未曾停止。

思念被清风带飞，飞向远方的你，可曾听到清风在你耳畔的呢喃，那是我们在倾诉对你的思念。

我们想将对你的思念，寄予散落的星星，但愿那点点的星光能照进你的窗前。

★ ★ ★

中　篇
一群后辈的奋斗

焦主任：

你亲历和见证的新中国工业建设，给中国这个古老国度带来了历史性巨变。在中国的大地上，工业化不再是从前遥远的梦想。仅在"一五"期间取得的经济成就，就超过了旧中国100年。之后的一个时期，由于经济建设受到严重干扰，新中国工业化进程经历了一个无奈的低谷阶段。改革开放以来，中国逐步引入市场机制，并在20世纪末初步建立起社会主义市场经济体制，极大解放了社会生产力，用几十年时间走完了发达国家几百年走过的工业化历程。

伴随着新中国工业化的步履，洛矿厂开工生产以后，由于产品结构变化和品种增多，先后进行了两次扩建，产品领域由矿山行业扩展到建材、冶金、电力、起重、军工等行业，尤其在矿山设备制造领域处于国内领先地位。

在艰难困苦和时局动荡的时代，洛矿人仍不忘振兴民族工业的使命担当。1974年10月1日，洛矿自行设计制造的8400吨水压机，正式试锻成功，向国庆献了一份厚礼。

作为当时我国第二大吨位的大型锻造设备，8400吨水压机和配套的3000吨、1600吨锻造水压机等共同构成了锻造体系，一举奠定了洛矿中南地区锻造中心的地位。

党的十一届三中全会以后，洛矿经济效益显著提高。特别是1984—1985年，洛矿进入全面改革的新时期，也是生产经营形势持续稳定发展的好时期。

1984年，洛矿制造的我国第一台新式立式振动离心脱水机，荣获国家级优秀产品奖。1988年、1989年，洛矿入选"中国500家最大工业企业"。

流年的轮回送走晨起暮霞，指尖的岁月揭开20世纪90年代的面纱。

洛矿踩着历史的鼓点，铿锵地走在时代的潮头。1990年，企业荣获"全国五一劳动奖状"。到1992年，全国有120个矿务局都使用洛矿生产的提升机，占全国保有量的81%，担负着全国统配煤2/3的提升任务。全国有177座洗煤厂都选用洛矿产品，洛矿生产的洗煤机占全国保有量的35%以上。全国钢厂安装的冷轧管机，80%是洛矿制造的。

但在国家由计划经济向市场经济转轨过程中，洛矿和所有国企一样遇到重重困难，在进入国际市场竞争中更是遇到了障碍。市场倒逼洛矿寻求新的出路。

1993年12月13日，经国家批准，洛矿整体并入中信集团，并更名为中信重型机械公司，后改制为中信重工机械股份有限公司，实现了由工厂制向公司化体制的转变。

因为内外环境限制和对市场化转型的不适应，中信重工从1996年开始陷入困境。

在严峻的形势面前，公司提出"市场导向、外贸带动、调整优化、发展增效"的十六字方针，外抓市场求生存，内抓管理求效益，深化改革增活力。

被中信重工列为工业文化遗产的"万斤钉"精神，就是在那个困难时期中信重工人艰苦奋斗、共克时艰的缩影。

2004年2月，中信重工新班子肩负起引领企业发展的重任。

当时，公司在谷底和困境中已经徘徊了8年，亏损严重，是同行业中"陷落"最为深重的企业；历史包袱沉重，债务缠身，其间累计19个半月发不出工资；由于人才大量流失，各个岗位尤其是技术人才奇缺。

对不起，让你揪心了，焦主任！

你曾为之奋斗了9年、曾播下红色种子的那片天那片地，在市场经济大潮中滑落深海，怎能不令你揪心！

初春的深夜，寒意依然很浓，但中信重工新班子成员走在厂区主干道上，一股暖流在心间流淌。

这是一条什么样的路啊？这是你走过的路，这是"一五"期间老一辈创业者用自己的热血和激情筑就的路，这是我们每名员工每天都要用双脚丈量的路！

这条路不算太宽，却有一个令所有人都肃然起敬的名字——焦裕禄大道。

每天走在焦裕禄大道上，我们踩着你的脚印。在你曾工作的一金工车间，我们能现场感受到你的气息。

仿佛一座清晰的路标，你的精神历经半个世纪的风云流变，仍然给予我们心灵的指引和无穷的力量。

二次创业的号角凛然吹响。

2008年2月28日，初升的太阳精神抖擞，红光四射。在众人的欢呼声中，新改制的中信重工机械股份有限公司揭牌成立，新重工在明媚的春光里显得生机勃勃。

2012年7月6日，上海陆家嘴金融城活跃起来。9时26分，集团和省市领导共同举起鼓槌，"咣"地一声敲响中信重工上市铜锣，中信重工正式登陆资本市场。

那记浑厚的开市锣声，你听到了吗？焦主任！

我想，你不仅听到锣声，而且听到老洛矿迈向富有活力和创造力的现代化企业的铿锵脚步声，感受到一个传统制造业企业一步步成为市场竞争主体的探索与实践。

一路走来，洛矿人怀揣梦想，矢志不渝，铿锵前行。昔日的洛阳矿山机器厂，今天的中信重工，已然"鼎立中原，装备世界"。

人们这样形容：走在中信重工，一不小心，你也许会踩住"世界第一"的脚，或者碰到"世界第一"的肩。这里就像是中国装备制造业的博览馆，你可以轻易地与"世界第一"对话。

2009年，4位中共中央政治局常委视察中信重工，看到这里焕然一新的面貌，他们对中信重工的发展表示极大的肯定。

......

焦主任，你当年和工友们亲手栽下的梧桐，树干挺拔，直耸云霄，它仿佛是你的化身。

走在留下你深深足迹的焦裕禄大道，仿佛看到老主任那和蔼深邃的目光正朝我们微笑……

一个血液里流淌着红色基因的共和国重工长子企业，怎样踏着你的足迹，成功逆袭，傲然屹立于世界装备制造业强手之林？

焦主任，我这就向你报告，报告一个中信重工人、一个敬仰你的新工友的亲历与所见。

| 砥砺奋击 |

历史的时针拨回 20 世纪 90 年代末，沉重的思绪被再次撬动，阵阵"冷雨"扑面而来——

危机肆虐！ 1998 年金融危机肆虐亚洲地区，"亚洲四小龙"纷纷折戟，东南亚多个国家遭到金融危机的沉重打击。

洪魔来袭！ 1998 年夏，突如其来的暴雨连续数日猛烈冲击着我国大部分地区，长江告急、松花江告急、珠江告急……一时间，惊天洪水席卷而来，受灾人数之众，地域之广，历时之长，世所罕见。

国企告急！中国经济面临在高速增长周期之后的向下踏空。时至 1997 年底，国有工业企业总亏损达到 774 亿元，在 1.6 万户国有及国有控股大中型工业企业中，竟有 6599 户发生亏损，亏损面高达 39.1%。尤其是产能严重过剩的纺织、煤炭、有色等领域出现了全行业亏损。

通货紧缩！中国在 1996 年实现了抑制通货膨胀的"软着陆"以后，一个人们颇为生疏的词高频率出现：通货紧缩。

随之而来的是，在党和政府的领导下，发生在中国大地上的两场气壮山河的斗争。

一场是抗洪抢险的伟大斗争。全国上下众志成城，军民干群团结一心，在中华大地谱写了一曲威武雄壮的抗洪之歌。

一场是国有企业改革与脱困的伟大斗争。1998 年 1 月 23 日，上海申新九厂敲响压锭第一锤，12 万锭落后棉纱锭回炉报废。以改造难度最大、阻力最大的纺织行业作为突破口，国有企业改革和脱困攻坚战的大幕徐徐开启。

党的十五大和十五届一中全会决定，从1998年起，用三年左右的时间，通过改革、改组、改造和加强管理，使大多数国有大中型亏损企业摆脱困境；力争到本世纪末大多数国有大中型骨干企业初步建立起现代企业制度。这就是国有企业改革与脱困的"三年两大目标"。

随后国家经贸委确定了6599户重点脱困企业。其中就有中信重工。

20世纪90年代，在社会主义中国，数以亿万计的各类商品，如潮水般涌流、喧腾、激荡。

市场，微笑着向中国走来。

党的十一届三中全会，宣告了中国开始告别计划经济，走上改革开放之路。

党的十二大，提出了"以计划经济为主，市场调节为辅"的经济改革模式。

党的十三大，创立了"社会主义初级阶段"和"社会主义商品经济"的理论。

1992年党的十四大确立了建立社会主义市场经济体制的目标。

我们在"市场取向"的改革路上，一步步走向成熟。

在由计划体制向市场体制转换的过程中，国有企业面对的外部环境和内部环境都发生了深刻变化。这些变化是：从长期的卖方市场转向买方市场；从封闭的国内市场转向国内外市场相互联通；企业资源配置方式由国家统一调拨变成市场调配；企业目标由完成国家下达计划变成追求效益；企业管理范围由政府指挥生产变成自主决策，承担盈亏风险；企业命运由只生不死变成有生有死；企业功能也由政府的行政下属变成独立的法人。

建立社会主义市场经济体制以来，洛矿厂如同其他国有大型企业一样，面临如何改革改制的困惑和抉择。当时最大的问题是自身资产只有9亿元。

在这种情况下，深深感到企业要进入国际市场，背后应该有一个坚强后盾。

企业经过对比，于1993年底经过财政部审批并入中信集团，更名为中信重型机械公司，后改制成为中信重工机械股份有限公司。

这是一个跨行业、跨地区、跨主管部门的资本流动，也是一次破冰之旅，经过阵痛之后洛矿厂真正领会了市场化改革的深意。

中信集团是1979年在邓小平的倡导和支持下，由荣毅仁创办的。在此后的岁月里，中信所掀起的巨澜远远超出了每一位开创者的全部想象力。一个从金融到实业、从地产到卫星通信，跨行业经营的中国最大的企业集团，引领了时代发展的方向，也悄然改变了中国人的生活方式。

在中信的历史上，第一部《中信公司章程》是一件重要的历史证物。在这部《章程》中，"按照经济规律办事"就已经记入了中信大典。

洛矿厂进入中信，虽然是基于政府推动的市场化资产配置举措，但那时候，整个市场还不是充分竞争的环境，变身后的中信重工与政府之间的"脐带"被切断了，技改投资、"债转股"等一系列国家对国企的扶持政策难以实施，受国家适度从紧的财政货币政策影响，加之"三角债"的困扰，以及进入还贷高峰期，企业的市场需求和资金供给遭遇前所未有的困难。内外部环境的影响，加上对市场化转型的不适应，中信重工从1996年起就陷入困境，1996年当年亏损达3.8亿元，之后连续下滑，以致资不抵债、濒临破产。

坏消息满天飞，某某机构撤销了，某某人下岗了，某某人内退了，某某人跳槽了，下个月工资没有着落了……

河南省政府公开招聘厅局级干部，中信重工有7名处级干部参加，分别应聘教育厅、财政厅、发改委等不同岗位。大家在闲聊中，都感到一场大的风暴就要来了。

当年参与应聘的同志告诉我，在郑州的笔试一结束，大家都明白了，考试内容基本是县域状况的内容，人家宴席上就没有准备你企业这盘菜。

从"应举"考试回来不久，其中几个处级干部就"失踪"了，不知跳槽到了哪里。

那段历史虽然已经过去很久了，但每每想起仍让人心中隐隐作痛。先是减发工资，后是拖欠工资，2000年员工年平均工资收入只有2409元。人员开始外流，一个接一个，一批又一批，仅我所在的报社，或辞职或调走，先后有10人跳槽，一半的人选择了离开。公司办公室秘书科曾有8名秘书，因为发不下来工资，都跳槽了，一个也没有剩下，就剩科长一个光杆司令。科长曾向我诉苦："我一个大男子汉，拿不到一分钱回家，我还有脸吗……"当年有个故事：一个小伙子骑自行车带人，交警拦住了，拿出罚单，一问是中信重工的，咋罚呀！交警不忍心了，收起罚单，摆摆手：走吧走吧，下次注意！

公司资金一次次告急，记得最严重的是1999年三季度资金的断流，当时全公司总动员，公司领导挂帅，各个处室分工包干，掏尽千言万语、历尽千辛万苦催收欠款。我作为公司报社的一名记者，两个月内往郑州市上街区一个小公司跑了6趟，要回了可怜的1.8万元欠款。那些年，单位要外付资金5万元，都得上公司每周一次的资金例会拍板定夺。

一个叫张宏运的营销人员，为给公司争得一笔300万元的订单，瞒着自己胃癌晚期的病情，两次北上天津。他清楚，300万元可是当时工厂近万人一个月的工资啊！拿到订单回来，坐在火车上，他的手连拿一个苹果的力气都没有了，不久便永远离开了我们。我落泪了，为坚强的汉子而动容落泪，也为企业困难到这一步而心酸落泪。

在向市场经济转型的长征路上，中信重工历经痛苦磨砺，职工也和企业一起备受煎熬。

海奔腾，浪翻滚，一个血液里流淌着红色基因的共和国重工长子企业，浮沉在波峰浪谷之间，命悬一线。

波峰浪谷中，我看到精神旗帜的飞扬——

曾经有一位女工带着一群人，在工作岗位劳累一天以后，用手扒开砂型荡起的砂尘，在铸件缝隙中捡拾每一颗废旧的钉子。12 年如一日，累计捡回旧钉子 11 万斤！

这位女工叫曲绍惠。

重型铸锻厂铸铁分厂 4 个造型班，每天要用去二三百公斤钉子。而这些钉子用过之后，就混着废砂被倒掉。买 1 公斤钉子，当时需要 9 元钱。曲绍惠等姐妹们眼睛一亮：回收利用起来，企业该省下多大一笔开支！况且捡的钉子比新钉子还牢靠。

小小的钉子，走进这些女天车工的生活。

上白班，曲绍惠和周保真有时四五点钟来，她们高兴得像个孩子："这时刚落完的砂钉子多。"中午一看除去砂了，她们赶紧组织人，把砂子翻一遍，将钉子捡出来。中班铃声响了，她们往往还没吃饭，只好抽空泡包方便面。上二班，夜里 12 点下班，住得远的工人冬天常常就不走了，在暖气边的长条凳上盖件大衣过夜，清晨捡了钉子再走，回到家就上午 9 点多，甚至 10 点了。上三班，下班第一件事多是到地下室捡钉子。为了得到不变形的钉子，她们戴上手套去刚打箱的热砂上拔，手上常常是这个水疱没好那串水疱又起。铸件上的钉子，黑乎乎的看不出有多热，弯下腰捡，一摸粘到手上弄不掉，疼得她们眼泪在眼眶直打转。在大砂堆扒拉钉子的她们吐痰都是黑的，有的人受不了那股气味，恶心得直呕吐。

一天早晨，丁翠云和"万斤钉"小组的几名同志下三班一块回家。她们走到分厂门口，生产工人星火般追来："没钉子了，今天造型要用！"自从她们捡起钉子，分厂就再也没有进过新钉。面对一线急需，她们没有片刻犹豫，工作了大半夜的丁翠云等女工马上折回小组，叮叮咣咣砸起昨日捡的钉子。砸好送去，丁翠云忽然一惊："我得赶紧回去！你们送车子吧。"昨天她买回市里春节定量供应的 15 公斤上好的白面粉，就放在了地上。她上三班，将六七岁的孩子一个人锁在家睡觉。小家伙起床后等不着妈妈，就拿起水管冲起地来，那定量供应的面粉白花花漂了一地。见到她，孩子兴奋地大叫："妈妈！我帮你干活了。"

20 世纪 90 年代末，正是中信重工身处困境之际，心系企业、无私奉献的"万斤钉"精神，鼓舞和激励着那个年代每一个与企业同呼吸共命运的人。

"万斤钉"精神流淌着焦裕禄精神的血脉。正是这红色血脉的浸染，一大批与企业命运休戚与共的中信重工人苦苦奋斗，才使中信重工这个共和国重工长子在波峰浪谷中始终没有倒下。

波峰浪谷中，我听到改革的澎湃潮声——

从 1985 年开始，复转军人、大中专毕业生、"五大生"（电大、职大、业大、函大和夜大毕业生）、职高技校毕业生、职工子女，每年以平均 600 人的速度进入中信重工，90 年代初企业突破 2 万人大关，最高峰达到 21033 人。

1997 年 1 月召开的全国国有企业职工再就业工作会议指出：要靠减员增效、下岗分流、规范破产、鼓励兼并来推动国有企业机制的转换，解决国有企业当前的困难。为促使四条举措的落实，国务院当年 3 月发出《在若干城市试行国有企业兼并破产和职工再就业有关问题的补充通知》。

先从公司办公室、党委办公室、公司工会起步，定编定员、下岗分流工作从 1997 年开始在中信重工全面铺开。

于是企业发展史上最为悲壮但也最为无奈的一幕出现了：先后有 7467 名职工下岗分流！

洛阳市豫剧团创作的豫剧现代戏《工匠》演绎了当时的情景——

现代化的车间，可见各种机床和构件。

雄浑的交响乐声响起。一群男女工人拿各种工具欢快地劳动舞蹈。

伴唱：火红的年代，

劳动的诗篇，

汗水书写着历史，

历史记载着变迁，

忽一天秋风乍起，

好一场风雪冬寒……

音乐突转。欢快忙碌的舞蹈戛然而止。工人们愕然仰视天幕。

随着键盘敲字声，天幕上依次出现："20世纪90年代，仓促中步入市场经济的企业，凸显技术设备落后、大锅饭人浮于事的种种弊病，产品缺乏竞争力，市场严重萎缩，企业陷入生死挣扎的剧痛之中……"

天幕上依次推出大字："脱困计划""下岗分流""减员增效"……

男女工人或落寞或伤感，或牢骚彷徨……纷纷道别，离去。

灯光渐转，惨淡云雾掩映下的厂区建筑。高师傅手提着一个捡废品的塑料袋，在寂寥的厂房前徘徊，黄枯的树叶飘落在他的身前身后。

何铁生迈着沉重而犹豫的步子从厂办回来。

何铁生（唱）：忽如一夜寒风过，

大树纷纷枝叶落，

镗铣床裁剩人五个，

狠狠心只有裁了我，

好让大伙儿全解脱。

（看见高师傅，连忙走过来）爹，这么大风，你咋站在这儿？

高师傅：转着转着又转到厂里来了。咋听不到车间响动呢？还是没活？

何铁生（摇头）：没有。几个月都没有正常开工资，我车床还要裁一个人！

高师傅：这次裁谁？

何铁生：他们要裁我师兄大刘……

高师傅：大刘……手上活是慢些……

何铁生：不行，我师兄情况你知道……

（唱）老实巴交人一个，

就会干车床那些活，

大集体已解散嫂子没工作，

四个老人三个天天不断药。

女儿马上念初中，

全家人靠他工资买吃喝。

要是让他下了岗，

全家只有勒上脖……

高师傅：那咋办？

何铁生：我已递了申请，我下。

高师傅：你？亚梅已下岗一年多了，论哪方面也不该你下！

何铁生：爹，这也是我要下的原因……你知道结婚刚三年，亚梅第一轮就下了岗……这一年多，她学着摆摊卖东西……我心里比刀割都难受呀！春节前她到石狮进货，大巴车被风雪隔在路上，两天一夜没消息。爹！我都快急疯了呀！

高师傅：唉，谁想到日子能过成这……铁生呀，我从师傅那里学的本事，可全教给你了，指望你把咱敲刀技艺传下去，谁知……

何铁生：唉！……徒弟让您失望了！

高师傅：孩子，这不怪你……大形势，大形势呀……

何铁生：爹，我到车间交代一下就回家！风大，你也回去吧。

铁生转身向车间走去。高师傅张张嘴，又不知说什么，摇头叹气。

…… ……

下岗分流缓解了企业沉重的冗员压力，促进了效率的提升。这个关能闯过来，下岗分流的职工做出了巨大的牺牲和奉献。

那时候，社会上流传着一首歌，是刘欢的《从头再来》。据说这首歌创作初衷就是为了激励当年那些下岗工人的，歌词写道：

> 昨天所有的荣誉，已变成遥远的回忆。
> 辛辛苦苦已度过半生，今夜又走进风雨。
> ……　……
> 看成败，人生豪迈，只不过是从头再来。

在下岗年代，刘欢大气磅礴、悠远深情的演唱，抚慰了多少无助心灵。

只是这段时代经历绝不仅仅属于中信重工，很多从那个时期走过来的家庭，或多或少都能从中看到自己的生活，或者身边人的生活。在我国改革深化、开放扩大的历史性进程中，中信重工积压下来的社会问题在市场大潮的冲击下，以更直接的姿态释放出来。

多年来，国家高度重视"下岗工人"问题。1998 年出现"下岗"高峰之后，国家着力建立国有企业下岗职工基本生活保障制度。2003 年，劳动和社会保障部在全国实施的两期"三年千万再就业培训"计划中，共有2000 多万人参加了再就业培训，使 1680 万人实现了再就业。

与此同时，各级政府把"再就业"作为"民心工程"来抓，各地开始将企业裁员逐步依法直接纳入"失业保险"或城市"低保"，并积极推进"再就业"工程。

波峰浪谷中，我感到市场前沿的蓬勃心跳——

1996 年，来自印度尼西亚的一条外贸信息令中信重工振奋：在印尼最南部的蒂汶岛上，由印尼政府立项并投资，由印尼国营瑞克亚沙工程咨询公司采用国际招标形式，在古邦水泥厂新建一条年产 30 万吨的水泥生产线。

公司决策层迅速做出决策：尽快拿出方案，坚决拿下印尼古邦项目！

一场商战，有声有色地开始了。

公司领导直接参与主持，与印尼有关方面进行广泛接触、考察、论证，中信重工抢先一步拿出了设计方案。

印尼瑞克亚沙公司经过考察、审定，最后选定由中国天津、南京、成都等著名设计院和中信重工，以及日本、韩国、德国等国的多家企业参与该项目的竞标。

中信重工派出由进出口公司、工程成套分院等单位组成的精锐谈判小组，由公司领导带队，赶赴谈判地点——深圳。

谈判地点在深圳香格里拉酒店的茶座里。当印尼的招标公司和业主古邦水泥厂的代表与谈判小组坐在一起的时候，面色凝重的中信重工的对手们就坐在不远处的茶座里，这边会谈刚结束，他们就与印方坐在了一起。

印尼招标公司和业主在与所有竞标企业谈判后，经过反复论证，报印尼贸易和工业部批准，最终确定中信重工为古邦水泥厂年产30万吨成套水泥设备供货的总承包商。

1997年5月2日，印尼首都雅加达阳光明媚，暖风拂面。中信重工和印尼瑞克亚沙工程咨询公司在供货协议上签字。

古邦项目合同签订之时，金融大鳄索罗斯已张开大嘴。

当时，如果一个外汇交易员听到消息说日本央行干预市场，大家会哈哈一笑，该干什么干什么；如果一听说"Soros in！！"，所有交易员会立刻跳起来，可见当时索罗斯的威名和实力。

1997年3月，索罗斯及其他套利基金经理大量抛售泰铢，泰国外汇市场波涛汹涌、动荡不宁。7月24日，泰铢已跌至1美元兑32.63铢的历史最低水平。泰国政府被国际投机者一下子卷走了40亿美元，许多泰国人的腰包也被掏了个精光。

泰国之后，索罗斯快速、凶残、无情地向菲律宾、马来西亚、印度尼西亚扑去。

　　中信重工敏锐的目光迅即聚焦印尼：印尼外商大量撤离资金，印尼本国的投资者想方设法转移资金，大批企业纷纷倒闭，许多企业家逃离家园，印尼国家局势开始动荡，金融风波骤起。

　　情况万分危急，形势骤然复杂。如果驾驭不了这种局面，印尼古邦项目将前功尽弃。

　　公司迅速决定：抢在风波高潮到来之前，尽快使古邦项目生效——拿到预付款，按国际惯例开出信用证！

　　在印尼金融风波尚未成势之时，中信重工派出得力人员，飞抵印尼做通招标公司、业主和印尼银行方面的工作，在 9 月 22 日，拿到了 181 万美元的预付款，开出了 1080 万美元的信用证。至此，古邦项目正式生效。

　　然而启动这么大的项目，仅靠这 181 万美元的预付款是远远不够的，当时企业已陷入巨额亏损，垫付启动资金的压力可想而知。

　　利用开出的信用证，可按照国际惯例向中国银行贷款。

　　在 1997 年底，贷款已是非常困难的事。年底银行对贷款的发放要求更多、条件更加苛刻，程序也更复杂。

　　1997 年 12 月 31 日，公司领导与有关部门负责同志前往位于北京的中国银行总部，向中国银行申请"卖方信贷"。

　　1998 年 1 月 4 日，中信重工在中国银行总部贷到了 7000 万元人民币！

　　这笔贷款，是中国银行 1998 年第一笔贷款。

　　与此同时，按照国际通行惯例，公司向中国人民保险公司申请了出口货物保险，以保证不管印尼金融风波如何变化，企业的利益不受损失。

　　同样，按照国际通行惯例，严格依照合同，在印尼盾贬值 6 倍的情况下，迫使印尼方面做出巨大让步，在技术会审通过后，付给了中信重工占合同总额 25% 的进度款。

　　1998 年 5 月，由于印尼国家局势急剧动荡，社会矛盾加剧，一系列骚乱事件的发生，印尼沦为东南亚金融危机的"重灾区"，印尼政府严禁美元外付。此种情势下，业主已无继续付款的能力，无奈之下，业主和印尼银行提出暂停合同执行，风雨中的印尼项目遭遇掀天巨浪，项目执行搁浅。

1999 年下半年始，印尼经济开始回升。

一直密切关注印尼局势的中信重工再次决断：尽快启动印尼古邦项目！

尽快启动古邦项目，一是业主能继续支付货款，保证企业的利益，因为中信重工已在该项目上大量投入；二是中国银行贷款也将到期，完成古邦项目，可使银企双方避免被动。

事不宜迟，在中信集团的支持下，7 月 25 日，由中信重工和中国银行、中国人民保险公司组队奔赴印尼，和印尼有关方面进行建设性磋商。

这是一场高层次的磋商。受印尼金融风波影响，印尼的两大银行合并。中信重工、中国银行、中国人民保险公司、对方新组成的银行高层、业主共同磋商。

这是一场高难度的磋商。印尼的经济尚未恢复，按照合同规定付款，困难巨大。中信重工坚持总的付款期限不变，不修改信用证，既考虑对方利益，将每次付款数量进行调整，又据理力争，最后说服对方接受其解决方案。经过极其艰苦的努力，对方破例答应由中信重工起草新的合同，中国银行、中国人民保险公司、对方银行共同在新合同上签字。

这是一场高效率的磋商。从 7 月 25 日到 8 月 1 日，仅一周时间，这场高层次、高难度的磋商迅即完成，争取到了特殊时期对企业最有利的条件。

雨后初霁，中断了一年的合同得以重新启动。

印尼项目是公司有史以来组织的规模最大、产值最高、工艺最复杂的成套项目，单自制产品就达 1500 余吨，还有大量的外购配套产品、电控产品等。同时公司还面临着资金紧张、深化改革等众多问题和矛盾，给印尼项目的生产制造增加了难度。

公司生产部门按船期分别制订下达了详细的专项网络生产计划，确保产品的制造配套进度和交货期。并对印尼产品分出提前投产件、关键件等，全程跟踪、协调、扩散，确保万无一失。

印尼项目第二船的产品中，70%以上都是铆焊件，结构复杂，加工难度很大。铆焊厂开展"七对七"劳动竞赛。在 1999 年第四季度，从备料到完成所有产品仅用了两个月时间，而这两个月的工时都高达 11 万点以上，提高了 1 倍的效率。党委书记、总经理等公司领导多次到铆焊现场为职工们戴花颁奖。

印尼项目的外购配套量最大，难度也最大。海宁的一家配套厂在给公司发了 14 箱产品后突然违背合同规定，以提前支付货款为要求将剩余的 21 箱产品扣下拒发，公司负责配套的同志节前就去交涉坐催，直到过完 2000 年春节，对方仍然拒绝履行合同。眼看着第二船船期已至，且这些货物都已报过关，若出现纰漏，损失将不可估量。为此，公司在充分权衡各方面的影响后，果断诉诸法律。对方知晓后，与中信重工恢复合同，这场意外就此化险为夷，从而确保了印尼项目第二船产品准时离港。

2000 年 5 月 8 日，一艘由上海启航的货轮，风雨兼程驶进东南亚努沙登加拉群岛中最大、最东边的岛屿——印尼蒂汶岛。印尼古邦项目第三船抵达目的地。

至此，印尼古邦日产 1000 吨、年产 30 万吨水泥成套设备，由中信重工自制和协作到位。

在强手如林的项目竞争中抢得商机，在亚洲金融风暴和企业严重困难等严峻考验中项目得以成功运作，在较短时间内自制和组织成套整条生产线的大大小小设备，在困境中凝聚起来的中信重工人在开拓国际市场上取得了重大突破，以印尼项目为代表的一系列外贸合同为波峰浪谷中奋进的企业注入了一抹亮丽的色彩。

置身波峰浪谷，我看到在惊涛与浪尖之上耸立的白帆，鼓帆破浪，时而隐没，时而从海浪中复出，在博大与浩瀚中，在生与死的浪涛中行进……

冲出峡谷

2 月的风虽然冷清，但已不再凛冽刺骨，温度里有了浅浅的柔和，空气里弥漫着淡淡的春天的气息。

迎着春天的气息，以中信集团副总经理王炯兼任董事长、任沁新为总经理、王欣迪为党委书记的中信重工新一届领导班子走马上任。

这是 2004 年 2 月 11 日。

此时，中信重工已在生与死的浪涛中苦苦抗争了 8 年！

8 年来，尤其是在国家确定的三年改革与脱困中，中信重工取得了重要进展，但经年积累的许多深层矛盾远未解决，中信重工成为中国重型装备行业困难程度最大、持续时间最长的企业。

新班子对面临的危局有充分的思想准备，但迎面"砸"来的"见面礼"也过于"隆重"了。

沉睡了一夜的太阳还没有醒来，厂门前广场便喧闹起来，开始是三三两两聚集，很快人越来越多，大批下岗职工向厂前广场涌来。

人群中，不断有声音爆出："我们要吃饭！""我们要工作！""我们要回厂上班！""我们要医保！"

20 世纪 90 年代下岗潮是很多下岗职工心中抹不去的痛。在中信重工的下岗职工中，一些人选择了默默离开，在改革开放大潮中重新找到人生坐标，闯出了属于自己的一片新天地。但也有相当一部分人离开生活大半辈子的工厂，面对社会变迁的滚滚洪流，感到迷茫和失落，有的家庭陷入困顿之中。

这个特殊群体中的协保职工（协议保留养老关系的下岗职工）陆续聚集厂前广场，其余下岗职工也加入其中，且越聚越多，向公司新班子表达诉求。

我看到，他们派出的代表被邀请到公司办公楼，公司党委书记、工会主席和他们坐到了一起。

两天之后，公司做出决定：向有劳动能力和就业愿望的特困协保职工提供即时岗位；子女符合用工条件的，优先安排子女就业；对有创业计划但资金不足的，优先帮扶解决小额贷款。

1个月之后，公司又审议通过了《对协保职工实行医疗救助的试行办法》，协保职工和在职职工享受一样的医保待遇。

一封集体辞职信更使新上任的领导班子如芒在背。

辞职信来自技术人员，直接放在了新任总经理任沁新的办公桌上。

打开信封，任沁新被震撼到了：矿研院提升所共有21名工程师，除了所长和1名外地出差人员，在家的19名工程师全在辞职信上签了名。

他清楚，洛矿建厂的第一台产品就是提升机，是焦裕禄主任带着职工干的。提升机是中信重工的起家产品、拳头产品，研发提升机的技术人员集体跳槽，对中信重工来说近乎灭顶之灾。

人事部门做了一个统计，在1999—2003年的5年时间内，公司流失的本科以上技术人员791人，占全部技术人员的一半还多！

流失的技术人员多数是学历高、经验丰富且年轻有为的人才，有的还是行业翘楚。

技术人员大量流失的背后，是中信重工多年积累的矛盾。

截至2004年2月，企业累计欠职工19个半月工资。

公司内外亏损达到13.6亿元，总资产仅29亿元，所欠统筹款位居河南省第一。

中信集团的审计报告对1997—2003年中信重工状况的描述是："资产

质量差，累计亏损大，或有负债多，管理基础薄弱，社会负担沉重，抗风险能力脆弱。"

从一封冰冷的集体辞职信中，公司新领导班子读懂了广大员工期待而又怀疑的目光：对企业扭亏脱困信心不足，对公司发展前景信心不足，对公司新班子信心不足。

焦主任，能感受到公司新班子急迫的心情吗？

2004 年 2 月 16 日夜，任沁新、工欣迪带着中信重工新班子走进你曾工作过的一金工车间。

他们耳边响起你的声音："我们是共和国重工业的长子。什么是长子？长子就是大儿子，就得有一份担当！"

他们依稀感到一颗伟大的心灵在跳荡，一个崇高的灵魂在呐喊，似乎又看到那段逝去的岁月，从历史的深处走来——

面对转战工业遇到的崭新难题，你捏紧拳头："党叫我们搞工业，我们就得听党的话，听毛主席的话，学会搞工业！"为了搞清楚机器的零件，你照着图纸，跟着加工的零件，按工序跑遍车间大大小小的十几台机床。新中国第一台 2.5 米双筒提升机试生产时，你在动员会上对工人们讲："我们生产的不仅是提升机，而且是 6 亿人民的志气，是新中国工人阶级的气概！"你始终奋斗在一线，吃在工厂、睡在车间，甚至连着 50 天不回家，硬是带领职工用 3 个月时间填补了我国矿山机械制造领域的一项空白。

秉持一种"革命者就要在困难面前逞英雄"的精神，大家坚定信念："沿着老主任的脚印走下去，就没有闯不过的难关、过不去的坎！"

这不仅仅是信念，更是一种迫在眉睫的使命。

新班子向老主任誓师，表达扭亏脱困、推进企业发展的信心和决心后，直奔直属厂现场办公。

2004 年 2 月 16、17 日，一连两个晚上，公司领导班子走遍公司大院内的 6 个直属厂，并连续深夜走进一线，察看各单位二班生产。

18 日晚，公司领导班子在发电设备厂现场办公到 9 点 40 分，随即就地召开班子会议，安排部署工作，不到半小时就散会了。夜里 10 点 10 分，班子一行走出发电设备厂，赶赴电石厂，又一场现场办公开始了……

在现场办公会上，很多直属厂主动承担任务，要求多干。对各单位提出的需要公司解决的问题，公司坚持两条：一般问题当场协调解决；涉及投资问题，要求 3 天内予以答复。

置身现场，看到员工目光中流露出的信任与期许，看到员工生产中高涨的热情与干劲，公司新班子定下一条规矩：让员工每天在现场看到领导的身影。

从这时起，公司班子成员就形成了一种习惯，只要不出差，每天一大早进入厂区所做的第一件事，就是到生产、技改现场巡视。生产的重点、关键机床的运行、重点技改的进展、一线职工所思所想等，都在他们心里装着。

每周六上午，班子成员都要带着生产、技术、技改等部门人员到一线检查进度，协调处理疑难问题。生产紧要关头，公司领导在一线与工人师傅一起熬通宵。

那是一个个激情似火的日子，那是一个个令人难忘的日子。

我当时任公司报社总编，翻开当年的采访笔记，一幕幕画面如花瓣飘落在眼前——

矿研院提升所 19 名工程师集体递交辞职信后的第二天一早，公司新任总经理任沁新和党委书记王欣迪就出现在他们面前。

当着 19 名技术人员的面，任沁新动情地说："这些年对不住大家！"

他和王欣迪深深鞠躬，向技术人员致歉。

任沁新说："请给新班子一点时间，一年之内公司面貌不发生大的变化，大家再提出调走，我签字！"

大家记得真真的，在公司首次中层干部大会上，任沁新代表公司班子立下军令状："2004 年当年必须完成 10 万吨产量、20 亿元产值，并为 2005

年储备 30 亿元的订货。如果完不成任务，公司领导班子在今年年底集体向中信集团递交辞呈。公司新领导班子这样做，就是断了自己的后路。如果留了后路，中信重工长远发展的机遇就会丧失，这是对历史的犯罪。"

对改变人才流失的现状，公司新领导班子已确定从现在起抓好几方面工作：1. 要引进公司有用的人才；2. 要把挖掘现有技术人才作为工作的重点，同时把人才能力建设作为重中之重；3. 要召唤流失的技术人员归队，对公司急缺的特殊人才要不计前嫌，甚至委以重任；4. 年底前争取不再流失一个人才。

大家注意到，任沁新和王欣迪的眼眶里闪着一丝泪光。

19 名工程师全部留了下来。

现在的提升所位于 25 层的镶嵌着玻璃幕墙的技术中心大楼内。

2010 年 5 月 7 日，中信重工签订了目前国内最大 6.2 米提升机合同。该提升机应用于华能甘肃能源有限公司核桃峪煤矿主矿井。据悉，该矿井井筒地质条件复杂，井深 1000 米左右，为目前国内涌水量最大的井筒。如此深度、如此大规格的提升机产品，在世界上也属罕见。

这项具有挑战的产品缘何花落中信重工？

提升所所长、教授级高工张步斌说："中信重工提升机的设计、制造经历了仿苏、仿苏改型、独立设计、产品定型、第一次更新、第二次更新等多个阶段，每一步的背后，都镌刻着两个字——创新！"

提升所承担了大型提升机装备开发国家"863"计划，取得了提升机科研的一系列突破。中国每年年产近 20 亿吨的井下煤，其中 95% 是使用中信重工的提升机从地下提上来的。

王新建、袁海洋都是 20 世纪 90 年代中期分配到公司的大学生，曾一度离开了中信重工，他们被新的人才政策和公司发展前景吸引又回到了公司，并成为技术创新的骨干。2004 年有近 30 名优秀人才选择了回归，有130 多名本科生加入中信重工。

公司电气自动化研究生培训班在蒙蒙细雨中开课。这是继管理工程、机械工程、材料工程后，公司与华中科技大学合办的第四个研究生培训班。

自从公司职工教育培训基地4月10日揭牌以来，几乎每天晚上都是灯火辉煌，每周六的处级干部培训更是成了不变的惯例。

入夜，中信重工厂前广场南侧的青年公寓灯火璀璨。这是一幢全玻璃幕墙20层双子座大厦，4部观光电梯上上下下，可以俯瞰现代化厂区的全貌。

这是与2004年技改工程同步推进的人才工程的硬核之举。从大楼的4层到18层，近300个酒店式公寓里住着企业新招的大学生。

北京科技大学研究生张春艳是首批入住者。"我在公寓里拍了很多照片发给家人和同学。"她自豪地告诉采访她的记者，还鼓励师弟师妹们加入进来，"我告诉他们，每一个人才都能在这里找到归属感"。

2004年4月29日，66岁的公司"平改电"工程常务副总指挥李道同再也抑制不住自己，将眼泪洒在了投产仪式上。

这一天，包括陈家驹、顾冠玉、赵成儒等已进入古稀之年的"老洛矿"谈了20年、盼了20年的公司平炉改电炉工程宣告竣工。中国人自己设计、自己制造的50吨新型电弧炉投产，并炼出了首炉钢。

与50吨电炉投产仪式一并举行的是中信重工大型机加装配工厂奠基仪式。

"从1990年到2002年这12年时间，除了1台6.3米立车，我们的技改投资几乎一片空白，我们的历史欠账太多太多了！"技改装备部主任的一席话代表了当时大多数人的想法，大家对大型机加装配工厂的上马寄予厚望。

然而，围绕大型机加装配工厂如何定位、配置什么样的设备等问题，却产生了极大的争议。

起因来自一台比直升机还贵的机床。

为了给即将上马的大型机加装配工厂设局布阵，中信重工派出代表到德国、法国、意大利对设备厂家进行全面考察。回国后，考察组提出了选用进口6.5×18米数控龙门移动镗铣床的提议。

此议一出,立刻引来一片反对声。这台由德国科堡公司设计制造的 6.5×18 米数控龙门移动镗铣床,虽然设计先进,制造精良,代表着当时世界机床制造的最高水平,但是它的造价更吓人,整整 400 多万欧元,按当时的汇率折合人民币 5000 多万元!这对于刚刚有转机的中信重工来说,无疑是一个天文数字。

公司思考更多的是,面对残酷的市场竞争,企业必须培育自身的核心竞争力,才可能在激烈的市场竞争中赢得优势,虽然当前确实存在很多困难,但如果因此就在技术装备的投入上搞低水平的重复建设,那么,企业就会永无出头之日。

公司最终做出引进 6.5×18 米数控龙门移动镗铣床的决定。

公司以前所未有的决心和魄力,2004 年投入 3.71 亿元实施技术改造,2.8 米、1.2 米数控成型磨齿机,12 米立车、10 米滚齿机、6.2 米数控加工中心,平改电工程 50 吨电炉等一批重大装备相继完工投产。

与此同时,整合企业内外科研力量,调动技术人员进行高密度攻关,并依靠一批有自主知识产权的成果,迅速占领了矿山、水泥、冶金三大行业装备的高端市场。

2004 年 6 月 18 日,一场别开生面的"拉练"正在进行。这一天,公司新班子带着各单位党政一把手,走遍公司的每个角落。

他们在这个拥有半个世纪历史的厂区里默默行走,汗水滴落在坑洼不平的路面上。

车间内,待加工的提升机卷筒浸在一大摊油污里,被砸坏的地坪露着石子。

装配平台上几乎没有一条缝隙是干净的,里面尽是丢弃的各种杂物以及车刀、螺钉。

一个 1 平方米的装配平台上竟有六七个烟头。乱乱的一堆物什旁还散发着尿骚味!

公司设备仓库杂乱无章，一片狼藉。

厂区边缘灌木丛生，废弃物乱扔，居住人员复杂。更有甚者开荒种地，向日葵、地瓜、蔬菜等应有尽有。

几个小时后，"拉练"结束。

任沁新转身对着自己的同事，目光凝重："大家看，我们是不是要换种活法？"

"公司目前处在一个重要的变革期。变革就要从观念、思想、思维方式方法上有一个彻底的脱胎换骨，就需要用一个全新的视角审视我们企业的发展，研究究竟应该打造怎样一个新重工？"

几个小时的"拉练"，深深刺痛了班子成员和各下属单位党政一把手的心。

全体动员，迅速行动，公司上下打响了一场环境整治的战役。

当中信重工下定决心改变"地无三尺平，草无方寸绿"的惨状时，很多人不理解："为什么要把钱埋在地下呢？"

不久，人们就发现"埋在地下的钱"长出了日渐美丽的绿草、鲜花；一流的生产现场进行着清洁化的生产；新建的职工休息室窗明几净；往日的"北大荒"变成了郁郁葱葱的后花园；"扬灰路、水泥路"一跃成了宽敞平坦的高等级道路。置身面貌全新的工厂，再也没有人质疑当初的行动了。

但环境好治，积习难改。

平滑明亮的花岗岩大理石安全通道，有人在上面轱辘活件出现划伤；整齐划一的工具箱门时常敞开着，被行人碰来碰去；乱扔烟头更是屡禁不止。

环境要"脱胎"，思想先"换骨"。公司党委迅速部署开展了全员性的"治理生产环境，打造文明重工"的大讨论。

公司对保持厂区环境制定了奖惩办法，坚持全天保洁，一小时一巡查。对违反卫生和环境管理规定的行为进行严格处罚，处罚资金以捐款形式，设立专门账户，全部用于"金秋爱心助学"公益事业。

对乱扔烟头行为，公司报纸公开曝光，并处以重罚，发现一个烟头，"捐款"500元。能查实的，责任人"捐款"，查实不了，单位代捐。一次现场巡视，巡视人员当场抓了"现行"，随手扔了烟头的职工抓起烟头吞进肚里。此人后来免于处罚，公司领导解释："吞烟头的滋味不好受，相信他会记一辈子的，不会再乱扔烟头了。"

在厂区道路和生产现场，很快刹住了随手扔烟头和杂物的陈规陋习。但乱扔烟头现象并未绝迹，后来发现烟头集中在了各厂的厂门口。员工在厂门口吸烟，不自觉地吸完随手一丢。像捉迷藏似的，厂门口的烟头没有了，有人竟将烟头随手扔在了厂区道路两边的草坪里。对草坪里的烟头一样处罚，谁的卫生责任区谁负责。

"改变和超越"是中信重工人的禀性，摆在他们面前的课题始终是"下一步我们将改变什么，超越什么？"

大规模的环境治理之后，工厂全面实施了以"五定"即定物品、定位置、定标准、定程序、定责任为主要内容的定置化管理。实行定置化管理后，不仅在"硬环境"实现了标准化、规范化和科学化，而且对员工思想观念的转变起到由表及里的触动。

之后，以"整理、整顿、清扫、清洁、安全、素养"为内涵的"6S"管理走进中信重工，不断"刷新"中信重工人的工作环境，也一次又一次"刷新"人们对中信重工的认识。

公司新班子确定的"123零"工程目标，即当年必须完成10万吨产量、20亿元产值，并为2005年储备30亿元的订货，经公司上下的努力，提前1个月实现了！

截至2004年11月底，公司累计完成机器产品产量10.06万吨，实现商品产值20.88亿元，新增订货36.65亿元，比上年同期分别增长86.14%、92.6%、80%。扭亏为盈，实现利润1830万元！

一年的艰苦奋战，中信重工冲出低谷，重拾了信心。

寒意慢慢消退，悄悄苏醒的万物在大地的每一个角落，恣意展示她们的美丽和芬芳。

焦主任，你揪着的心可以放下了。

也就在 2004 年 5 月 14 日，你逝世 40 周年的纪念日，中信重工党委在你工作过的车间建立起焦裕禄事迹陈列室，并在企业主干道口树立起焦裕禄半身铜像。

那天，灿烂的阳光穿过树叶间的空隙，一缕缕地洒满厂区。中信重工干部党员久久地伫立在你的铜像前，依稀感觉到老主任带领职工征战在新中国工厂的燃情岁月……

每一天，每个中信重工人从老主任身边走过，就会不由自主地放慢脚步，与你的目光相对，心中定会漾起一股暖意。

2005 年，借助"保持共产党员先进性教育活动"的开展，中信重工党委将曾留下你足迹的主干道命名为焦裕禄大道，将焦裕禄精神概括为以下五个方面，并融入企业文化：

一是事业为重、以厂为家、忘我工作、顽强拼搏的精神；

二是率先垂范、清正廉洁、艰苦创业、无私奉献的精神；

三是深入基层、求真务实、知难而进、实干兴业的精神；

四是以人为本、联系群众、同甘共苦、执政为民的精神；

五是勤奋学习、勇于开拓、生命不息、奋斗不止的精神。

之后，又新建了"焦裕禄事迹展览馆"。

肉身逃不出消逝的宿命，精神却能够穿越时空的桎梏。焦裕禄铜像和"焦裕禄事迹展览馆"时时伴随着中信重工人，焦裕禄大道两旁，你和工友们当年栽下的梧桐，现已长成了参天大树。

焦裕禄精神将传承下去。

中信重工的基业也将因此常青。

诚信立身

2005 年"五一",放了 7 天长假。

让人意外的是,中信重工人却大多老老实实地窝在了"家里"。

原来,长假前的一则通知——群策群力讨论"提高产品质量,确保合同交货期",一下子惊住了、也拴住了大家跃跃欲试的心。

一场被命名为"群策群力"的管理革命,在 2005 年 5 月 5 日、6 日开启。

来自中信重工生产、技术、营销系统和职能部门的 80 多名代表,"封闭"在黄河小浪底,开展群策群力大讨论。

大讨论在观看党委宣传部拍摄的专题警示片《警钟为质量而鸣》中开场。

已经刷好沥青防锈油的半闸盘上,清晰地印着几只大脚印;

即将发往用户的磨机筒体,在转运过程中被钢丝绳勒得遍体鳞伤;

某技术人员在抄写工艺时,将挂轮齿数 21 误写为 20,造成 2 吨多的齿圈报废;

浙江用户反映,立磨基座的外形尺寸与图纸不符。经查,原来是将安徽用户的产品错发到了浙江!

…… ……

一个个鲜活的案例,无不引起大家心灵的震撼!

中信重工与很多国有企业一样,长期以来受计划经济体制的影响,曾一度桎梏在传统的经营理念与经营方式之中。那些由来已久、根深蒂固的思维模式和行为顽疾,不但不同程度地存在于相当多的干部和普通员工之中，而且还以固有的惯性在持续作祟，成为企业必须正视并克服的难题。

打破组织藩篱，发掘员工的智慧，群策群力解决问题，成为中信重工的战略选择。

"群策群力"再次证实了一个认识：距离工作最近的人最了解工作。员工作为群策群力活动的主体，为破除陈规陋习、自我完善以及企业发展献计献策。大家思维碰撞，观点链接，案例共享，既梳理出"愿景使命价值观"，又对如何执行落地的行为达成共识。

群策群力讨论会结束了，覆盖全员的群策群力活动展开了。

《警钟为质量而鸣》的专题警示片，在公司所属各单位同时播放，共计6993人先后观看，受教育范围覆盖了所有涉及质量体系的员工。

公司领导分别深入自己的分管单位，与基层员工一起观看质量专题片，一起进行质量大讨论。

在深刻反思和自我剖析后，排查出陈规陋习278项；7071名员工递交了质量诚信宣言。

公司制订实施了《质量陋习改进计划》，同时，每月不定期到各生产厂进行陈规陋习改进检查。

此后，每年的"五一黄金周"，中信重工都要召开群策群力大会，集中两到三天，总结一年来的成绩，查找存在问题，安排部署新一轮群策群力活动。

在2007年"五一"的群策群力大会上，尼尔斯的质量报告再次揪紧了中信重工人的心。

尼尔斯被全球最大的水泥装备工程企业——丹麦史密斯公司派到中信重工任监理。2006年底，这位头发花白、脸膛赤红并"梦想在中国种一棵树"的老人，正式被中信重工聘为质量总监。

尼尔斯针对出口产品磨辊轴的质量、加工、信息反馈、返修等问题，向公司递交了质量报告，对已成熟的制造技术仍连续发生问题迷惑不解。

尼尔斯在报告中痛心地指出：

"通常一个公司若做许多同样类型的零件，它应该在此方面越做越好，错误越来越少，失误也越来越少。但我公司在最近却不是这样的情况，错误频频出现。

"有两个磨辊轴（锻造号为 206–1076 和 106–7535）加工后尺寸偏小。一个偏小 0.5 毫米，另一个偏小 1 毫米，各超过了所要求的公差 5 倍、10 倍之多。

"加工失误的磨辊轴对我公司质量而言是个负面例子！它们就在加工车间里，大家都可以看到。"

公司总经理脸色阴沉得吓人，在收到报告的当天给尼尔斯回信的同时做出批示，指出了存在质量问题的严重性，责成有关部门制定有效的纠正预防措施并付诸实施，查找同类问题和错误，建立长效机制。

与会者针对尼尔斯报告提出的问题和总经理的批示，围绕怎样从制度上、从长效机制上彻底革除陈规陋习，怎样在更深层次上树立精品意识，打造精品，怎样提高员工的素质、建立一个推动企业长期发展的体系等，提出了 32 条整改措施和建议。

接下来，让尼尔斯欣慰的事越来越多。

——试行监理制，加强对重点产品、重点外协件的质量控制，并探索实行远程监控和诊断，提升服务质量和水平。

——推行精细化生产，同样是油漆这道工序，要在无尘的油漆房经过表面除锈、酸洗、底漆、测漆膜、上面漆等一系列工作才能完成。

——加强质量前期策划，产品制造工艺也要进行模拟，在加工制造之前都要计算出有可能发生差错的地方以及预判有可能出现的问题。

——推行看板质量管理，编织专管成线、群管成网的质量看板管理网络，把质量防线设在每个班组、设在每道工序。

以建立质量长效机制为重点，公司群策群力活动走向纵深。

2008—2009 年，伴随着"新重机"工程的投入和国际化步伐的加快，公司适时开展了以"变革创新"为主题的群策群力活动，推行质量看板管理、6S 管理和 PDCA 循环管理，为公司实现在全球金融危机形势下的逆势增长奠定了坚实的质量管理基础。

2010—2012 年，公司的群策群力活动又把关注点从自身需要转变为关注客户需求，开展以"关注客户、降低质量成本、提升品质、赢得客户"为主旨的各类主题活动，引入卓越绩效管理模式，推行质量成本管理，满足客户精益求精的质量要求。

从 2013 年开始，公司进入战略转型发展期，群策群力活动外延不断延伸，内涵不断丰富，逐渐从单一的产品质量到公司的发展质量，从产品质量管理扩大到公司质量、技术、营销、生产等全系统、全流程的改造、提升，把提升产品质量上升到了中信重工品牌和形象的新高度，上升到了公司战略转型和发展的新高度。

群策群力作为"改变人们行为的最大规模计划行动之一"，通过突破"诚信缺失"这一扭曲的价值观，唤起组织成员的"主人公责任感"，加速岗位诚信的进程。

群策群力活动，不仅成为中信重工这个有着半个世纪历史的大型国有企业转型、创新、发展的不竭动力源泉，也成为中信重工全心全意依靠职工办企业的有力抓手。

伴随群策群力活动，中信重工编制了涉及 749 种岗位的《岗位诚信规范》，在制度层面上约束岗位诚信行为。

同时归纳了 121 条不诚信行为，制定了员工岗位诚信量化考评标准，把员工岗位诚信度转化为可操作、可衡量的评价指标，并为每个员工建立了个人岗位诚信档案。

从 2006 年开始，公司把干部员工岗位诚信列入薪酬考核，年度诚信评价结果与工资挂钩。根据考核办法，员工因为自身行为造成质量后果，将成为影响自己岗位诚信系数的关键事件，记入个人岗位诚信档案，并直接影响下一年的薪酬分配。这预示着中信重工将企业文化植于考核体系，谁违背了"诚实守信"原则，他所受到的惩罚不仅是道德上的，更与个人经济利益相联系。

在加强教育、严格考核的基础上，公司所属直属厂在遵章守纪、克服陈规陋习、诚实守信、业绩突出的员工中评树岗位诚信明星。有些直属厂在党员操作的机床设立岗位诚信示范岗，充分发挥榜样的激励作用。

公司把诚信作为一种文化、一个体系来建设，从员工诚信宣誓，到按照岗位诚信规范约束，再到把诚信纳入考核，诚信在中信重工是精神和文化，更是制度与规范。诚信作为重工人的价值观和行为规范，逐步植入员工的心田，成为广大职工的追求和行动。

接下来，中信重工发生了这样的事：一客户参观生产、技改一线后，还没开始商谈，就爽快地把订单交给了中信重工。

问其原因，对方回答是：这是个诚信氛围非常浓厚的企业。

众多诚信故事在中信重工演绎：

——2008 年 1 月 2 日，已近而立之年的矿研院窑炉所工程师袁仕逵，终于迎来了自己期盼已久的婚礼。

2007 年初，小袁和他的女朋友将婚礼的日期定在了 2007 年 5 月 1 日。春节刚过，矿研院承包的山东茌平信发集团日产 800 吨活性石灰工程一线和二线启动，小袁担任现场项目经理。在工程项目中，小袁和茌平项目部的同志共同努力，认真协调处理工程中出现的问题，业主单位给公司发来了感谢信。为保证工程质量和连续性，满足业主的要求，小袁无暇顾及结婚前准备的大小事情，因此和未婚妻商量决定把婚期推迟到 10 月。小袁和项目部的同志连续奋战，一线工程只用了 78 天便顺利点火投产，创造了活性石灰回转窑工程工期最短的纪录。

一线工程投产后，二线日产 800 吨活性石灰生产线也在紧张施工，小袁带领项目部的同志们又全力投入到二线工作中。二线的安装调试工作紧锣密鼓，小袁若 10 月回洛阳举办婚礼，就要影响现场的施工组织管理，而要保证工程质量进度满足业主要求就要改变婚期。小袁不得不再次和未婚妻商量，决定把婚礼推迟到 2008 年 1 月。在小袁带领的项目部的努力下，二线工程于 9 月下旬顺利点火投产。小袁的奉献精神感动了信发集团，在 2007 年底信发集团又与矿研院签订了两条日产 800 吨活性石灰生产线的承包合同。

小袁的婚礼几经推迟终于在 2008 年 1 月 2 日举行。

这是一个特殊的婚礼。

特殊就特殊在，矿研院院长戚天明带领院领导班子全体成员参加了婚礼，业主代表山东茌平信发集团总经理郭庆东率领副总经理张怀涛、石灰厂厂长一行也专程从山东聊城赶赴洛阳参加小袁的婚礼。

郭庆东总经理高兴地说："我们公司专程去参加供货单位职工的婚礼这是第一次。"

——薛爱民是一个很要面子的人，但是发生在他身上的一起质量事故，却让他一下子颜面扫地。

因为粗心，他在测量活件时将外径尺寸看错，结果将活件加工成废品，使中信重工遭受经济和信誉的双重损失。

公司将此定性为质量事故，薛爱民受到扣除岗位诚信分、罚款的处分不说，还被公司从关键机床"下放"到了普通机床。

车间领导和厂领导多次找他谈心，引导他认识错误，并鼓励他放下心理包袱，勇敢面对现实，重新开始。

低落的情绪开始在温暖和鼓励中回升。

薛爱民认识到，岗位诚信的缺失是导致自己"没面子"的根本原因。要拾回面子，就必须做到岗位诚信，不能再有任何的闪失。

每天上下班途中，薛爱民的眼神都会自觉不自觉地在公司厂区的宣传栏前停留。宣传栏上，张贴的是公司劳模、模范党员、首席员工、岗位诚信明星的大幅照片和先进事迹介绍。这些人，都是岗位诚信的标兵。每次看，薛爱民的心情都不一样，从最初的艳羡、比对，到后来的不服气。他暗下决心：只要自己遵守岗位诚信规范，早晚有一天，我要成为你们当中的一员。

要强的薛爱民在普通机床上从基础做起，严格按照岗位规范操作，脏活累活抢着干。每次测量活件，薛爱民都要对照图纸要求，反复测量三遍以上。

"树立诚信理念，培养诚信品质；履行岗位职责，恪守岗位规范"等员工岗位诚信宣言，被做成展板悬挂在车间。工作间隙，薛爱民总是要用目光扫上一遍，虽然上面的诚信宣言早已铭记在心，但他想要做得比宣言更好。

信心在一天天地增强，技艺在一天天地精进。在薛爱民的手中，一台已经干了20多年粗加工的普通65车床，也变成了可以粗精两用的机床。

很快，薛爱民练就了过硬的技能和品质，对产品质量精益求精，车间领导也放心大胆地将精车活件交给他加工，他所操作的机床和他本人一样又重新焕发了活力。一天晚上，薛爱民带领两名青工突击抢干了4件精车轴套，将活件公差控制得恰到好处。

由于薛爱民平时干活肯吃苦，加工效率高，全年度月工时都在600点以上，他被破格提拔为大车班副班长。年终，薛爱民被评为厂级先进工作者，他们大车班被评为先进班组，受到了表彰。

——2009年1月，24岁的小郭成为中信重工运输公司一名见习发货员。虽然这个从农村走来的青年很想把工作干好，但初涉职场的他，却因为过于热爱书法艺术的那份随意，干了一件轰动全公司的"大事"。

当年2月9日晚10点左右，在铆焊厂75吨跨发运0900-460工号、出口马来西亚的长12米的回转窑产品时，他一时心血来潮，竟然用现场的防锈稀油在该回转窑筒体表面笔走龙蛇、信手涂抹。

该出国产品环保要求高，筒体表面均按出口标准采用无铅油漆，经用户监理在现场监控才完成了喷漆。

小郭的"艺术行为"不但让客户监理大跌眼镜，也直接导致该回转窑筒体必须重新进行清理和喷漆。

根据岗位诚信评价标准和公司职工奖惩有关规定，小郭被解除劳动合同。

以员工岗位诚信规范为核心的岗位诚信管理体系，是中信重工企业文化的突出特色。所有员工包括总经理在内都要签字，履行诚信的承诺，接受岗位诚信的评价与考核。

小郭被解除劳动合同，很快在中信重工形成了蝴蝶效应。从他所在的运输公司开始，一种珍惜岗位、以诚为本、爱岗敬业的理念在中信重工迅速形成，并深入人心。

谁也没有注意到，被解除劳动合同后黯然回到外地老家的小郭，在离开时带了一本《中信重工企业文化手册》。"工作和生活还要继续，中信重工这本小册子就是一种提醒和激励。"小郭对自己说。

没想到这本手册还真的帮了他的忙。

2009 年 5 月，新乡人才交流中心。他到一家企业应聘时，拿着这本手册说："如果你录用我，我将按照中信重工这本小册子要求自己，并带动身边每个人。"

"中信重工？国家领导人常去的那个企业？"招聘单位的人反问，随手翻开《中信重工企业文化手册》。"60 字"员工诚信宣言、"56 字"干部箴言以及岗位诚信考核体系等——跃然纸上，这正是每个中国企业和产业工人都需要并应该做到的。

招聘企业当即表态："你在中信重工干过，又带着中信重工的手册，我们要你了！"

败也诚信，成也诚信。

小郭的人生出现了又一次转折。

小郭说，他干得很好，过往的经历使他懂得了什么是岗位诚信、怎样做一名诚信员工。

事情已过去多少年了，我不知道小郭是否还在新乡的这家企业，但我坚信，诚信改变了他，一旦养成，将终身受益。

在经营环境动荡变化的今天，企业正处在淘汰别人或被别人淘汰的大变革时代。中信重工机械股份有限公司之所以在金融危机中"风景独好"，除了源于技术、装备、市场的高端战略定位外，更是因为其建成了独具特色的诚信文化体系，形成了克难攻坚的发展理念。

2008年12月24日，新华社播发通稿《诚信文化凝聚克难攻坚的必胜信念》。上述是通稿的开头。

在介绍了"人要如何做"——岗位诚信考核优化管理后，报道聚焦"钱从哪里来"：

岗位诚信管理体系的实施，受到客户的普遍称颂，特别是国外客商认为中信重工公司讲诚信，纷纷与公司加大合作，订单不断上扬。公司产品的外观及实物质量显著提高，废品率、返修率、废品损失明显减少。近两年有4个产品获"中国名牌产品"称号。宝钢、鞍钢、GE、韩国浦项制铁等客户还为中信重工颁发奖章和感谢奖牌。

业界公认的诚信资质，使中信重工得到了另一项意想不到的实惠：资金。按照重工业界的行规，一单合同签订，客户需付厂家30%的预付款，产品生产过程中需付40%的进度款，交货时付足95%的款提货，另5%余款作为质量保证款。也就是说，订单越多，资金就越充裕，就能有实力进行技术改造和装备升级。

| 锻造撒手锏 |

最担心的事情最终还是发生了。

中信重工正在锻造的 8400 吨水压机突然发出一声闷响，自身的一根立柱轰然断裂！

立柱，是压机的"擎天之柱"。四根立柱折了一根，就如"钢铁巨人"断了一条臂膀，顿时停止了运行。

8400 吨水压机是企业 20 世纪 70 年代自力更生研制的。这已是这台工业大锤的此根立柱第二次横向断裂，且另一根立柱也存在纵向裂纹。

就像蒸馒头要揉面一样，锻造压机用于重大设备使用前的锻造过程。锻造不仅是金属成型的一种方法，也是锻合金属内部缺陷、改变金属内部流线、提高金属机械性能的重要手段。

国际上大型铸锻件需求居高不下，而日本、德国、法国等少数几个能够生产的企业能力严重不足，交货周期长，价格昂贵。最关键的是你想买都买不到。国内几家同行，当时的大型压机都用于自身产品毛坯的生产。

中信重工当即封闭 8400 吨水压机现场，组织焊接"神枪"对二次断裂的立柱实施焊补。

但严酷的现实是：两次焊补的立柱一旦再次断裂将无法回天，大型铸锻件生产面临全面"崩盘"。

另一个现实是，重大技术装备的发展，对大型铸锻件提出了更高要求。核电将以百万千瓦级机组为主，其低压转子需要 600 吨级真空精炼钢锭。

石化领域需要 2000 吨级以上的特大型加氢反应器厚壁筒体，冶金领域 5.5 米中厚板轧机的支撑辊净重 230 吨，也需要 600 吨级钢锭，造船领域组合式船用曲轴长度可达 18 米，重量达到 300 吨。然而时至 2006 年，作为重型装备国家队，中信重工热加工核心装备仅有 30 吨电炉、50 吨电炉和仅靠焊补勉强维持运行的 8400 吨水压机，生产能力为：一次钢水量 360 吨、最大铸钢件 190 吨、最大钢锭 75 吨、最大锻件 45 吨。

中信重工该何去何从？

从企业自身产品生产制造和中国重工业突破发展瓶颈的需要出发，越来越清晰的声音是：新上一台大型压机！

在要不要上的问题上达成共识后，中信重工决策层又面临新的问题：上什么样的压机？是关起门来自己搞，还是与国际合作？

当时比较一致的意见是继续上水压机。国内企业已上的全是水压机，有应用经验可以借鉴。而大型锻造油压机国内没有先例可循，上什么样的压机一时争论激烈。

公司组团赴欧洲考察。视野打开，结论不言自明，与国内相反，油压机早已是成熟的技术，发达国家近 20 年上的全是油压机。

经过不断地调查、取证，中信重工最终选择了油压机。

理由是：油压机运行成本低，下压力可调；油压机利用泵控技术，移动横梁每分钟下压次数可达 44 次，比传统设计节能 30%，工作效率则是同规格普通水压机的 3 倍。

在自主研发和国际合作的选择上，中信重工毫不犹豫："中信重工是将压机作为工作母机用的，肯定要上世界最好的装备。"

于是，公司实施 18500 吨油压机全球性的国际招标，包括德国威普克、西马克、韩国 HBE 公司在内，多家国际巨头参与了竞标。

技术谈判上，一家全球著名压机供应商因谈不出计算依据而败标，深知项目重大意义的项目负责人在众人面前潸然落泪。

经过缜密严谨的多方论证，中信重工最终选定了德国威普克设计的三梁两柱 18500 吨自由锻造油压机，同时配置德国 DDS 公司的 750 吨 / 米锻造操作机，而油压机和操作机采用联合设计、联合制造、联合品牌，设备本体则完全由中信重工自己制造。

2010 年 8 月 12 日，时任全国政协副主席、科技部部长万钢视察了中信重工即将投产的世界最大、最先进的 18500 吨自由锻造油压机，当得知中信重工用的是世界上唯一以"潘克"公司命名的"潘克泵"时，他说："我鼓励你们搞好国际合作。自主创新是开放的。自主创新和国际合作没有矛盾。"

在中国装备制造业由大向强的隆隆进军中，制造世界最大、精度最高、技术最先进的 18500 吨自由锻造油压机的大幕在中信重工徐徐拉开。

2008 年 5 月 22 日，18500 吨油压机上横梁浇铸进入倒计时。此次浇铸，是油压机制造的"开山之战"，也是对刚刚竣工的"新重机"工程的首个工部——重型冶铸工部的检阅。

这一天，重型冶铸工部人头攒动，气氛紧张、凝重。350 吨天车吊着空钢包进行实际预演，确保 3 台天车互不干涉，钢包互不影响。每台天车上都有电工、钳工值守，为设备保驾护航。

每个钢包都编了号，指定了安放位置，并有专人负责；各种设备、配套设施也一一检修完毕；上千吨的废钢、生铁、合金和辅料也已到位；公司"新重机"工程指挥部、能源公司、运输公司、建安公司等单位 800 多名参战员工严阵以待。

22 日 18 时 36 分，随着指挥长哨声鸣响，冶铸工部即刻红光四射，钢花奔流，10 分钟后，世界上一次组织钢水最多、浇铸吨位最重的特大型铸钢件顺利浇铸成功！

第二天，中央电视台新闻联播以《我国建造世界最大的自由锻造油压机》为题，向世界播报：

这里浇铸的是 18500 吨自由锻造油压机的核心部件上横梁部分，其毛坯总重达 570 吨，同时浇铸钢水 829.5 吨，是迄今我国一次性组织钢水最多、浇铸吨位最大的特大型铸钢件。

我国第一台 18500 自由锻造油压机上横梁在中信重工完成浇铸，它的建成将标志着我国成为世界为数不多的能够锻造最大铸锻件国家之一。

梦想和理想，就从这里开始一路飞翔。

2008 年 9 月下旬，油压机基础梁粗加工结束；

2008 年 12 月中旬，首件下横梁完成半精加工；

2009 年 2 月中旬，上横梁进入机加工……

一道道工序紧密衔接、一个个大件接连完工，中信重工上下联动、协同作战，在 18500 吨油压机大件加工上展开了一场奋勇争先的"接力赛"。

为了确保 18500 吨油压机大件加工，重机厂、重装厂想尽种种举措，进行前期总体策划、重点难点策划和细节策划，做到操作工人心中有数，零件到后能迅速投入加工。

每天，公司矿研院冶金所、工艺室和重机厂、重装厂的技术人员都会到现场展开技术服务，他们不但要详细审查图纸、工艺，落实必要的工装、刀具、检测量具等，还要提前向工人技术交底，解释工艺规程细节，及时发现问题，协调解决工艺技术问题。

为保证精加工质量，6.5×18 米龙门铣精加工移动横梁时，机长于玺针对活件形位尺寸，预编了 30 多套子程序，充分利用机床的性能，把精度牢牢控制在 0.01 毫米之内。

为了做好倒运，运输公司领导挂帅组成运输小组。2009 年 2 月 21—24 日，运输公司连续 4 次倒运 250—349 吨油压机托架和下横梁。倒运正赶上双休日和雨天，参与倒运的人员冒雨作业，庞然大物不断在重装厂和冶铸工部之间往返，他们一干就是 3 天，只要往返一趟就到深夜。

埋件平整度达到正负 5 毫米，这不仅是工艺要求，也是建安公司每一名施工人员的工作标准。

建安公司特事特办，精心研究策划，周密组织安排，5 个多月时间，开挖土方 2 万立方米，混凝土浇筑量超过 6000 立方米，埋件安装量则创纪录地达到 200 多吨。

时间飞逝，转眼迎来了 18500 吨油压机安装的关键时期。

担任油压机现场安装总指挥的是已退休的公司老专家郑凤林。

在压机基础 6 大件之中，有 4 件 3.5 米 ×2.5 米的大型基础板需要预先埋入基坑底部。德国公司设计的平面度公差是 0.4 毫米。

郑凤林依据以往机床安装经验，力主将加工精度提高 4 倍。

当机加工人员在加工基础板时，看到质量看板上精度控制要求在 0.1 毫米，不免有些抱怨：这么大型的压机，要这么高的精度干什么？

但郑凤林没有一丝含糊，利用春节放假期间，专门让人用激光跟踪仪一块一块地检查了三四遍，直到确认 4 块基础板精度达到 0.08 毫米才放行。

为了油压机下横梁一次安装到位，郑凤林仅准备工作一项就进行了两个月。正式安装那天，他带着十几个技工仅用两个小时就结束了战斗。

2009 年 5 月 28 日，重达 680 吨的 2 个下横梁连接到位，与南北 2 个总重 400 吨的三角形托架圆满合龙。压机基础的精度保持在 0.5 毫米范围内。

0.5 毫米！仅仅是一根头发丝直径，意味着这个 24 米长、7.5 米高、近 5 米宽的庞然大物，无论是垂直方向还是水平方向都平直、稳定得近乎完美。

在现场指导安装的德国人惊讶不已，没想到这么大的油压机基础 6 大件组装精度如此之高。

任何成果的背后，都饱含着蜗牛爬行般的艰辛努力，只不过人们往往为光辉的成果眩目，而忘记了蜗牛身后那串长长的浸着血丝的汗迹。

2008 年酷暑时节，重型锻造工部厂房内温度高达 40 多摄氏度。在拉杆安装过程中，为了掌握第一手资料，郑凤林和团队骨干数十次钻到下横梁内腔中,实地观察安装部位,凭着经验手摸下横梁对接孔位置,经常是一身油、一身汗。最终安装团队苦战近 60 天,高质量地完成了拉杆安装。

油压机 4 个返程油缸,内壁要求极为干净,不容许有丝毫铁屑、灰尘存在,否则会研磨油缸造成漏油。在没有合适清洁仪器的情况下,张普俭、刘胜海和刘晓鹏主动承担了清洁任务。由于油缸长 5.4 米、内径 540 毫米,仅能容一人钻进退出,且由于油缸一头封闭,内部空气稀薄,人进去后只有一手拿手电筒照明,一手用煤油布、面团一点点擦拭。3 人强忍着刺鼻油味轮换作业,费时近半个月终于保质保量地将 4 个油缸清洁完毕。

2009 年 9 月 17 日,油压机安装团队着手对移动横梁进行表面防腐处理,可移动横梁外表面那层氧化皮异常坚固且厚薄不均,清理氧化皮成了块硬骨头。油压机安装团队硬是连续奋战近两个月,在用坏二三十把风铲后将氧化皮清理完毕。最艰苦的时候,一天下来,大家脸上、身上沾满了灰尘和氧化皮碎屑,手直哆嗦,晚上回家吃饭时连碗都端不住。

2010 年 3 月 11 日,重达 485 吨的移动横梁一次吊装到位。

5 月 27 日,重达 220 吨的首件主油缸稳稳地落在了移动横梁上。

最后的上横梁安装,压力写在油压机安装团队每一个人的脸上。大家心里明白,18500 吨自由锻造油压机安装到了决战决胜的关键时候。

2010 年 6 月 26 日晚 7 点,18500 吨油压机安装现场。郑凤林和他的团队上下五层,组成立体式吊装防控体系,利用激光跟踪仪、水平尺、望远镜等随时跟踪、测量、观察。

经反复升降试验绳索,他们解决了"溜车"问题。在通过调整天车抱闸,在距地面仅 500 毫米的位置进行了 22° 角的旋转等一系列动作后,550 吨天车强力拽着上横梁向预定位置移动。

大家反复用倒链微调角度、精确配键,最终长 11 米、高 4.5 米、重达 500 余吨的油压机上横梁,被 550 吨天车强劲吊起,精确地套在高 14.3 米的立柱上,并迅速安装到位。世界最大、最先进的 18500 吨自由锻造油压机主体的安装顺利完成。

2011 年 1 月 28 日，中信重工召开 2010 年度暨"十一五"总结表彰大会，隆重表彰 16 名"十一五"期间突出贡献人物和 2010 年涌现的先进集体、先进个人。在职工文化活动中心门外，一字排开的 16 辆尼桑小轿车披红挂彩，成为万众瞩目的焦点。

为 16 名突出贡献人物颁奖后，主持人向最年长的突出贡献人物——18500 吨油压机安装总指挥郑凤林深深鞠躬。在郑凤林的女儿手捧鲜花送给父亲，讲述父亲为 18500 吨油压机安装孜孜不倦工作的那一刻，表彰会上热流涌动，掌声经久不息。

喜雨纷飞，驱走了持续多日的酷暑。河洛大地绿意盎然，生机勃勃。

在中信重工全力打造国际化高端制造企业之际，2010 年 7 月 10 日上午，时任中共中央总书记、国家主席、中央军委主席胡锦涛莅临中信重工考察调研。

穿过 20 世纪五六十年代的铁红色建筑，一座座充满时尚元素的现代化厂房映入眼帘。这是"新重机"工程的几大工部。

胡锦涛同志兴致勃勃地走进"新重机"工程锻造工部。世界最大、最先进的 18500 吨自由锻造油压机已安装就位。看着蔚为壮观的恢弘画卷，胡锦涛同志露出喜悦的微笑，关切地询问这一国家战略装备资源的特点和优势。

公司领导介绍，这个设备有一个最大的特点，油压机和操作机是我们和世界上最顶端的专业供货商联合设计、联合制造、联合品牌，设备本体则完全由中信重工自己制造。

胡锦涛同志问："他有这一套图纸，将来要和你们分享知识产权怎么办？"

公司领导自信地说，他离开我们，制造不出来。上面那个横梁，是整体浇铸，用了 829 吨、8 包钢水同时浇铸，温度、成分全部一样，一次浇铸成功。这个毛坯重量是 570 吨。

胡锦涛同志微笑着点点头。

安装现场的工人师傅压抑不住焦急而幸福的期待，激动地喊了起来："总书记好！"胡锦涛同志健步向前，与迎上前来的员工握手，微笑着向安装现场的工人师傅挥手致意。胡锦涛同志深情地注视着世界"巨无霸"的建设者："谢谢你们制造了 18500 吨油压机，你们为中国人争了光，争了气，谢谢大家！"胡锦涛同志以世界最大最先进的 18500 吨自由锻造油压机为背景，与建设者们合影留念。画面中，公司老专家、油压机安装总指挥郑凤林紧挨着胡锦涛同志，自信、自豪、幸福的神情溢于言表。身着"中信重工蓝"的建设者们幸福地微笑着。

被冠以"争气机"的世界最大最先进的 18500 吨自由锻造油压机，气势磅礴，将以自己的雷霆万钧之力，锻造"中信重工制造"的今天与未来！

2011 年"七一"前夕，18500 吨油压机组正式投产。中信重工全体员工掩饰不住喜悦的心情，将这一喜讯报告给胡锦涛同志。在信中，中信重工全体员工承诺，将进一步增强自主创新能力，提高国际竞争力，力争在世界装备制造领域占有一席之地。

焦主任，世界最大、最先进的 18500 吨自由锻造油压机就矗立在焦裕禄大道旁的锻造工部内。它的安装者、操作者每天都是沿着焦裕禄大道，踩着你的脚印进入工位。

2011 年 10 月 10 日，这台"巨无霸"迎来大考：锻造 438 吨特大型钢锭。

上午 9 点 20 分，随着现场指挥人员一声令下，18500 吨油压机、750 吨/米操作机迅速联动，进入工作状态。约 10 分钟后，一支重达 438 吨的特大型钢锭在 550 吨锻造吊的强力夹持下，缓缓移向 18500 吨油压机工作台。18500 吨油压机仅用 2 分钟便完成钢锭的镦粗动作，并与操作机配合，像揉面一样轻松地反复锻造 438 吨钢锭。

"它一下能锻 10 个面呢！"现场工人郭卫东自豪地解释说。

郭卫东，是中信重工重型铸锻公司锻压车间锻一组组长，这台"巨无霸"机器就是由他带领的团队操作的。20 多年的锻工生涯让他成为改革开放以来中国锻造水平提升的亲历者。"可是再怎么想，也没敢想能使上世界上最大最好的油压机。"

一个小时后，438 吨钢锭的压钳口、拔长工序顺利完成。顿时，观摩现场一片掌声，火红的钢锭将现场人们的脸烤得红彤彤的。

央视新闻频道《新闻直播间》从上午 10 点 37 分到下午 5 点 33 分，分 6 次对中信重工 18500 吨油压机锻造过程进行现场直播。

10 月 10 日晚，央视《新闻联播》以《世界最大油压机锻造 438 吨特大钢锭》为题，播报了 18500 吨油压机锻造过程——

> 今天上午，在河南中信重工，由我国建造的世界最大的油压机，首次成功锻造重达 438 吨的特大型钢锭。这一油压机的锻造压力可以达到 18500 吨，是世界上最先进的。
>
> 与传统阀控比，18500 吨自由锻油压机的能效可以提高 20%以上，主要用在水电、火电、冶金和船舶等领域制造大型关键锻件，而此前这一技术主要依赖进口。

18500 吨自由锻造油压机的投产，显著提高了中信重工乃至中国大型自由锻件的生产能力和水平，相继生产了一大批具有重大影响力的关键锻件，包括中国一重第三代核岛设备 O 形密封环密封试验模拟体用锻件，盾构机球轴承环锻件，中铁建特大盘形环锻件，为国内重大工程建设提供了坚实技术支撑。

同时，18500 吨自由锻造油压机打破了长期以来大型高端铸锻件生产制造被国外企业垄断的局面，生产制造了一批具有世界影响力的关键锻件，如目前世界最大的压力容器用整锻管板；国内外规格最大、单重最大的加氢筒体；首次成功锻造特大台阶类环圈锻件；出口土耳其的整体成形管模，开创了国内外最大管模整体锻造先河；为南非锻造的特大细长轴锻件，属于多台阶、大细长比轴类锻件。

　　随着 18500 吨自由锻造油压机的面世，中信重工建厂以来投资规模最大的"新重机"工程胜利竣工。中信重工最大铸件生产能力从 190 吨增加到 600 吨，最大钢锭生产能力从 90 吨增加到 600 吨，最大锻件从 70 吨提高到 400 吨，具备核电、火电、水电等大型铸锻件的加工能力，具备批量生产直径 12 米到 14 米世界最大磨机的能力。

　　也因其拥有强大的重型装备制造能力这一稀缺资源，中信重工被人们誉为"中国工业的脊梁、重大装备的摇篮"。

掌控话语权

传统制造水泥的流程是这样的——

将石灰石、黏土、铁矿粉等主要原料混合起来放入回转窑中，随着窑内温度逐步上升至1000多摄氏度，生料经过干燥、分解、烧结等主要程序，充分分解并发生化学反应形成熟料，经过冷却后出窑，再加入延缓硬化速率的石膏，再经粉磨就做成可以分包出厂的水泥了。

值得注意的是，由于制作工艺和技术的限制，在此流程中会产生大量低温低压的气体即余热，其余热无法充分利用，往往被作为废气排放了。

"热量是什么？是能源！"

中信重工眼前一亮：如果能有一种设备把这块资源利用起来，水泥生产商们没有理由不高兴。

为此，中信重工进行了周密的可行性论证，结论是肯定的。

"啪！"

可行性论证加上可以预期的广阔市场前景，公司技术委员会拍了板。

正如伟大的文学家鲁迅先生曾说过的那样，第一个吃螃蟹的人是令人佩服的，不是勇士谁敢吃它？

公司决定走自主研发之路，创立中信重工自主的余热发电品牌。

彭岩被任命为团队负责人。

研发团队通过现场调研、理论分析、数值计算、实验研究等科研开发手段，最终发明了水泥窑纯低温双压余热发电技术，并率先推出了具有自主知识产权的全国产化的纯低温余热发电机组。

10月是收获的季节，人们在这个时候盘点，细数发展的成果；

10月是谋划的时段，人们在这个时候登高，远望美好的未来。

2004年10月25日，全国水泥行业的"心跳"调整到中信重工频段，聆听来自余热利用前沿铿锵有力的声音。

这一天，国家发改委在中信重工召开全国纯低温余热发电技术研讨会。此次大会是中国工业界就纯低温余热发电技术政策的一次交流、合作，其中一个重要内容就是推广应用中信重工新研发的双压纯低温余热发电技术。

彭岩健步走上会议聚焦的那个位置。

这位西安交通大学毕业，从基层一线做起的研发负责人，是个风风火火急性子，说起话来声音洪亮，如同敲击大钟似的。

彭岩索性不看讲稿，从水泥企业的痛点到中信重工双压纯低温余热发电技术的独特创新，从水泥企业使用废气发电的经济效益到社会效益，他侃侃而谈，似乎沉浸在创新的激情中，满头冒着腾腾的热气。

全场的眼睛集体放光，众人齐刷刷地为他鼓掌。

水泥行业高层领导和权威专家认真研讨后，颇为欣喜：中信重工的纯低温余热发电成套技术提供了一个新的发展思路，适应水泥行业发展的需求，符合国家产业政策和发展趋势，具有广阔的发展空间。

会议结束后，辽源金刚水泥集团等4家水泥企业与中信重工当即签订了纯低温余热发电项目合作意向书。

"砰"的一声，发令枪响了，彭岩和他的团队像出膛的子弹向前冲去。

但没有想到的是，开场锣鼓敲响后就冷场了，有合作意向的水泥企业没有一家正式签约。

昨天还是和煦的春风，一转眼中信重工就感受到了秋风萧瑟。

说穿了，客户还是对新生事物心存顾虑：新技术是否成熟稳定？安全性能和实际效果怎么样？新的发电设备附加上去之后会不会对原来水泥生产系统产生不良影响？

辽源金刚水泥集团表现出了较大的热情，但一时之间也难以做出决断。

中信重工召开专题办公会，形成决议：打破业界惯例，垫资为客户研发、制造纯低温余热发电机组，并承诺由此可能造成的损失全部由中信重工承担。

要知道，这可是好几千万元一套的设备啊！

这样做的效果立竿见影，一下子打消了客户的顾虑。

辽源金刚水泥集团很快和中信重工签约，为国内首条日产 5000 吨水泥熟料生产线配套的双压纯低温余热发电工程的施工和设备制造就此全面展开。

2006 年 9 月，东北大地秋意渐浓，经历了春天的播种和夏天的耕耘，收获的季节到了。

9 月 27 日，国家发改委在吉林辽源金刚水泥集团召开项目现场介绍会。来自吉林省各级政府官员和 30 多个国内知名企业的代表应邀出席。

中信重工自主研发并承建的国内首套双压技术纯低温余热发电项目，成功实现并网投产！

当总控室上方的电子显示屏熠熠闪光的数字长时间地在 7700 千瓦时的数值上下翻动时，所有人都站起来鼓掌。业主方董事长激动地当众向中信重工鞠躬致谢。

掌声和泪光，共祝中国人在纯低温余热发电领域的破冰之旅首战告捷。

国家发改委网站 10 月 30 日刊发报道评论：

> 辽源金刚水泥集团纯低温余热发电生产线，是国内水泥行业第一条双压技术纯低温余热发电站的首次成功应用，标志着我国纯低温余热发电技术水平进入国际先进行列。

2006 年 11 月 2 日，河南省政府在郑州召开专题会议，以推广应用中信重工水泥生产线纯低温余热发电技术为载体，率先在全省水泥行业实施节能改造，发展循环经济。

河南省副省长在会上要求，全省水泥工业在今后兴建的新型干法水泥熟料生产线上，必须同步配套纯低温余热发电装置，并将其作为项目核准的必要条件。

中信重工和河南省建设投资公司在 7 条日产 5000 吨水泥生产线配套纯低温余热发电工程总包协议上签字。

2007 年 1 月 8 日晚，中央电视台《新闻联播》在播出时政要闻后，用 3 分 40 秒的时间，重点报道了中信重工通过纯低温余热发电技术和装备，推动自身和中国水泥行业实现科学发展的新闻，题目是《节能降耗：一项技术带旺两家企业》——

> 2006 年年初，曾经有人担心，节能降耗的压力将影响到机械、水泥等工业的快速发展。但是今天看来，正是节能降耗推动了这些产业增长方式的变化。
>
> 彭岩是中信重工专门研究水泥装备的专家。他此行北上吉林，是应客户的一再要求，落实一条新的节能设备的工期。客户还说，他返回洛阳时，可以先把 1000 万元的调试费带走。
>
> 中信重工公司工程院副院长彭岩：按照合同签订的工期，第二条水泥生产线余热发电调试完，才应该付我们 1000 万元。现在我还没有开始调试呢。因为（第一条）效益比较好，客户为了催我来调试第二条，现在主动把那 1000 万元提前给了我。
>
> 辽源金刚水泥集团于总：争取 1 月 20 日前投产，把第二条线投上，这都是钱啊！我算了，一天不投，我一天少 7 万块钱呢，太着急了。
>
> ············

央视国际网在 20 点 32 分将这一消息传向了全世界。

消息一播，随即引发轰动效应。

这是一个清新的早晨，清新到能闻出春天的气息。

"央视报道我们看了，太兴奋了！"

"辽源金刚太着急了，我们也太着急了！"

"给我们往前排排，我们合同马上签！"

9日一大早，十几个客户的电话就打到了中信重工。

2007年1月16日，中信重工与江苏磊达水泥集团签订纯低温余热发电项目合同。

中信重工为河南驻马店豫龙水泥日产5000吨新型干法水泥生产线配套的国内首个9000千瓦双压纯低温余热发电项目开工。总包的鹤壁豫鹤同力水泥纯低温余热发电工程工地也擂响奠基的锣鼓。

1月29日，中信重工总包的广东塔牌水泥集团首个纯低温余热发电项目成功投产。第二个纯低温余热发电项目和位于福建岩前的第三个纯低温余热发电项目也正在加紧施工。

辽源金刚与中信重工在吉林白山的第三个纯低温余热发电工程全面开工。同时承诺将在新上马的另外4条日产5000吨水泥生产线和中信重工进行包括配套纯低温余热发电工程在内的一揽子合作。

4月初，中信重工与辽宁本溪客户在又一条日产5000吨水泥生产线配套的纯低温余热发电项目上签订合同，截至4月12日，中信重工已经和国内水泥行业20多家客户在37条水泥生产线上签订了纯低温余热发电工程总包合同或合作协议。

从山东到内蒙古，从江苏到浙江，更多的纯低温余热发电项目已经形成了梯次，许多客户更是提前把预付款汇到了中信重工。

纯低温余热发电技术的推广应用捷报连连。

2007年8月27日，公司总包的驻马店豫龙同力水泥公司国内首个9000千瓦双压纯低温余热发电项目并网发电，发电量达到了1万千瓦时！

双压纯低温余热的利用，满足了水泥厂三分之一的用电量，年收益超

2000 万元，同时有效减少了二氧化碳及二氧化硫等废气的排放量。

一批纯低温余热发电工程陆续投产，更多的项目合同签订。

同时，中信重工新型纯低温余热发电双压技术取得国家发明专利，列入国家"863"计划。

截至 2010 年 9 月，研发成果已申请国家发明专利 11 项，实用新型专利 2 项，并成为国内水泥余热发电领域唯一获得授权的发明专利和国家标准。

中信重工纯低温余热发电项目迅速融进生产水泥的标准配置中。"余热发电随窑走"，公司每卖出一条水泥生产主线，必有一套为之配套的纯低温余热发电。

2016 年底，中信重工总包的平煤集团京宝焦化有限公司 160 吨 / 时干熄焦工程及 20MW 余热发电项目正式通过竣工验收。

柬埔寨 CMIC 余热发电项目，泰国 SCCC 集团 12MW 余热发电项目等陆续竣工投产。

2017 年 1 月 14 日，中信重工总包的巴基斯坦先锋水泥公司 12MW 余热发电 EP 项目投产，创造了中方项目在巴基斯坦市场的最短周期纪录。随后，中信重工收到了一封来自巴基斯坦拉合尔市的感谢信。

信中说，感谢中国工程师在短短 6 个月内就设计建成该余热发电项目，解决了拉合尔市基础建设和能源回收利用的燃眉之急。更感谢中信重工在"一带一路"和"中巴经济走廊"建设的带动下，将先进技术和最具优势的建设能力带到了当地。

该项目的成功实施，可年发电 8000 多万千瓦时，相当于减少燃烧 2 万多吨标准煤，有效地降低了环境污染，提高水泥线热量利用率约 23%，提供就业岗位约 40 个。

同时，这座水泥余热发电项目是中信重工在巴基斯坦首个以中国标准建设完成的总包项目，具有示范意义。

中信重工双压纯低温余热发电技术已从水泥行业拓展应用到干熄焦、烧结矿、玻璃、化工等行业余热发电新领域，并辐射到"一带一路"，累计实现销售收入 80 多亿元，新增利税 10 多亿元。

随着中信重工余热利用的声名鹊起，"彭专家"也越来越牛。

"彭专家"是人们对彭岩的尊称。

彭岩说："有人说我牛，实际上我牛是因为我有话语权，而话语权正是我们的余热发电技术和标准赋予我的。"

由于参与起草国家标准《水泥厂余热发电设计规范》和行业标准《水泥窑余热发电回收利用设备标准》《钢铁行业烧结机余热发电回收利用设备标准》，彭岩和他的余热发电团队也更加忙了。

让他欣慰的是，《水泥厂余热发电设计规范》作为国家标准，已在 2010 年 10 月 1 日开始在全国全面贯彻实施了。

不过，他还担任另外两个行业标准制定工作小组的副组长，还是轻松不了。

由于彭岩的名片用得很快，办公室里的人也有怨言，说彭岩就像是在"吃"名片，印名片根本就跟不上他派发的速度。

这点彭岩也很"委屈"。只要是跟余热发电有关的会议，无论是政府的，还是行业的，都要发邀请函叫上他。他回得晚了，人家就会一个电话接一个电话地催，他不去，人家还说他是摆架子，不捧场。

"余热发电圈子里的会议缺不了中信重工，否则他们就会认为这个会议的分量不够。"彭岩说。

刚开始那几年，他只要到了会场，白天在台上讲话是焦点，讲完了被大家追着问东问西也是焦点，甚至晚上回到居住的房间也会被人围着问问题。

一次参加水泥行业举办的研讨会，彭岩照例应邀发表了关于余热发电的专题讲座。

听着彭岩绘声绘色、有理有据的讲解，台下坐着的一位重庆水泥界的老板坐不住了，两只眼睛放光，满脸憋得通红。在当地政府的牵线搭桥下，他的企业已经和本地的一家公司签订了设计合同。听了彭岩对中信重工双压纯低温余热发电技术的介绍，一散会，他就黏上了彭岩，当场决定，取消之前的合同，把余热发电项目交给中信重工来做。

2010 年 9 月，彭岩和他的余热发电团队又"牛"了一把。他们接到了一个国家课题任务，攻关 250℃以下低温有机工质余热发电技术。

2016 年 11 月 17 日，由彭岩领衔的国家重点研发项目——煤炭清洁高效利用和新型节能技术在中信重工启动。钢铁研究总院殷瑞钰院士、西安交通大学何雅玲院士、东北大学蔡九菊教授等行业知名专家组成的项目咨询专家组，指导帮助项目组开展工作。参与项目的 80 余名技术骨干将在院士专家的指导下，带动 4400 多人协同创新，研究形成烧结行业节能减排的整体解决方案，建功国家循环经济、绿色经济。

入夜，中信重工矿山重型装备重点实验室灯火通明，几位青年技术人员正在紧张地忙碌着。身旁的地面上，一堆堆矿石实验样品排成两行。

"每座矿山的矿石都有差别，我们这个实验室要做的，就是分析这些矿石的特性，并以此为依据，为每种矿石设计最优的采磨设备。"应用技术研究实验室主任袁亦扬介绍说。

在他们厚厚的《选型试验目录》上，广东大宝山 JK 选型试验、江铜集团银山矿业 JK 试验、山东招金矿业辊压试验、秘鲁铜矿辊压试验、华润水泥立磨功指数试验、江阴兴澄活性石灰选型试验、新疆天山建材集团石灰石煅烧试验等，一项项试验诠释着这个国家重点实验室的内涵与价值。

2010 年 8 月 12 日，时任全国政协副主席、科技部部长万钢来到中信重工调研。万钢走进矿山重型装备重点实验室，公司领导介绍：这是矿山重型装备领域首个企业国家重点实验室，中信重工完全模拟了一个矿山的工艺流程，还有产品设计的工艺参数。

万钢表态："这些参数对于产品选型相当重要。"

走出实验车间，万钢来到光学、物理、化学分析室。在这里，他看到了世界各地的各种矿样、各种金属。他拿起不同的矿样端详着。

公司领导说："我们承担国家实验室任务以后，正在建立咱们国家的矿源数据库。今后这些不同的矿样，它们的物理化学指标就全都有了。"

万钢表示："这样的话，实际上和它的工艺相结合了。"继而感慨地说："重点实验室是很有意义的，不仅对企业本身有意义，对整个行业都有意义。这个是真正的资源，真正的knowhow。加强自主创新能力建设，就应该建设在这些东西上。"

矿山重型装备重点实验室，是2010年1月6日经科技部批复进入国家重点实验室建设计划的国家重点实验室。

接踵而来的，是全国首个国家级矿井提升设备"体检中心"——矿井提升设备安全准入分析验证实验中心。该验证实验中心于2015年获国家发改委批复立项，并于2018年在中信重工伊滨高端电液智能装备产业基地投入试运行。

该验证实验中心具备国家针对矿山提升设备的安全准入分析验证、安全标准和规范的制定、事故调查分析验证、测试技术和方法研究等功能，为我国矿山安全生产监管提供有力的技术支撑。

国家将这座"准入验证"实验室设立在中信重工，彰显出对企业自主研发的充分肯定。

2014年3月27日，中信重工为瑞典LKAB公司研制的半移动式破碎站成功进行工厂试车。

这台印着CITIC标志、总重2000吨、每小时能处理3000吨铁矿石的破碎站，具有自主的知识产权。

位于北极圈以北145公里的基律纳市，是瑞典最北部的一个城市，以盛产高品位铁矿石著称，全年最低温度约-35℃。因为极寒天气对大型矿用装备的机械、电控、液压等部件的工况影响非常大，此前还没有一家中国企业的矿用装备能进入LKAB公司的视野。统治着基律纳地区矿业装备市场的，几乎全是丹麦的史密斯、美国的美卓、芬兰的奥托昆普以及瑞典的山特维克等世界五百强企业的产品。

中信重工试车现场发布的验收报告显示，LKAB旗下的这首台"MADE

IN CITIC"（"中信制造"），各项性能稳定，技术指标满足设计要求，完全能够适应北极圈极寒的气候条件。

基于 MADE IN CITIC 在首次合作中的出色表现，试车仪式刚结束，LKAB 公司业务开发及技术高级副总裁佩·埃里克和首席采购官托格就表达了希望中信重工再提供一台同规格破碎站的意愿，并随即与中信重工举行了合同签约仪式。

也就在这一天，中信重工对外宣布：中信重工 11 种主导产品全部通过国际标准认证，涵盖设计、制造、检验、包装、运输、服务。

同时，中信重工制定实施了高于国际标准的自主标准，形成了年产千万吨级超深矿建井、年产 2000 万吨级特大型选矿、余热高效利用等 36 项核心技术，而且主导产品全部拥有自主知识产权。

由于在大型矿用磨机方面的良好合作，全球三大矿业巨头之一的巴西淡水河谷公司把 PXZ-1500II 大型液压旋回破碎机交给中信重工设计制造。

在合同签订时，中信重工坚持在设计、生产及检验检测中采用自己的标准。

淡水河谷的技术专家当场提出疑问："你们自己的标准能行吗？没有问题吗？"

有备而来的中信重工人挺直腰杆说："一定行！"

一个涵盖了旋回破碎机的主要零部件，从制造、加工、检测、装配到涂装、包装、运输等整个产出过程 32 项专项规范的 PXZ-1500II 大型液压旋回破碎机标准，让淡水河谷的技术专家"折服"了。

淡水河谷破例决定：在 PXZ-1500II 大型液压旋回破碎机的设计制造中采用中信重工标准。

未来，中外品牌的竞争，将会集中在标准的竞争。而像中信重工这样，利用创新、技术和工艺方面的领先地位，制定实施高于国际标准的自主标准，并努力将自主标准变成事实上的国际标准，无疑加大了其在行业标准的话语权，更为未来市场竞争赢得了主动权。

| 剑指高端 |

没有比这更尴尬的了。

刚刚出任销售总公司副总经理、冶金部部长的王新昌走进安徽一家公司的设备科长办公室，科长抬抬头："洛矿还在干冶金设备？"

"我们一直在做，我们的装备、技术水平有了很大提高，你可以看看我们公司的变化。"

说着，王新昌打开随身携带的笔记本电脑。

"对不起，我没时间。"设备科长连连摆手，阻止了王新昌。

时值 2004 年底，无论是装备还是技术研发，中信重工已经开始发生变化。对这个项目，王新昌抱有很大期望，没想到却被当头一盆冷水浇了下来。

那尴尬的一幕，烙在了王新昌心中。

他心里也清楚，过去公司生产的冶金设备，只是诸如棒线材轧机之类的小设备，还只是配套件。例如，公司曾为安徽这家公司生产过一台棒材飞剪，只是一条生产线中的一个小设备。这家公司的一位领导曾不客气地对王新昌说："你们干的，也能叫作业绩？"

没过多久，一钢铁集团旗下的子公司 1450 冷轧机招标。中信重工本着志在必得的态度，派出了主管营销的副总挂帅洽谈项目，报出了比竞争对手低得多的价格。但招标方一句话就把他们打发了："你们的业绩呢？"

长时间在低端市场混战，哪有什么拿得出手的业绩？！

这也是"切入"市场后中信重工多年陷入低谷的原因之一。

但是，机会来了。

中铝中州分公司第二氧化铝厂磨浮车间的"依靠技术攻关，攻克生产瓶颈"的红色标语，悬挂了已近 3 年的时间，像一封战书，等待着人们揭榜。

为提高选矿能力，中铝中州分公司先后上马了 7 台国际公认的最先进的选矿过滤设备——陶瓷过滤机。但由于陶瓷过滤机过滤面积小，只有 80 平方米，且连续运行稳定性差，每运行 8～10 小时就要进行一次酸洗，每 10～15 天就要大洗一次，三分之一的生产时间被占用了。两种综合因素，导致生产效率低，年处理能力一直徘徊在 30 万吨。

中铝中州分公司邀请国内几乎所有过滤装备生产厂家到现场，进行工艺和设备试验，试图打破产能瓶颈。结果，一个个铩羽而归。

"只要应用固液分离的过滤脱水设备的领域，就应该有中信重工的身影。"一直希望把公司盘式过滤机打入矿业领域的高良玉，2006 年 10 月来到中铝中州分公司调研。

有人劝他，多少专家都没有成功，你也别再瞎忙乎了。

竞争激烈的过滤机市场没有留给中信重工从容进驻的专席，一切要靠自身的努力。

面对怀疑的目光和嘲讽的话语，高良玉什么话也没说。他把公司新型盘式过滤机样机运到现场，一心扑在了试验中。

盘式过滤机应用于浮选精矿，在世界还是先例，没有成功经验和现成理论可借鉴。在两个月的试验中，高良玉一边专心做试验，一边研究陶瓷过滤机结构的优势与不足，脑海中反复构思着设计方案。

根据物料试验，设备的各种参数被确定下来。设计方案也在高良玉的脑海中孕育成熟：

采用自搅拌方式，突破传统机械搅拌对滤盘直径的制约，将滤盘面积扩大到 240 平方米；改变滤板以往的流道结构；对分配头、槽体进行特殊设计，降低铝土矿的含水率；开发先进可靠的过滤机主轴密封装置，将盘式过滤机的浸没率由 35% 提高到 50%，提高过滤机的处理能力及生产效率。

中铝中州分公司抱着试试看的心理，先订了公司 1 台 240 平方米的盘式过滤机，但只付 10% 的订金。

10% 的订金，意味着公司将承受巨大的风险。

技术创新有时就是和风险连在一起的，中信重工需要这种冒险精神。

公司给了高良玉有力的支持。

高良玉全身心投入设计。

为了确定槽体的宽度，高良玉连续半个月彻夜难眠。

设计完成后，高良玉还在思考着如何改进、完善。

生产过程中，高良玉一有空就到试验工厂，察看生产情况。该设备分配头为特殊异型体，各种曲面、圆柱相互交错，在平面图上很难理解。制作模型时，高良玉就带着模型工，在电脑上进行三维演示，一点点给他们讲解、指导。

5 月，该设备制造成功，运抵现场。高良玉和中州分公司车间职工吃住在一起，一身泥一身水地安装、调试。

2007 年 6 月 4 日，中铝中州分公司第二氧化铝厂磨浮车间人声鼎沸，喜气洋溢。中信重工矿研院洗选所所长高良玉主持开发的世界首台应用于铝土矿精矿过滤的设备——240 平方米 GPKY 盘式过滤机在这里成功投产！

"滤饼有 10 毫米厚，快去看看！"

消息飞快传递，人们纷纷挤到卸料平台上，将滤饼放在手心端详，每个人的脸上都挂着兴奋的笑容。

240 平方米 GPKY 盘式过滤机的旁边，是一字排开的 7 台国外公司研制的世界最先进的 80 平方米陶瓷过滤机。中信重工开发的盘式过滤机，1 台的产能正好是 7 台世界最先进的陶瓷过滤机产能之和。

专程赶来参加投产仪式的中铝中州分公司副总经理刘伟激动地对高良玉说："太感谢你了！制约中州分公司产能多年的生产瓶颈终于被打破，真是令人振奋！"

中铝中州分公司总经理王永红称："中信重工开发的矿用立盘过滤机对整个氧化铝行业来说，是一次历史性的突破和革命性的贡献。"

高良玉的名字，从此镌刻在世界盘式过滤机技术进步的里程碑中。

在试运行的 1 个多月里，240 平方米 GPKY 盘式过滤机带给了中铝中州分公司一个又一个惊喜：每天的精矿产量高达 1500 吨左右，滤饼水分由 18% 降至 15% 的最低值，最值得骄傲的是在底流浓度小于 60% 的情况下，滤饼厚度依然可达 8 毫米以上。

中信重工过滤机技术开发达到了一个新的阶段，开启了一个崭新的领域。

站在晨曦微露的厂区，中信重工决策者们强烈地意识到，冲出竞争惨烈的商海，由产业链的低端向中高端迈进，打造具有国际竞争力的高端品牌是必须面对的战略突破。

满怀希望就会所向披靡。

以世界最大、最先进的 18500 吨自由锻造油压机组为核心的"新重机"工程，拉开技术改造的大幕。

持续多年将销售收入的 5%～7% 投入研发，核心技术屡获突破。

以 10 名工程院院士受聘中信重工顾问为契机，大批高层次人才向公司集聚。同时，以大工匠为引领的高素质技术工人队伍迅速成长起来。

通过国际并购，独家买断澳大利亚 SMCC 的 100% 知识产权，全资收购了西班牙的 Gandara 公司。

……

迎面而来的靓丽"风景"，不断刷新着人们的眼球。

2009 年 8 月 27 日，澳大利亚 SINO 铁矿项目世界最大球磨机启运。

承担此次运输任务的中信重工运输公司组织了由 22 辆运输车、60 人组成的运输队伍。无论是运输规模，还是所运产品的尺寸，在国内运输业都是罕见的。

看着这样的阵势，运输公司大件分公司重型牵引车司机段志勇禁不住发出感慨："这运输纪录刷新得也太快了吧！"

段志勇还清晰地记得 2005 年公司为武钢生产的"世界窑王"的运输。其轮带最大直径达 8.26 米，重量分别为 125 吨和 115 吨，运输如此宽和重的产品，这在运输公司是前所未有的事情。

短短 4 年时间，运输产品的纪录又被刷新了！

其实，看看身边运输车的变迁，就知道"中信重工制造"纪录是如何被不断刷新的了。

为了不断扩大的运输业务，运输公司先后购置了 130 吨汽车吊、540 马力"奔驰"牵引车头、660 马力"德国曼"牵引车头、56 轴线液压平板车等先进设备，单车运输能力由过去的 15 吨提升到 600 吨，增长了 40 倍！

中信重工发生的变化，以及在冶金领域取得的业绩，引起了本节开头提到的安徽那家公司的关注。其高层在参观、访问中信重工后，当即决定将国内最大的 2250 毫米平整机组交给中信重工制造。

用于宝钢集团的两台国产最大规格 250 吨转炉合同的签约，使中信重工跃上了中国炼钢转炉市场的最高端。

江苏诚德钢管世界最大的 JGL–920 管材矫直机、国内最大的 Φ720 穿孔机和 4300 毫米宽厚板轧机，全球最大的宝钢年产 500 万吨球团工程生产线 6 大核心装备的成功制造，标志着中信重工在高端领域打开了一片天地。

景洪水电站坝址，距云南省西双版纳傣族自治州景洪市约 5 公里，距中缅边境仅 70 公里，是澜沧江中下游河段两库八级中的第六级水电站。

这个水电站总装机容量 1750 兆瓦，坝高 108 米，坝顶长 705 米。澜沧江上的轮船如何顺利翻过景洪大坝，实现通航，是一道难题。

2008 年 7 月，中信重工一举中标景洪水电站水力式升船机项目。作为项目的总承包方，中信重工为其研发制造了合同金额近 3 亿元的包括主提升部分大型卷筒、同步轴等在内的成套设备。

2016 年 12 月 18 日上午 8 时 30 分，一艘长 20.1 米、宽 4.1 米，满载排水量 24.8 吨的客运船舶鸣响汽笛，沿景洪水电站下游引航道缓缓驶入一个硕大的升船机承船厢，随即承船厢下游闸门关闭。接着，承船厢上升，直到厢内水位与上游水库水位齐平。这时，承船厢上游闸门打开，船舶解缆驶出承船厢进入上游航道。

整个过程仅用时 17 分钟，客船如同坐电梯般地被提升了 60 多米。这魔术般的操作，引发了在场工作人员的一阵阵欢呼。

世界首台水力式升船机走红后，大藤峡水利枢纽工程就盯上了中信重工。

大藤峡水利枢纽是我国珠江流域关键控制性水利枢纽，枢纽的船闸大门是目前世界上最大的闸门，这个闸门的底枢曲扭"蘑菇头"要承受 1295 吨闸门的压力。

打造这个"蘑菇头"的任务落到了中信重工。

打造这个"蘑菇头"，关键是要炼出一炉 35 吨的特种钢。

要一次炼成 35 吨这样的钢水，世界上只有两家冶炼厂尝试过，但都没有成功。

要承受 1295 吨闸门的压力，如果 50 年内磨损超过 4.7 毫米，就意味着闸门将无法开合。这就要求硬度、韧度、耐磨度达到业界极致。

中信重工冶炼系统唯一的大工匠杨金安走上前台。

这个使命神圣而庄严。

杨金安说："以前没有干过，也没有借鉴的手段，包括世界上也没有借鉴的手段。我自己头顶上的压力，跟天天顶两块砖一样。"

杨金安选用了铬、钼作为原料进行冶炼。

用铬和钼，钢水容易发稠，非金属夹杂物会沉淀在钢水底部，钢水中的气体也不容易排除，这就会极大影响钢水的纯净度。

钢水含磷比例需要在 0.005% 以内，才能保证钢材的硬度和强度。丰富的经验和科学的渣系配方表，帮助杨金安精准地掌控了炉温及渣系配料。2 小时后，钢水的含磷率降到了 0.001% 以下。这是铬钼原料冶炼中所能达到的极限值。

而这时，大家最担心的事情还是发生了。

他们取完样子以后，偏析度比较大，钢水过于稠密，钢水夹杂物无法剔除！

如果不立即解决这一问题，将前功尽弃。

当时给杨金安的决定时间是不超过 10 分钟。

杨金安果断决定，使用氩气搅拌钢水来解决问题。

但这又会产生新的难题，氩气流量少了，达不到效果，流量多了，则会造成钢水的二次氧化。

杨金安的决定，事关这一炉 35 吨贵重钢水的成败。

杨金安大手一挥："把氩气流量给我调上来！每分钟调高 40 升！"

沸腾的钢水顿时翻江倒海。

搅拌过后，98% 的杂质浮出钢水表面。

6 小时后，40 吨原料，剔除了 5 吨杂质，剩下的 35 吨特种钢水喷涌而出，直入浇口，欢腾的火龙在型腔中飞奔、融合、升腾……

将承受 1295 吨闸门压力的底枢曲扭"蘑菇头"顺利出产。

在国人心中，正负电子对撞机早已是一个"符号"——与原子弹、氢弹爆炸成功，人造卫星上天一道，成为我国高科技领域内的代表作。

安装在正负电子对撞机第一对撞点的北京谱仪主机械系统，是个重达 650 吨的庞然大物。北京正负电子对撞机的大型探测器，是我国高能物理领域的重大基础装备，主体机械结构大部分零部件的加工精度远远高出一般重型设备的精度要求。为了研制和加工它，中科院高能物理研究所找到了国内重机行业几家有实力的企业。但是当得知产品加工精度最终要由激光检测时，几大重机厂都望而却步了。最后，中信重工毅然揽下了这个瓷器活。

加工难度有多大？项目组成员王智敏说，这个大型非标产品长 11 米、高 9 米、宽 6 米，总重 650 吨，是一个截面如六边形的筒子。产品分成 6 块，每块由多层厚达 30 毫米的钢板构成，钢板之间有空隙，非常像"千层饼"。加工"千层饼"要保证平面度，中信重工的"全国五一劳动奖章"获得者闫光明等能工巧匠，硬是在镗铣床和大型立车上啃下了这块硬骨头。

加工精度有多高？王智敏用了一个词——严丝合缝。巨大的6块钢板构件要组合成一个真空腔体，中信重工人在每一个细节上都精益求精，最后将公差控制在了0.05毫米之内，比一张A4纸还薄。

由中科院院士组成的鉴定委员会认为：中信重工研制的第三代北京谱仪机械主体结构属国内首创，整机性能和主要技术指标达到国际当代同类设备先进水平！

改造成功后的北京正负电子对撞机的重要参数亮度提高约100倍，成为世界上最先进的双环对撞机之一。

在北京正负电子对撞机（BEPC）国家实验室，改造后的对撞机一年当中有10个月都在高速运转，目标是寻找物质深层次的结构，发现新粒子，探索宇宙的奥秘。

2017年1月9日，中共中央、国务院在北京举行国家科学技术奖励大会。中信重工参与完成的正负电子对撞机重大改造工程项目，荣获国家科技进步一等奖。

"神九""神十""神十一"与"天宫"对接，女航天员刘洋、王亚平代表中国亿万女性在太空绽放；中国首艘航母"辽宁"舰服役4年多后，迎来了首艘国产航母的劈波斩浪，中国海军进入航母时代；中国深海神器"蛟龙号""探索一号"屡创深海奇迹；"快舟"火箭和卫星的成功发射，使中国成为首个试验快速应急空间飞行器的国家，令世界瞩目；国产大飞机C919首飞成功；"北斗"导航卫星系统迈向全球组网……中国人的振奋与尊严溢于言表的同时，中国巨轮开始了实现伟大的"中国梦"的新航程。

在这些奇迹的背后，中信重工一直在默默耕耘。

在中信重工一号会议室，一张神舟六号飞船起飞的大照片引人注目，而其下方就是国家载人航天工程办公室的嘉奖消息。神舟六号载人航天飞船逃逸舱发动机壳体锻件就是中信重工打造的，其研制的航天锻件，荣获我国神舟载人航天飞船优质部件称号。

与一般的航天试验相比，载人航天对火箭和飞船的安全可靠性要求极高。一般的火箭安全系数 0.92 就已经很高了，载人飞船要达到 0.97 甚至更高。火箭是载人飞行第一个关口，质量搞不好，不但会毁了火箭还会毁了人。为了保证高度可靠，中国火箭专家成功地研制了故障检测系统——就像一个"医生"，运载火箭发生故障时，能自行检测、自行诊断，能自动向逃逸系统发出故障信息。

从长征运载火箭到神舟系列飞船，逃逸舱发动机壳体超硬钢锻件均由中信重工研制生产。国内目前能生产这种航天锻件的，重点依靠中信重工一家。

2021 年 4 月 29 日，长征五号 B 遥二运载火箭搭载空间站天和核心舱，在海南文昌航天发射场发射升空。

伴随着我国载人航天工程空间站在轨建造任务首战告捷，一封由总指挥王珏、总设计师李东签名，落款为长征五号运载火箭型号办公室的感谢信发至中信重工——

    建造空间站，建成国家太空实验室，是实现我国载人航天工程"三步走"战略的重要目标，是建设科技强国、航天强国的重要引领性工程，贵单位为火箭发动机生产的机架用下支座等零件产品性能稳定、质量可靠，经过火箭飞行试验验证，满足飞行使用要求，长征五号 B 遥二火箭的成功发射凝聚着你们的智慧与奉献。在此，向中信重工机械股份有限公司对长征五号 B 遥二火箭研制过程中给予的大力支持表示衷心的感谢和诚挚的问候！

    探索浩瀚宇宙，发展航天事业，建设航天强国，是我们不懈追求的航天梦，作为我国运载能力最强的火箭，长征五号系列运载火箭将为中国航天搭建更为广阔的舞台，让中国人探索太空的脚步迈得更稳、更远。愿中信重工机械股份有限公司与我们并肩携手，大力弘扬"两弹一星"精神和载人航天精神，自立自强、创新超越，夺取空间站建造任务全面胜利，为全面建设社会主义现代化国家做出新的更大的贡献！

2017年4月26日上午9时许，随着一瓶香槟酒摔碎舰舷，两舷喷射绚丽彩带，周边船舶一起鸣响汽笛。中国首艘国产航空母舰在拖曳牵引下缓缓移出船坞，停靠码头。

"国产航母下水，中信重工拉起'生命线'"——媒体的报道，使中信重工瞬间成为朋友圈的热话题。

使用中信重工重要配套件的航母舰载机的起降和回收系统，是保障舰载机安全着陆和起飞的重要系统，是舰载机名副其实的"生命线"。该系统涉及机械、电气、液压等诸多高新技术，是硕大而庞杂的大工程。

仅仅10天后，5月5日14：01，我国首架国产大飞机C919在上海浦东国际机场直冲云霄，圆满完成首飞任务。

中信重工再次引发媒体的关注。在大飞机这一"国家项目"上，中信重工研制的世界最先进的铝合金厚板生产线设备，让国产大飞机穿上了世界上最好的铝合金外衣。

以"国之重器"的担当与责任，围绕国家重大战略和产业发展，"中信重工制造"不断谋求迭代升级。这是与国家经济发展和产业结构调整一脉相承之举。

在某种意义上，"中信重工制造"的升级之路，寄托了"中国制造"期待超越的驿动之心。

| 嵌入世界 |

2006 年，德国，科隆机场旁希尔顿酒店的一间会议室里。

中信重工代表团询问："能否到您的工厂参观一下？"

神情严肃的法国女企业家用手撩一下额前的碎发，委婉但却坚决地拒绝了这个请求。

"相信我们会有合作机会的，中信重工的大门永远为贵公司敞开。"

中信重工的回答之所以如此笃定，是因为他们相信时间的力量、成长的力量。

对一个人来说，他的心胸有多宽广，他的世界就有多大。对一个企业来说，它能走多远，它的舞台就有多大。"走开放之路，与世界巨头一起思考。"中信重工从走向市场那天起，就从来没有把自己封闭到一个小圈子里，而是向着广阔的世界舞台不断前进，向着世界先进的科学技术、管理模式、质量标准、服务体系不断迈进，不断地吸收异质文化的精华，不断地消化竞争对手、合作伙伴的长处，不断地引进人才、引进技术、引进新理念转化为自己成长的养分。

通过和丹麦史密斯、德国伯力鸠斯、美国福勒和美卓等国际知名公司深度合作，在技术领域消化、吸收、提高的同时，中信重工的贸易方式、合作规范、制造技术标准、产品质量过程控制、售后服务意识等软件也获得了提升，并迅速与国际接轨。

公司积极适应丹麦史密斯等国际经销商的全球采购模式，完成了从提供部件到做批量、做技术乃至联合开发的迈进。

走进中信重工生产厂区，随处可见的标志均采用中英两种文字；车间里的大个儿设备多数是进口的，上面写着外文；装配线上的产品有一半是为国外公司生产的，生产流程也都用英文标明；在厂区道路上，还不时会碰到三三两两边走边"叽里咕噜"交谈的外国友人。

中信重工大门西边，有一幢4层小楼，人称专家办公楼。上到二楼和三楼，房间号对应的全是用英文书写的国外公司的名字：史密斯、洪堡、美卓、奥拓昆普、福斯特－惠勒、贝特曼。

这些世界顶级的工业企业在中信重工都有合作项目，并派出了产品制造监理人员在此工作。

国际六巨头同时派员进驻一家企业，并且在同一地点办公，是中信重工国际化的缩影。

这些"洋监理"用欧美质量标准严格要求工人作业，也缩短了中信重工与国际大企业在理念和质量上的差距，加快了中信重工迈向国际一流企业的进程。

从"国际化"的初期目标，到以"打造具有核心竞争力的世界一流先进装备制造企业"为愿景，中信重工执着地追逐着自己的梦想。

出于好奇，在2009年金融危机之际，我曾敲开史密斯公司办公室的门。皮赫勒先生通过翻译和我聊了起来。这位美国人说，史密斯公司自1988年开始与中信重工打交道。20多年中，双方业务量越来越大，史密斯派驻中信重工的监理人员已经多达35名。他说，中信重工是一家开放的公司，拥有大量先进设备，制造能力很强。

时间过去了仅仅3年，还是前面谈到的那位法国女企业家，委派自己的CEO不远万里飞抵洛阳，寻求与中信重工全方位合作。

在中信重工接待厅里，中信重工总经理微笑着向远道而来的客人伸出了双手……

曾经是跟随者的中信重工开始向合作者证明，它已经有实力在更高层面上参与国际经济技术合作与竞争。

世界最大的矿业公司必和必拓首次在中国设立采购中心，直接把采购的第一单设备合同交给了中信重工。

2010 年 6 月 1 日，是一个具有特殊意义的日子。

这一天，中信重工总经理应邀出席上海世博会巴西国家馆"淡水河谷日"活动，并代表中信重工与世界第一大铁矿石生产和出口商——巴西淡水河谷公司签署了长期合作协议。

淡水河谷从此进入中信重工 VIP 俱乐部。

截至 2010 年 12 月，中信重工已有超过 60 个像淡水河谷这样结成战略合作伙伴的大客户，企业的在手订单和未来市场需求的 80% 都来自 VIP 俱乐部成员——国内外矿业巨头和知名大型企业集团。

正像在巴西国家馆签约仪式上双方表述的那样——

"淡水河谷致力于通过与一个有着 50 多年专业经验的大型矿山机械制造企业的合作，打造全球最大的矿业公司。"

"中信重工将通过与淡水河谷这样的国际知名公司的合作，努力成长为全球矿业大型化、高效化、低碳化的倡导者和引领者。"

2013 年，那个被历史永远铭记的金秋。

"我的家乡陕西，就位于古丝绸之路的起点。站在这里，回首历史，我仿佛听到了山间回荡的声声驼铃，看到了大漠飘飞的袅袅孤烟。这一切，让我感到十分亲切。"

习近平总书记提出"一带一路"倡议。绵亘万里、延续千年的丝绸之路走出历史，走进日新月异的今天，给中国沿途沿线各地以及谋求发展的有关各国带来新的机遇与未来。

中信重工怎会缺席？！

从"走出去"到"一带一路"，中信重工融入并深度参与国际市场竞争，海外业务已覆盖"一带一路"沿线 30 多个国家和地区。

老挝，位于中南半岛北部的内陆国家，北邻中国，南接柬埔寨，东接越南，人口 670 多万，以农业为主，工业基础薄弱。境内 80% 为山地和高原，且多被森林覆盖，有"印度支那屋脊"之称。

在国土面积仅有 23.68 万平方公里的老挝，号称"全球单体最大金矿"的 KSO 金矿项目，绝对称得上老挝的国家项目。金矿矿区面积超过 1800 平方公里，建成后年生产总值可占到整个国家 20% 还多。

自 2013 年底中信重工一举拿下该项目 4 台 Φ8.8×4.8 米半自磨机、4 台 Φ6.2×11.5 米球磨机合同，并承担起全部设备的设计、制造、运输、安装和调试工作后，中信重工人就在 KSO 金矿这个老挝的国家项目上，在老挝这个友好邻邦、"一带一路"建设重要节点上，以优质的产品和优质的服务，不断展现着中信重工人的风采，竖起中国制造的金字招牌。

自设备开始现场安装、调试以来，时任老挝人民革命党中央总书记、国家主席朱马里先后 3 次到 KSO 金矿视察，并亲切接见项目工作人员。2016 年就任的老挝人民革命党中央总书记、国家主席本扬，也两次前往现场视察，向包括中信重工在内的中国企业表示感谢。

最高国家领导人屡屡到访、悉心牵挂，KSO 金矿这个国家项目于老挝的重要性，由此可见一斑。

作为全球最具竞争力的矿山装备供应商和服务商，中信重工从一开始就对 KSO 金矿项目高度重视。

2014 年 10 月，中信重工老挝 KSO 金矿技术服务公司挂牌成立，客户服务领域的老将姜春波被委以重任。

有了姜春波做主心骨，现场安装服务团队底气十足。

然而，前两条磨机生产线刚刚开始调试，电机就反复出现转子线圈烧毁、放炮等问题，给了大家当头一棒。

由于电机厂商也是第一次干这么大规格的磨机电机，设计不完善，制造质量难以保证，4 组磨机配套的 8 台电机接连出现问题，竟然没有一台能够幸免。

电机出现问题，调试进度大受影响，时任 KSO 金矿总经理坎帕萨时时盯、天天问，不断向中信重工提出抗议，严词要求全部更换新电机，并赔偿连带经济损失。

而电机厂商却反复推脱，坚决不承认是电机本身的质量问题，几次沟通无果。

电机厂商可以躲，但中信重工绝对不能躲。

为了维护客户利益，为了维护品牌形象，姜春波二话不说，一面给客户道歉、寻求客户谅解，一面带着公司现场服务人员和电机厂家技术人员一头扎进了安装现场，连着一个星期不分昼夜查找原因、分析问题。

一周之后，姜春波就电机问题列出了十几条改进建议，不仅感动了客户，其专业的分析也镇住了电机厂家的专业技术人员。

由于姜春波的坦诚，电机厂家最终承认了电机的设计有问题，并迅速派出设计副总到现场进行沟通、服务。

姜春波列出的十几项改进建议，也先后被电机厂家采纳、加以改进。到 2015 底，8 台配套电机的问题一一被解决，转子线圈烧毁隐患全部消除。

由于人员少、任务重，为了加快安装、调试进度，中信重工现场服务团队始终坚持"711"工作制度，即一周上 7 天班、每天现场服务 11 小时。客户员工下班，他们不下班，客户员工轮休，他们不轮休，全身心地投入磨机安装调试中。

有问题不隐瞒，有责任不推脱，为客户实实在在地解决问题，时时处处维护客户利益。姜春波和中信重工服务团队的专业能力和敬业精神，感动了 KSO 金矿的所有管理层和每一位员工。

到 2016 年初，KSO 金矿项目 4 条磨机生产线全部调试完成、开始试运行，客户再没有找过中信重工一次麻烦。

"让姜总抓紧时间回来吧！"6 月 2 日，周五，按照例行计划每月回公司汇报工作的姜春波，突然收到了老挝 Phone Sack 集团 KSO 金矿项目现场人员通过微信传回的会议记录。会上，客户对参加会议的中信重工人员就提出了这一个要求。

实际上，加上路上的汽车转飞机、飞机转汽车的一天多时间的奔波，姜春波也不过才从现场回来四五天时间。

但看完微信，再想想客户安排送站车辆时，拉着手问他"姜总，什么时候能回来"的强烈"依赖"感，姜春波无奈地笑了笑："客户对我们的依赖，才是我们企业发展的根本。"

姜春波放弃了抽空到老客户广东塔牌走一遭的念头，马上定了周六（6月3日）晚上的机票，返回老挝。

语言不通，项目部的李国彬就拿着笔记本一个单词一个单词地记，一年多坚持下来，竟然记了厚厚一本。

虽然不会写，但简单的沟通，他早已得心应手。

和李国彬一样，负责现场服务的公司服务人员熊友富、王飞鸣、郭沛等，也都能和客户打成一片。

姜春波和公司所有现场服务人员，每个人都有一张 KSO 金矿特意派发给他们的工作证。他们成了 KSO 金矿的"荣誉员工"。

经过两年多的朝夕相处，热情、淳朴的老挝人，早已把他们当成"自己人"。

每一次进门，门岗都会和他们热情地打招呼；每一次见面，客户都会抢先和他们打招呼"萨拜迪"（老挝语"你好"的意思）；每一次回国，客户都会专门安排车辆接送；每一次返回现场，他们也会受到老挝兄弟最热烈的欢迎和拥抱。

和老挝客户打得火热的李国彬，却是女儿"最熟悉的陌生人"。

女儿出生没多久，李国彬就去了老挝 KSO 金矿现场。

半年后，他兴冲冲跨进家门。

女儿正低头摆弄手中的玩具。

他一把将女儿抱起，望着女儿笑着说："来，我是爸爸！"

女儿却转过头，一会儿盯着妈妈，一会儿盯着手中的玩具。

　　他轻轻捏捏女儿红扑扑的小脸，想引起女儿的注意，女儿不但没有任何反应，还不断地回避着眼前这个人的眼神，眼里透着陌生。

　　妻子曾不时地拿照片、视频教孩子记住爸爸的相貌和名字，现在爸爸回来了，看到真人女儿反而不认识了。

　　郭沛的妻子怀孕，小孩不足月便出生，只有两斤多重，一直在郑州抢救。但为了工作，他把妻儿交给父母照顾，匆匆赶到了 KSO 金矿现场。

　　熊友富的妻子怀孕，身体不适，由于经常出差、不能照顾，熊友富含着泪把妻子送回了老家温州。

　　和李国彬一样，有一天，不少在异国他乡工作的中信重工人或许也会成为孩子心里那个"最熟悉的陌生人"。但，他们没有一个人埋怨，没有一个人叫苦。在 KSO 金矿这个老挝的国家项目中，始终有一批像他们一样的中信重工人在服务、在奉献、在坚守，把"中国制造"这张名片在世界舞台上擦得越来越亮。

　　2017 年 5 月，老挝 Phone Sack 集团总裁到现场视察，请求中信重工把另一家厂商生产的、迟迟不能投产的两条磨机生产线管理起来。

　　姜春波一口应承了下来。

　　客户深受感动，在设备还没有完全到位的情况下，在客户资金周转十分困难的情况下，总裁先生大笔一挥，就把第二批款项——7580 万元的设备款打到了中信重工账上。

　　基于中信重工高标准的产品质量、高水平的现场服务，以及良好的履约能力，2016 年，Phone Sack 集团将新增加的两条生产线 2 台 $\Phi 8.8 \times 4.8$ 米半自磨机、2 台 $\Phi 6.2 \times 11.5$ 米球磨机，以及 1 套处理量为 2000 吨 / 时的旋回破碎系统等矿山设备，全部交给了中信重工。

　　KSO 金矿已经成为中信重工在全球供货数量最多的单体矿山。自 2013 年与 KSO 金矿首次签订设备采购合同以来，中信重工已累计为该矿山提供大型矿山设备 20 多台（套）。

　　中信重工打通国内国际双循环"血脉"，实现了在营销、研发、生产组织和服务方面的国际化布局，构建起包括国际化营销服务体系、国际化技术研发平台、海外制造基地、海外备件服务基地在内的国际化业务体系，以及与之相适应的海外机构管控体系和国际标准体系。

在国际化经营战略的带动下，中信重工从为国际企业代工、贴牌生产，逐步发展成为拥有自主知识产权的装备制造商和服务商，实现了与多家知名矿业公司和工程公司的合作，项目遍布全球多个国家，海外业务收入占比始终保持在 40%～50%。

2012 年 1 月 14 日，中信重工全球所有分公司经理回总部述职。

在来自全球的 6 家分公司中，巴西分公司业务增长居首，在 20 亿海外销售额中，巴西分公司几乎占到了一半。巴西分公司的总经理席尔瓦备受关注。

席尔瓦原来所在的一家巴西公司本是世界同行业中的佼佼者，但是在一次竞标中输给了当时还名不见经传的中信重工。那次以弱胜强的较量，使席尔瓦对中信重工产生了浓厚的兴趣："我试着了解更多关于中信重工的信息，最终我们互相找到对方，我接受了邀请并加入中信重工，我对于我们未来的发展前景充满信心。"

在布局全球的同时，中信重工探索适应国际化要求的人才配置和选用机制，不断物色和吸纳更多的国际高端人才，一批像席尔瓦这样的国际业界精英陆续加盟。

2013 年 4 月，中信重工迎来了国际知名专家伊沃·波特。他被聘为中信重工热加工首席执行官，对公司的铸、锻、冶炼、热处理等方面进行全面指导。

2015 年 1 月 13 日，公司董事会聘任伊沃·波特为中信重工副总经理。伊沃·波特成为公司第一位外籍高管。

"我坚信这是我职业生涯的重大挑战，我会竭尽所能地做好自己的工作。"在为波特举行的欢迎会上，波特坚定地表示。

2014 年 11 月，波特荣获了中国政府友谊奖。

这位洋专家曾有两次特殊的"进京经历"：一次是 2014 年 9 月"赴京领奖"；一次就是参加 2015 年抗战胜利 70 周年天安门大阅兵活动。

作为河南省的两名受邀外国专家之一，波特偕妻子路易莎 2 日乘飞机来到北京。3 日一大早，他们便早早来到观礼台。

很快，阅兵开始了。

波特连用了好几个"absolutely amazing"（真的令人震撼）来形容当时的感觉。

波特说，自己非常激动，"人人都觉得非常受鼓舞，那种感受，不在现场的人根本无法体会"。

当飞机拖曳着五颜六色的彩雾划过天空时，波特和妻子惊讶得说不出话来。

在回忆过程中，波特脸上不时露出严肃的表情。他说，中国人应该为自己的国家自豪，因为"世界上从未有这样一个国家，能够在这么短的时间内发展得如此强大"！

应邀参加阅兵观礼对波特的触动和震撼是长久的。回到洛阳，他总是念叨："这是我一生也难以忘怀的光荣时刻。"

凭借在中信重工的工作经历，波特还在《天下公仆》大型公益系列微电影之《焦裕禄在洛矿》中客串了一个"重要"角色——一名 20 世纪 50 年代援华的苏联工程师。

波特说，当焦裕禄主持研制成功新中国首台提升机时，他扮演的角色非常激动，在欢庆现场喊出了一句"乌拉"（俄语胜利的意思）。虽然只有一句"乌拉"，但这足够让他在镜头前神采飞扬了。波特还告诉我，他的妻子路易莎也在片子里扮演了一名首席工程师，可惜没有台词，不过还好，"她有很多丰富的面部表情"。

中信重工第二个获中国政府友谊奖的是中信重工澳大利亚公司的东南亚某国首席机械设计工程师林工。

2017 年 9 月 30 日，中信重工报社记者连线采访在京接受国务院表彰，并应邀参加国庆 68 周年招待会的林工。林工说："作为获奖者中最年轻的专家之一，我非常感谢中信重工多年来给我搭建发挥才能的舞台，下一步我将积极响应公司提出的国际化发展方向，以百分百的工作热情投入到中信重工国际化事业当中。"

2012 年，林工加盟中信重工，牵头多个从无到有的新产品设计项目，先后完成 8 个 CSM 立式搅拌磨型号、4 个圆锥破碎机型号及相关液压润滑配套、4 个颚式破碎机型号、1 个卧式搅拌磨型号设计及板式喂料机设计方案，多项产品在国产矿山机械领域都具有革命性影响。

2015 年 1 月，由林工主持设计的第一台立式搅拌磨，也是我国首台大型立式搅拌磨成功出口智利，服务于全球最大的铜业生产商——智利国家铜业公司。他主导设计的圆锥破碎机、新式颚式破碎机，打破了多年来国外矿山装备巨头的技术和市场垄断，推动了国产矿山装备与国际接轨。

公司积极引进国际化高端人才，在海外建立了一个以国际专家、外籍员工为核心的海外技术团队。以海外公司、海外研发基地和公司国家级企业技术中心、国家重点实验室、企业博士后工作站、院士专家顾问委员会为依托，中信重工集聚了大批高层次技术研发人才，研发人员在企业中的占比接近一线生产工人。

从 2009 年初开始，中信重工总部每年都选派多批不同专业的人员到海外公司进行学习和培训，培养和锻炼了一批适应国际经营工作的人才。

与此同时，公司建立首席专家制和特殊技术津贴制，实施"金蓝领工程"，激发了人才队伍的活力。

一支以高层次技术研发人才、国际化营销服务人才和高技能生产工人为主体的人才队伍，成为企业生存、发展的第一资源。

可以说，没有这样一支规模宏大的优秀人才队伍，中信重工的国际化不可能有今天的局面。同样，没有国际化战略的实施，中信重工的人才队伍也不可能这么快地成长和壮大。

| 直破云霄 |

2007 年 3 月，本是桃红梨白的日子，然而，冬天的余威似乎特别强劲。走出北京首都国际机场，中信重工团队仍感到了迎面而来的缕缕寒意。

此行，他们将与多家国际著名矿业公司一起参与澳大利亚西澳 SINO 铁矿项目设备竞标。

竞标的核心设备为：6 组 12 台 $\Phi 12.2 \times 11$ 米自磨机和 $\Phi 7.9 \times 13.6$ 米溢流型球磨机。

这个投资百亿美元的项目，不仅是世界单矿产量和规模最大的项目之一，也是中国资本完全按照国际标准在海外投资的最大规模铁矿项目，全部建成后，将形成年产 2400 万吨铁精矿的能力。

由于该项目的战略意义和巨大影响力，竞争从某种意义上已经演化成中国民族工业和世界老牌跨国公司之间的角力。

受技术和制造两大瓶颈制约，在直径 6 米以上大型矿用磨机装备领域，中国不但一直处于空白，并且长期受制于西方发达国家企业。

进入高端洗矿装备领域，是几代人的强烈愿望和追求。

与 $\Phi 5$ 米球磨机相比，$\Phi 6$ 米球磨机、$\Phi 8.5$ 米半自磨机不仅是简单的规格更大，在处理能力、电机功率、旋转部分总重等指标上都将翻一番，在结构、润滑、电控等方面技术开发难度极大。

但这种状况很快得到改变，改变者正是中信重工。

2006 年 6 月，国内最大的 Φ8×2.8 米自磨机在中信重工完成设计。这是国内首台具有自主知识产权的成套大型自磨机。其让市场心动之处在于，造价仅为进口同类产品的三分之一。

2006 年 8 月 18 日，中信重工与凌钢集团北票保国铁矿有限责任公司结成战略合作伙伴，并签订国内首台拥有自主知识产权的 Φ8×2.8 米自磨机制造合同。Φ8×2.8 米自磨机的设计成功和与凌钢集团合同的签订，标志着中信重工在大型矿用磨机设计、制造上达到了一个新的高度，为大型矿用磨机全面实现国产化开了好头。

2006 年 6 月 21—28 日，时任中信重工副总经理俞章法带队访问南非 Bateman 公司，并与该公司签订了在南部非洲 12 国独家代理磨机销售的协议。协议的签订，宣告中信重工自主知识产权矿用磨机正式走出国门。

随后的 8 月 11 日，中信重工与芬兰奥托昆普集团澳大利亚矿业公司签订 Φ3.6×6.2 米球磨机、Φ5.3×7.55 米球磨机和 Φ5.8×2.29 米半自磨机制造合同。至此，中信重工与世界三大著名矿业公司美卓、福勒、奥托昆普都建立了合作关系，为进一步开拓国际市场奠定了基础。

2007 年 6 月 16 日，中信重工凭借装备能力和自主创新能力，承揽中国黄金集团乌努格吐山一期工程 2 台 Φ8.8×4.8 米自磨机、2 台 Φ6.02×9.5 米溢流型球磨机研制合同，这是当时中信重工首次采用欧美标准承揽的国内规格最大的磨机。

国境线旁，磨机飞转。在距洛阳 3000 公里外的内蒙古自治区满洲里市，由中信重工为中国黄金集团乌努格吐山项目提供的 4 台大型磨机高速运转，创造了当时国内最大单系列日处理矿石量 1.5 万吨的纪录。

这 4 台磨机是中信重工多年来致力于大型矿用磨机设计、研究、开发所取得的重大成果。他们在国内首次采用 SABC 选矿工艺，即半自磨—顽石破碎—球磨工艺。

全球能够制造该类产品的仅三四家企业而已，何况中国黄金集团设在满洲里的项目还存在地处高寒的严峻挑战。

就在黄金集团磨机完成交付之际，中信重工与江铜集团签下了更大的 Φ10.37×5.19 米半自磨机和 Φ7.32×10.68 米溢流型球磨机供货合同。设备投入使用后，矿产日采选综合生产能力从 10 万吨增加到 13 万吨。由于该设备工艺技术先进，将确保矿山寿命延长 8 年。

瞄准国际市场强力出击，誓为矿业领域贡献一个世界级品牌，成为中信重工坚贞不移的追求。

清晨一阵阵啾啾的鸟鸣，似乎在告诉人们：春天已然穿过漫长的寒冬，裹挟着生命萌动的气息踏步而来。

国际项目，举世瞩目；国际竞争，空前激烈。春天的北京，让所有世界顶级矿山装备制造企业屏息凝视。

在这个后来被定为"零号"的澳大利亚西澳 SINO 铁矿项目上，中信重工从一开始就铆足了不服输的劲头。

从铸、锻、焊到整机生产，全流程的生产工艺让中信重工在生产周期上占据了巨大优势。不仅如此，为推动大型、特大型矿用磨机的国产化，公司应急实施了旨在将企业打造成世界级大型磨机制造基地的"大磨机"技改工程，并于当年建成。

包括世界最大的 16 米数控滚齿机、16 米立车、160×4000 毫米大型三辊卷板机、1000 吨油压矫直机，14×10 米、10×10 米双丝全自动焊接操作机等一批高端、稀缺生产资源的横空出世，让欧美竞争对手领略到了"中信重工速度"和中国力量。

从营销到技术，从技改到生产，从商务谈判到技术谈判，中信重工众志成城，近 5 个月的艰苦努力，让业主和竞争对手见识了一个具有雄厚实力和深厚潜力的中信重工。

业绩是最好的谈判筹码。2007 年 7 月 20 日，中信重工为凌钢保国铁矿研制的 Φ8×2.8 米自磨机成功试车。在大型矿用磨机设计、制造上中信重工达到了一个新的高度。从硬件到软件，不管是明察还是暗访，业主工作人员都是质疑而来，满意而归。

2007 年 8 月 5 日，最终的对决如期而至。

这毕竟是一个价值数亿美元的大项目，并且这组磨机无论是规格还是功率在全世界范围内都是史无前例。因此，最终定标前，负责拍板的业主代表试探着问中信重工："如果订单给你们，你们敢不敢承担 50% 的风险？"

空气中弥漫着一种沉重的气息。

"你是业主，为什么要让你承担责任？中信重工会用 120% 的把握承担 100% 的风险！"

中信重工独当一面、敢于担当的气魄，让外方合同版本黯然失色。

澳大利亚西澳业主当场宣布：中信重工中标 SINO 铁矿 6 组 12 台 Φ12.2×11 米自磨机和 Φ7.9×13.6 米溢流型球磨机！

业主的话音刚落，同为竞争对手的某国外知名公司负责人当着众人的面，连连说出了 7 个 "NO"！

7 个 "NO"，包含了不相信、不可思议、不看好、不服气。

这也难怪，该项目磨机是当时国际上规格最大、配置最高、控制性能最完善的洗矿装备。拿下它的制造，中信重工将一步跨越全球矿业百年发展历史，从而站上世界磨机技术发展巅峰。

对国际竞争对手而言，他们不相信也不愿意看到这一切成为现实。

中信重工组建了 40 多人的研发团队，将该项目命名为"零号项目"。

这意味着，该项目是比"一"还大的天字号工程；意味着，中信重工将从"零"开始实现新的跨越；也意味着，中信重工没有退路，只有破釜沉舟、勇往直前。

从北京出差刚回到洛阳，矿研院副院长姬建钢就被公司任命为 SINO 铁矿项目磨机总设计师。

作为中信重工有史以来承担的最大的定时、定向、定客户开发工程，"零号项目"涉及五国一地区（中国、瑞典、德国、南非、澳大利亚，以及中国香港特别行政区）的业主方、总包方、监理方、配套方等，需要协同全球的力量和资源来共同完成。

总设计师的责任和工作，就是严丝合缝地将各方面的信息和工作整合在一起，并形成一整套科学、有效的方案。

为了专注于"零号项目"，姬建钢在离单位最近的零号街坊租了一间不足10平方米的小房子，这样，从办公室到他的"窝"，也就三五分钟的路程。

最初的20天，姬建钢这么描述他和团队成员的心情：紧张，焦虑，连续几天的沉默……

相当于6层楼高的"零号项目"磨机，回转总重超过3700吨，其运转能量大得甚至可以引发轻度地震，整个设计计算早已超出了传统范围；而其所需的大功率减速器、齿轮传动、电气、液压控制等，都是人类首次尝试。

尤为关键的是，在标准和控制方面，中信重工不仅存在一个和国际先进水平接轨的问题，还要充分考虑澳大利亚地理、气候、人文习惯等特殊条件和要求……

要短时间内在一张白纸上构建起连欧美设计人员都没有十足把握的世界之最，谈何容易。

中华民族的伟大复兴，需要雄心，需要壮志，需要一面面旗帜。

此时，来自长江、黄河的雄风，已经鼓满了姬建钢的胸襟，为了中国制造、中国创造，他要发起一次人生的冲击，这也是历史的召唤。

我们看到的是一个战士勇敢地面对一切，向着自己认准的目标一往无前。

晚上十一二点回来躺下，凌晨两三点钟他又出现在矿研院的办公室里。

在没有任何概念的滑履轴承设计上，仅油腔的形状就从矩形改为圆形，最终优化为菱形，设计了四五次，又推翻了四五次，最终是在深入澳大利亚现场调研后，才按照当地情况定型。

凭借中信重工在工程、产品、工艺上三位一体的研发优势，以及长期以来在矿用磨机研发领域深厚的技术积淀，加上对国际先进技术的不断引进、消化、吸收、集成和再创新，"零号项目"磨机一系列技术和工艺攻关工作迅速推进。

在姬建钢和他的团队的忘我工作下，Φ7.9×13.6米溢流型球磨机这个世界"巨无霸"的设计脉络日益清晰，各种零部件的结构一天天定型和优化。

在姬建钢的带动下，以矿研院粉磨所、齿研所、自动化控制所、CAE所为主要方阵的设计团队所有成员，在一年多的时间里主动放弃了节假日。在设计的最后冲刺阶段，大家集中连续加班达6个月之久。

最终，姬建钢和他的团队为中信重工，乃至为中国收获了沉甸甸的磨机自主创新硕果。超大功率双机拖动，全自动液压驱动以及全新的调心多滑履支撑轴承设计成为最大亮点，在公司聘请的国际知名专家的设计和工艺审查中，中信重工创造了多项国际第一。

"零号项目"世界最大自磨机与球磨机的生产加工，是检验中信重工能否与国际市场真正融为一体，能否真正成为世界大型矿用磨机基地的试金石和一次大考。

技改系统加速完善先进装备制造业高端配置，在短时间内形成了"零号项目"等重大装备研发、制造所需的平台。

生产系统从工艺编制开始，所有参战单位、所有环节都将"零号项目"作为特急件，并构筑起特殊的绿色通道。

2007年12月30日上午，"零号项目"世界最大 Φ7.9×13.6米球磨机首件大齿圈在铸锻厂一次浇铸成功。该齿圈直径达12米，立起来有4层楼高。经过14天保温后，铸锻厂加快生产节奏，于2008年1月13日凌晨2点，组织突击该齿圈"出坑"工作。清理工段参战员工为抢时间，冒着300℃以上高温完成了一系列工序，于当晚7时将齿圈成功吊运到清理现场，整个过程仅用了 17 个小时。

"零号项目"特大型筒体在铆焊厂全面展开后，该厂安排重型车间骨干班组攻坚，三班倒 24 小时不停，并严格按照国际化标准验收，最终实现了筒体内外焊疤凸出均小于 1 毫米的精度。

Φ7.9×13.6 米球磨机直径近 12 米、重约 120 吨的大齿圈转入重装厂后，200 镗操作者创新加工方法，大大提高了生产效率。重装厂还和工艺所编程技术人员协同，通过改变工艺方法，使"零号项目"1/6 端盖内锥面粗加工效率提高了 40% 以上。

时间已经是 2009 年 6 月中旬，距离既定的试车交付日期仅剩 15 天，而"零号项目"首台 Φ7.9×13.6 米球磨机的生产才刚刚收尾。公司试车交付目标日期雷打不动的决定让很多人心里没底。

最后的组装试车任务交给了一贯善打硬仗的重机厂装配一班。从年初开始，班长王保军他们就没有歇过节假日。从 6 月 14 日进入装配场地的第一天起，他们就开始加班连班。时间不够用，许多职工便以厂为家，饿了，去厂食堂吃点东西；困了，歪在椅子上或者干脆就在车间地坪上躺一会儿。

如此大规格的磨机，要想在半个月时间内实现总装试车，仅靠一班的力量根本无法完成。关键时刻，重机厂各部门纷纷派出精兵强将支援。装配三班班长高炜将在手的 120 高速轧机项目交给副班长吕辉和一个徒弟后，带着主将曹洪勋、史晓飞进入磨机组装现场。大型车间则将最好的天车工、起重工和中间工序钳工班交给了装配车间指挥。机修车间 3 位主任轮流带领电、钳工到现场帮着把螺栓，左留成主任出差在外，听说装配告急，下了火车家都没回，直接投入装配现场的工作。

决战时刻，公司领导和生产部、工艺所、质保部、安环处等单位负责人相继赶到现场助阵。重装厂在自身任务十分繁重的情况下，为重机厂提供一切方便，并派公司首席员工冯伟率领装配三班负责固定端主轴承装配。装配三班顶着厂房内近 40 摄氏度的高温，夜以继日，提前完成了固定端主轴承装配。

试车前夜，人们看到公司近百名干部职工在重装厂熬了个通宵，直到装配试车十拿九稳后才一个个在重装厂的不同角落和衣而卧。

2009 年 7 月 1 日那个阳光灿烂的上午，在公司重装厂的现代化厂房内，由中信重工自主研发、制造的世界最大、最先进的 Φ7.9×13.6 米溢流型球磨机，挺着小山似的脊梁，以其铿锵有力的精密旋转，吸引了中国和世界的目光。

那一刻，一种神圣的情绪在每个人胸中升腾。

人民网、新华网、中央电视台、凤凰卫视等媒体在第一时间发布消息：该磨机的试车成功并工厂交付，标志着我国大型磨机技术在短短几年内跨越全球矿业百年发展史，并全面打破国外公司的技术和市场垄断，使我国真正掌握了世界矿业高端技术，进入世界矿业高端市场。

中信重工 Φ7.9×13.6 米溢流型球磨机，成为全球首台进入澳大利亚 SINO 铁矿的核心设备。

2013 年 12 月 2 日上午 9 点，澳大利亚 SINO 铁矿项目港口码头人头攒动，气氛热烈。万里碧空，白云朵朵，无垠蓝海，银光闪烁，大自然的鬼斧神工下，海天一色，交相辉映。随着中信集团常振明董事长和西澳大利亚州科林·巴奈特州长共同鸣笛，只见装满沉甸甸铁精粉的驳船在牵引船的拉动下缓缓移动，驶出平静的港湾，稳稳地驶向远处深海的万吨运载巨轮。这批铁精粉将被转运到等候在 10 公里外的迷你好望角型散货船上，然后被运至中信泰富特钢位于中国江苏省扬州市江都区的球团厂。

SINO 铁矿整个选矿工艺由 6 条生产线构成，每条生产线年设计生产能力为 400 万吨、品位为 66% 的铁精矿粉。两台 7 层楼高、每台 1500 吨的破碎机，镶嵌于矿区高耸的岩壁之中。有世界载重冠军之称的特雷克斯 MT6300 型重载矿车，一次将 360 吨原矿由破碎机顶端倾注而入，矿石初次破碎后，从机器底部被两条皮带传送机送至选矿厂。选矿厂面积超过 70 万平方米，中信重工研制的 6 组 12 台直径 12 米的自磨机和直径 7.9 米的球磨机，将经过初级破碎的矿石磨细，并通过三段磁选工艺，由矿浆管道输送至港口进行脱水和装运。

一个世界级的品牌，傲然耸立在世界面前。

进入 21 世纪以来，中国的铁矿石进口量多年位居全球第一。但由于全球铁矿石资源主要集中在世界三大矿业巨头手中，在铁矿石价格谈判中，中国往往受制于人。

尽管短期内无法改变现实，但能获得新开发矿山的控制权，将是打破现有格局的手段之一。而要掌控矿山，必须先掌控高端开矿装备资源。

大型矿用磨机的国产化凝结着重大而深远的战略意义——无疑，拥有大型矿用磨机生产能力将会给中国矿业带来巨变；而拥有了这一战略资源，将使中国企业进军海外市场如虎添翼，真正改变中国在海外矿业投资上的话语权。

"零号项目"世界最大 Φ7.9×13.6 米球磨机试车后不到一周，世界矿业巨头巴西淡水河谷公司就向中信重工一次性批量采购 30 台（套）直径 5 米以上大型球磨机。中信重工成为淡水河谷唯一一家中国供应商。

智利铜业来了；

必和必拓来了；

英美资源来了；

……

致力于让更多客户分享现代矿山装备制造成果的中信重工，在国内外市场上不断迈出新的步伐。

2010 年 4 月 8 日，中信重工与太钢集团签订了 6 台当时国内黑色冶金矿山选用的最大规格球磨机。

"在太钢袁家村项目上，我们是唯一能和国外企业比拼的中国企业，又在家门口，我们输不起。"中信重工对此承诺，"中信重工必须在确保技术先进、质量可靠、工艺成熟的前提下按期交货，这不仅是太钢的生命工程，也是中信重工的示范工程，成功了是里程碑，失败了是耻辱柱。"

从袁家村铁矿项目筹建组成立一开始，中信重工便"盯紧"了太钢。

2008 年 10 月，太钢第一次正式招标。可用户投标用的却是国际制造业巨头美卓公司的设备选型，参与投标的除了美卓，还有欧美几家知名企业，以及国内唯一一家企业——中信重工。

毫无疑问，在太钢项目上，一开始就是一场高手之间的较量。

随着竞争的展开，情况在发生变化：太钢同意中信重工与美卓联合进行设备选型、方案确定。

此刻，天平似乎开始向中信重工一方倾斜。

在随后开始的第二次招标中，参与竞标的只留下了中信重工和美卓。

一场云层之上的较量开始了。

面对两难的选择，业主决定，中信重工和美卓同时在袁家村项目上开展合作。

最终，中信重工和美卓各拿到了 3 台 Φ7.32×12.5 米、3 台 Φ7.32×11.28 米球磨机制造合同。

总结这次竞标，中信重工营销人员说："如果你站在云层之上，你会感觉世界并不大，全球市场也没有那么神秘。"

> 我和我的祖国，一刻也不能分割
> 无论我走到哪里，都流出一首赞歌
> 我歌唱每一座高山，我歌唱每一条河
> 袅袅炊烟，小小村落，路上一道辙
> 我最亲爱的祖国，我永远紧贴着你的心窝
> 你用你那母亲的脉搏和我诉说
> ……　……

听！这饱含深情的歌声，在中信重工磨机试车现场回荡。

2019年9月19日上午，在新中国成立70周年前夕，中信重工Φ8.8×4.8米半自磨机、Φ6.2×10.5米溢流型球磨机顺利完成工厂试车，成功交付西部矿业西藏玉龙铜矿。

参与本项目营销、服务、设计、生产制造的百余名员工代表，和来自西部矿业、中国恩菲、吉林天池钼业、紫金矿业、金川集团、洛钼集团、首钢矿业、山东天工石化等企业的高管与专家，现场见证了这一重要时刻，并共同高歌《我和我的祖国》。

每一个跳动的音符，都洋溢着一份成长的快乐；每一段激荡的旋律，都迸发出红色薪火穿越时空的磅礴力量。

在中信重工焦裕禄大道旁，焦裕禄铜像栩栩如生，老主任深情地凝望着他曾为之奋斗的企业和他的后来者们。

代表了目前国际高端矿业装备先进水平的Φ8.8×4.8米半自磨机、Φ6.2×10.5米溢流型球磨机，将从焦裕禄大道运至海拔4600米的雪域高原。

海拔4600米的雪域高原上，工信部有色行业规划重点项目、西藏自治区"十三五"期间唯一的重点矿业项目——西部矿业西藏玉龙铜矿年处理矿石1800万吨选矿工程迎风屹立。

这是继中国黄金集团甲玛项目后，中信重工大型矿磨装备再次昂首青藏高原。

中信重工凭借主营产品"矿物磨机"，上榜国家首批制造业单项冠军示范企业名单。其大型矿磨设备关键技术研究被列入国家"973"科技计划项目。"中信重工高端矿山重型装备技术创新工程"获得国家科学技术进步企业技术创新工程奖。大型矿用磨机荣膺"改革开放40周年机械工业杰出产品"。

焦主任，可以告慰你的是，目前，中信重工已经拥有完全自主知识产权的世界最大规格球磨机、自磨机、半自磨机、高压辊磨机、旋回破碎机、圆锥破碎机、立式搅拌磨、半移动式破碎站、井下提升装备等矿山行业核心装备研制能力，实现了矿业核心装备的全面覆盖。

这是中国民族工业走向世界的缩影。

这是一个传统制造业企业鸣响的时代回声。

这是你"革命者要在困难面前逞英雄"的大无畏气概在工业强国路上的深情写照！

| "堡垒"的能量 |

20 世纪 70 年代末柬越战争爆发，双方在这片土地上埋设了 600 万颗种类繁多的地雷，形成了世界罕见的高密度、难辨认的混合雷场。联合国估计以目前的科学技术，需要 1100 年才能全部清除。

隐藏在枯叶下的地雷令人防不胜防，就算再过 100 年，它们也依然有巨大的杀伤力。当时，柬埔寨平均每天有 3 个人触雷伤亡。

吴哥窟女王宫附近有一座地雷博物馆。在这里，你也许能见到传奇人物 Aki Ra，他从 6 岁起就帮红色高棉埋设地雷，却在 1992 年加入联合国维和部队，如今他每个月在野外排雷高达 25 天，并把地雷收集起来，创建了这座也许是世界最小的博物馆。

中信重工作为总包方的 CMIC 项目，就在柬埔寨贡布省一片茂密的荒草地上。2016 年 3 月，建设团队在最初地勘时曾挖出了两颗地雷。

CMIC 项目的难度在于：项目潜在危险多。除了地雷之外，蛇、蚊虫等在当地也很常见。

项目设计要求高。这条水泥生产线将是该国最大和最现代化的生产线，项目建成投用后，将使柬埔寨拥有按照国际标准、符合低碳排放的生产规模最大、最先进的水泥厂，日生产水泥能力高达 5000 吨。

项目工程量大。总包方按照合同中规定的条款和条件，承担该日产 5000 吨水泥生产线的设计、制造、供货、安装、施工、技术服务培训工作，并要在工期开始计时后 24 个月内完成供货、施工、安装及调试。

项目从一开始就受到中信重工和业主方高层、甚至是柬埔寨政府的高度关注，2016年3月21日开工奠基，柬埔寨参议院主席赛冲亲王亲自主持。他在致辞中指出，该水泥厂将有助于满足柬埔寨蓬勃发展的建筑领域的水泥需求，"对这个水泥项目的投资，就等同于对柬埔寨未来的投资"。

怎样更好地把团队凝聚起来，将这一高难度的海外项目打造成"一带一路"的示范工程？

CMIC项目CEO爱德先生走进项目现场，突然眼前一亮——"CMIC项目部"一侧悬挂了一块醒目的牌匾：CMIC项目党支部！

阳光透过云层闪耀出金色的光芒，CMIC项目党支部几个大字闪闪发亮。

爱德先生先是一愣，转而了然和称许。作为一名华裔，他熟知中国国情和文化，他认为，成立党支部意味着组织的高度关注。

CMIC项目党支部的牌匾，是时任中信重工党委副书记、总经理王春民，副总经理乔文存现场授予的。

在项目现场召开的党、团员会议上，乔文存宣布中信重工CMIC项目党支部正式成立，王春民授牌任命工程技术公司副总经理姚斌为党支部书记。

《中国共产党章程》第三十四条这样定义："党支部是党的基础组织，担负直接教育党员、管理党员、监督党员和组织群众、宣传群众、凝聚群众、服务群众的职责。"

接过CMIC项目党支部的授牌，作为中信重工第一个海外党支部书记，姚斌觉得有种东西从胸膛涌上来，堵住了喉咙，他低低地，而又无比坚决地说了一句："同志们！考验我们的时候到了！"

时差、距离……海外项目党支部的党建工作面临着诸多壁垒。

姚斌点开海外项目党支部微信群。

从群头像上显示的记录来看，有党员风采，有典型案例，还有群成员的点评和意见，以及学习感受。

姚斌说："这种随时随地的学习和互动，大家兴致很浓，也很有效果。"

每周四晚，项目部会议室的灯光总是亮到很晚。党员们在这里集体学习，相互交流学习心得体会，并结合一周工作实际查摆存在的问题，开展批评与自我批评，为下一周工作的开展提建议。

每月中旬，姚斌还会到现场组织召开一次党支部组织生活会扩大会议，范围覆盖党员、团员等现场所有项目人员，广泛听取意见建议，整改落实，保证项目顺利开展。

虽身在国外，但中信重工党委部署的党建活动他们一个也没落下。从"两学一做"学习教育，到公司"直面危机、深化改革、创新发展"大讨论，再到公司"工匠精神"大讨论……规定动作不走样，并结合实际凸显了个性特色。

困难在，党员一定在！

最初地勘，挖出了两颗地雷。看到引爆的地雷，凡事要做表率、争第一的潘武生还是有些后怕："当时自己胆子真大！"

从一片齐人深的荒草地，到拔地而起的土建工程，再到已现雏形的水泥生产线；从前期策划，到地质勘探及临建、道路、围墙、桩基等施工准备，再到土建、安装；从现场安全管理，到项目质量管理，再到进度控制管理，CMIC项目执行过程中，无论遇到任何困难，项目经理潘武生始终发挥党员的先锋模范作用，身先士卒，冲在最前，及时解决错综复杂的问题，保证项目整体稳步向前推进。连续3个春节，潘武生都是在现场度过的。他对项目人员说的最多的话就是："这不安全，你们后退，我来！"

鉴于在工作上的突出表现，潘武生被评为2016年度"中信重工优秀党员"和"中信重工劳模"。在潘武生的感召和带动下，工程吃紧等急难险重时刻，更多的党员、入党积极分子、团员主动站出来，加班赶工。

从主体工程开始，项目执行人员便进入24小时紧盯作业。上半夜还好，下半夜最难熬，除了与蚊虫斗争之外，还要与困意作斗争。这时，几个年纪稍长一点的党员主动对现场的年轻项目人员说："下半夜我们来盯着，你们回去吧。"

正是这些党员在项目上发挥的先锋模范带头作用，让党支部的凝聚力、号召力不断增强，在地雷多、蛇多、蚊虫多、温度高"三多一高"的严酷工作环境下，CMIC 项目团队以最快速度和最优质量促进项目执行，项目迎来一个又一个关键性的节点：

2016 年 8 月 31 日窑尾塔架开始第一吊；

2016 年 10 月 27 日熟料库滑模完成；

2016 年 11 月 17 日回转窑筒体吊装成功合龙；

2016 年 11 月 27 日水泥库 1# 和 4# 库滑模完成；

2016 年 12 月 21 日预热器塔架顺利封顶；

2016 年 12 月 25 日生料均化库滑模完成；

2017 年 2 月 18 日水泥库 2# 和 3# 库滑模完成；

2017 年 6 月 23 日总降送电完成；

2017 年 6 月 27 日设备调试开始；

2017 年 8 月 14 日石灰石进堆场；

2017 年 9 月 18 日生料磨投料；

2017 年 9 月 25 日煤磨投料；

2017 年 9 月 30 日回转窑点火；

2017 年 10 月 6 日熟料入库；

2017 年 10 月 23 日水泥入库；

2017 年 11 月 2 日顺利生产出第一袋水泥！

从项目合同签订到建成投产仅用了 20 个月的时间，项目比合同规定提前 85 天点火。与国际同类项目相比，缩短至少 4 个月的工期，并实现了零安全事故，被国内外媒体誉为践行"一带一路"倡议的示范工程。

项目达产后可直接为当地提供 500 个工作岗位，间接为 5000 多人创造就业机会，成为柬埔寨最大、最先进、最节约能源、碳排放量最低的水泥厂。

柬埔寨 CMIC 项目高水平、高质量的实施，受到了业主好评，业主专门拿出 150 万美元奖励中信重工。

泰国京都水泥总裁保罗高度赞扬 CMIC 项目，他表示，自己从事水泥行业工作 40 年，建设了 3500 万吨产能的水泥厂，CMIC 项目是迄今最好的，"这只有中国企业能够做到！"

"首相都来了！中信重工在柬埔寨的大手笔就是这么'嘚瑟'！"

2018 年 2 月 8 日，柬埔寨首相洪森为 CMIC 水泥厂正式投产剪彩并致辞，新闻媒体以此为题进行报道。

让中信重工"嘚瑟"的何止这个项目！

与 CMIC 项目几乎同时铺开的一个"家门口"的项目，同样让中信重工火了一把。

这个项目就是"引故入洛"工程 1 号隧洞的硬岩掘进。

历经 3 年的研发实践，中信重工自主研发成功高度技术集成的隧道施工核心装备——直径 5 米硬岩掘进机。

洛阳市洛宁县城西 64 公里处的故县乡，有个神秘的富有传奇色彩的西子湖。相传，春秋末期，越王勾践自吴国卧薪尝胆 3 年后，终得回国，越灭吴后，范蠡功成名就，遂向越王勾践辞官。范蠡带西施西出姑苏，载舟而去，出没于太湖，遨游于大好河山间，当他们沿洛河而下到故县时，见此地山水秀丽，曾一度在此居住。湖边从古至今都有个"西施村"，紧邻的还有个"范里村"（范里与范蠡同音）。

西子湖区内建有国家重点工程——故县水库。

洛阳市重点惠民工程——"引故入洛"工程，起点位于故县水库大坝泄洪中孔下游，终点位于洛阳新区关林水厂，工程输水线路全长 130.08 公里。

其中 1 号隧洞，堪称"咽喉"工程，不仅是整个工程中最长的隧洞，而且是紧邻库区难度最大的关键工程。

中信重工以高度的自信，毅然决定将研制的首台硬岩掘进机投入这场战役，并组织起精干的项目团队，包揽下整个 1 号隧洞的施工重任，为洛阳地方经济做贡献，同时在现场应用中经受复杂地质的考验。

硬岩掘进（又称 TBM）施工，集开挖、支护、出渣于一体，专业覆盖面广、要求高。掘进路线沿水流反方向进行，施工风险极高，这在河南省水利工程中尚属首次。

在中信重工硬岩掘进机进驻项目现场之初，项目部就成立了由 9 名党员组成的党小组。

2015 年 11 月 11 日，深夜 2 点，1 号隧洞内灯火通明，庞大的 TBM 上站满了项目团队成员。大家都凝神屏息注视着运转皮带，仿佛在期待着什么。

伴随着隆隆的机器声，不多时，鸡蛋大小的石渣随着皮带向外传送。刹那间，站在机身上的人都欢呼了起来："出渣了！"大家纷纷拿起手机记录下这个具有里程碑意义的时刻。

这天，是 TBM 成功试掘进的第一天。

然而，白天的试掘进非常不顺利。当日，总长 180 米的 TBM 在 1 号隧洞内组装完成之后，开始尝试试掘进时，却一直不能持续运转，在隧洞内集结的项目团队成员每一个人都心急如焚。

电气组、液压组、机械组立即明确分工，对设备从头到尾进行"全面体检"。时间一分一秒地逝去，故障却一个接着一个出现。面对频发的故障，凌晨 1 点时，外雇施工方再也熬不住了，放弃继续调试回营地休息。项目团队党小组召开战地小组会，全体党员表示：今天是工期计划中试掘进的日子，没有成功出渣，绝不下火线！

凌晨 2 点多，项目团队终于将皮带机、主机电气等所有故障彻底解决。随着 TBM 的开动，石渣开始源源不断地随着皮带输送出洞外，试掘进成功了！

那一夜，项目团队成员无人能眠。

2017 年 1 月 27 日，农历大年三十。1 号隧洞出现 1 个月来最大的涌水，汹涌的地下水瞬间淹没了近 1 米高的机车轨道，大量施工材料浸泡在水里，情况十分危急。

"大家跟我来！"

见此情景，共产党员、项目经理李喜鹏带领项目团队，顶着冰冷刺骨的积水冲向洞内，首先用彩条布遮盖 TBM 电气柜，然后大家齐心协力地在机头后部堆起拦水坝，并用大功率水泵将积水排到机头后方。

在洞外，战斗也一样火热。面对这场突如其来的硬仗，有人装沙袋，有人直接跳到水中堆放沙袋，其他人一字排开传递沙袋在洞口堆起引流坝，将洞内涌出的积水引流到泄洪沟内。

临近中午，大水终于被控制住。此时项目团队每个人都是一身泥水，头发上、脸上、衣服上沾满了泥浆。尽管又冷又饿，但是保住了 TBM 和施工材料，李喜鹏和大伙儿都觉得心里暖洋洋的。

换上干净的衣服，大家融入新春的欢庆气氛当中，与外雇施工人员一起动手包饺子。

2017 年 5 月 23 日，故县连绵的暴雨冲毁了通往渣场的便桥。当时，1 号隧洞掘进已经进入最后的冲锋阶段。如果不能及时修好这座便桥，将直接影响 TBM 正常出渣和掘进速度。

形势紧急，党小组组长王顺风主动请缨，带队运来混凝土，带头穿上防水服跳进没膝深的河水里。在湍急的崇阳河上，大家分工明确，有人填渣、有人砌混凝土、有人传递沙袋堵水。经过一天一夜的连续战斗，通往渣场的便桥终于抢修完成。由于长时间高强度作业，此时王顺风的手上已经磨得布满水疱。

在 5 月 TBM 接收平台的抢修过程中，党员尚德峰勇挑重任。既要修建临时道路，又要进行洞口开挖和山体加固，任务艰巨而繁重。为早日建成接收平台，他每天最早来到现场，最晚离开，通过到当地租用工程机械，雇用技术人员和劳务人员，自行承担测量、放线工作等方式，为公司节省建设费用 30 多万元，并且比原计划提前 10 天完成了平台修建。

在一年多的工程建设期间，他们先后战胜了 20 多次涌水，成功穿越长达 2000 余米的塌方、破碎带，充分发挥 TBM 的优良性能，并创下了日进尺 66 米、月进尺 1010 米的最高掘进速度纪录，胜利打通总长 6640 米的

"引故入洛" 1 号隧洞。

2017 年 7 月 1 日上午 10 时 15 分，在豫西洛宁故县水库大坝旁的半山腰上，彩旗迎风飘扬，伴随着隆隆的轰鸣声，中信重工首台直径 5 米硬岩掘进机凿穿 "引故入洛" 工程 1 号隧洞最后的岩壁，昂首挺出。

这台硬岩掘进机在故县水库引水工程的成功实践，表明中信重工首台隧道掘进装备一次性顺利完成由研发制造到高强度施工应用的闭环验证，具备了批量生产和推广应用的条件；中信重工用民族装备支持洛阳民心工程，履行了作为企业公民的社会责任。

在硬岩掘进机项目部党小组的凝聚下，党员们冲锋在前的硬核担当令人感动，这不仅仅是责任，更是共产党人坚定信念的践行。

焦主任，从这些先进分子身上，我看到了你的影子，看到了焦裕禄精神绽放出瑰丽光辉。他们胸前佩戴的工作证，时时刻刻让他们铭记自己是焦裕禄的新工友，说什么也不能给老主任抹黑；工作证上方那闪亮的中国共产党党徽，时时刻刻提醒他们永远不要忘记自己曾在党旗下的宣誓与承诺。

2019 年 "七一" 前夕，一个以争当践行焦裕禄精神好党员、好干部为主题的贯标实践活动在中信重工各级党组织中展开。

贯标实践活动分 "立标、对标、践标、验标" 四个阶段。

立标：将焦裕禄同志的公仆情怀、求实作风、奋斗精神和道德情操，分别细化为党员领导干部、基层干部、普通党员的五项对标内容。

对标：公司全体党员、干部按照各自岗位，分别按照五项对标内容，逐条对照自己的思想和行为要求，认真查找自身存在的问题、不足，列出问题清单，填写 "对标表" 并在所在党支部公示。

践标：全体党员、干部以对标细则为准绳，时刻从思想上、行为上衡量自己；对照问题清单，从薄弱之处补起，从不足之处改起，进一步提高工作质量和思想道德水平。

验标：公司党委对党员领导干部、各单位党组织对基层干部、党支部对党员分别实施百分制考评，并进行评先表优。

贯标实践活动一年一循环，像爬楼梯一样，每经过一次循环，便带来思想和行为的改进与提升。各级干部和广大党员以焦裕禄精神为标杆，在学思践悟中磨砺党性，激励斗志。

在2020年"七一"前夕中信重工践行焦裕禄精神贯标实践活动验标工作中，涌现出8名"践行焦裕禄精神模范共产党员"，他们是：

建功国家重大项目的党的十九大代表、全国劳模刘新安；

2019年度全国"十大工匠"杨金安；

疫情期间带领团队"逆行"漳州，快速推进海上风电产业制造基地建设的王志平；

成功开发出海上风电新产品并实现市场推广的崔郎郎；

忍着父亲病逝的悲痛，奔赴现场贴心服务客户的李伟武；

长途奔袭900多公里，圆满完成为疫情重灾区企业运输急需备件的马惯卿；

天天坚守在抗疫最前线的保卫部主任卢慧军；

疫情期间为公司争取政策性资金减免和稳岗补贴做出突出贡献的人力资源部主任杨长亮。

2020年7月1日，时任公司党委书记、董事长俞章法专门赶赴福建漳州，参加中信重工漳州基地庆"七一"表彰会，为奋战在基地一线的王志平、崔郎郎颁发"践行焦裕禄精神模范共产党员"荣誉证书。

在表彰会上，俞章法说，公司党委不仅表彰先进党组织、优秀共产党员、优秀党务工作者，而且有一个特别奖项，就是表彰8名"践行焦裕禄精神模范共产党员"。这8名"践行焦裕禄精神模范共产党员"是优秀共产党员中的佼佼者，在各个岗位发挥着巨大能量，特别是在疫情考验之下勇于担当作为的示范带动作用尤为突出。

在各个"战斗堡垒"引领下，中信重工2000余名党员所汇聚的"红色能量"，正推动着公司向具有核心竞争力的世界一流先进装备制造企业迈进。

这是中信重工党建工作的缩影，也彰显了党的建设在企业高质量发展中的强大作用。

焦主任，你在洛矿厂当生产调度科长时常说："不了解人，不首先做好人的工作，其他工作就会走进死胡同。一个好的调度员，首先要学会调度思想。"

由于你非常善于做思想工作，同事们都亲切地称你为"政治科长"。善于做职工群众的思想工作，正是你百试百灵的工作法宝。

习近平总书记强调，要通过加强和完善党对国有企业的领导、加强和改进国有企业党的建设，使国有企业成为党和国家最可信赖的依靠力量，成为坚决贯彻执行党中央决策部署的重要力量，成为贯彻新发展理念、全面深化改革的重要力量，成为实施"走出去"战略、"一带一路"建设等重大战略的重要力量，成为壮大综合国力、促进经济社会发展、保障和改善民生的重要力量，成为我们党赢得具有许多新的历史特点的伟大斗争胜利的重要力量。

这"六个力量"，就是国有企业开展党建工作的重要方向和发展目标。

作为建厂 60 多年的国有企业，中信重工一直把发展壮大国有企业作为党交给的政治任务和光荣使命，把企业自身的目标和党的路线、国家意志、人民期待融为一体。在中信重工这片红色沃土上，始终承载着党的初心和方向，始终传承弘扬着焦裕禄精神，始终代表着国有企业和中国制造的形象。

沐浴着焦裕禄精神的光芒，中信重工以党的建设的高质量力推经济发展的高质量，书写并将继续书写时代芳华。

大工匠情怀

焦主任，2015年9月23日，国务院总理李克强到河南考察，第一站就到了中信重工，就到了你当年担任主任的车间。

"历历在目！"

谈起总理和自己近20分钟的交流，你所在车间的大工匠张东亮依然十分激动。

我问张东亮：总理来时你在做什么？

张东亮说，就在3天前，他们大工匠工作室正式将本年度的创新成果上报公司。一年来，工作室破解了5项加工难题。总理来之前，他们正在对西门子轧机轴承座进行技术攻关。

总理推门进来时，他们先是愣了一下，随后立即起身鼓掌迎接。

"大家好！"总理同工作室每个人握手。

张东亮回忆说："总理亲切地拉着我的手，在我身边坐了下来。"接着，总理问他："这个工作室是以你的名字命名的？你是这个创客群的带头人？"

张东亮说是。

总理问他："你们这个创客群多少人？主要做什么工作？大众创业、万众创新，大家知道吗？"

"知道、知道！"大工匠工作室16名成员异口同声地回答。

总理问大工匠张东亮月工资拿多少？

张东亮对总理轻声说："1万元出头。"

总理说："在全国，尤其是河南，产业工人的薪酬总体偏低。我们就是要不断通过创新机制体制，提高高、精、尖技术和技能人才的劳动报酬。"

总理走出工作室，车间大门口掌声雷动，300 余名中信重工员工早已在此列队等候。

公司领导向总理介绍说："第一排是我们的技术专家、大工匠、金牌首席员工，他们每个人都带领一个创客群。"

焦主任，除了总理点赞的张东亮，这些从一线工人成长起来的大工匠，中信重工还有 9 位呢！

他们是——

党的十九大代表、全国劳动模范、全国技术能手刘新安；

舀一小勺钢水往地上一泼，根据发叉量，就能判断出钢水碳含量的"钢铁战士"杨金安；

"全国五一劳动奖章"获得者，"大块头上秀细活"的谭志强；

被称为"争气机"的 18500 吨油压机组的操作者郭卫东；

大国重器的"守护神"张朝阳；

"焊工一哥"党朝阳；

"数控达人"张连成；

"造型大师"鲁学钢；

"铆工大咖"王红军。

中信重工可谓大匠璀璨，劳模辈出。

焦主任，1958 年，由你带领洛矿工友制造的新中国首台 Φ2.5 米双筒提升机，在观音堂煤矿"服役"了长达 49 年，这一精心匠作，正是工匠精神的体现。如今，它被重新迎了回来，静静地陈列在焦裕禄大道上，像一座丰碑激励着更多的中信重工人。

实际上，从 20 世纪 50 年代"女工能顶半边天"的刘玉华姑娘组，到困难时期爱厂如家、勤俭节约的"万斤钉精神"，再到以刘新安为代表的新一代大工匠，一代又一代洛矿人薪火相传，传递着工匠精神的火炬。中信重工的红色基因和厚实的文化积淀，正是弘扬工匠精神的优势和底蕴所在。

当前，我国的科技水平很多已经达到国际先进水平，但却有相当多的前沿技术没有转化为优质工业产品，实现工业应用，其中一个重要原因就是缺乏技术转化的高技能操作人才。

建立工匠培养机制，培育众多"中国工匠"，着力优化工匠成长环境，筑牢中国制造发展根基，正是中信重工这些年一直努力的方向。

2007年，中信重工在全国率先开展首席员工评聘工作，把员工队伍中的高技能、高素质工人命名为"首席员工"，正式开始实施"金蓝领"工程。

2013年，中信重工依托"金蓝领"工程，建立起大工匠评聘制度。大工匠是技术工人的最高技能等级，位于人才金字塔的塔尖位置。年轻人的成长不必遵循一级工到八级工的传统晋升通道，只要有了一定的技能和建树，经过考评可直接晋升技师、高级技师甚至大工匠。

"金蓝领"工程为大工匠的培养和选拔制定了严格的条件，大工匠的技术等级必须在高级技师以上，必须是连续5年以上获聘为公司"首席员工"的金牌首席员工，必须有综合的技能和素质。

对评聘的大工匠每人每月增发5000元津贴。工人创新纳入公司技术创新体系，纳入公司技术进步奖评选。2015年有两个大工匠引领的工人创新项目分别获得公司科技进步一等奖和二等奖，分获奖励30万元、10万元。

公司设立了以大工匠个人名字命名的大工匠工作室，以此为引领，建立了22个工人创客群，覆盖了中信重工冶炼、热处理、锻造、加工等12个主要技术工种。各单位工艺技术人员、高级技师、技师及青工骨干共同参与。直接参与者逾500人，间接带动4000多名一线员工创新攻关。

大工匠已经成为中信重工一线员工职业成长的重要指引。

1米6的个头，一张娃娃脸，这就是大工匠谭志强。

无论是行走在敞亮高阔的重型机加工部内，还是站在足有3层楼高、亚洲跨度最大、国内最先进的9×30米数控龙门镗铣床前，谭志强的瘦小身材，都会显得很不起眼。然而，正是这个看似"不起眼、随和且充满喜感"的谭师傅，一旦站在工作台上，开动机床，就会瞬间迸发出"小块头、大智慧"的光芒。

走进重型机加工部，我被一个"大家伙"吸引住。

"这是大型矿机用的低速重载齿轮，直径在12米左右，但加工误差不超过一根头发丝的粗细。"谭志强介绍说。

他操控的机床，在肉眼不可见的控制程序指令下富有节奏地工作着，刀具随着定好的轨道左右、前后横移，快速而又精准。

2011年5月，国产大飞机制造装备项目——拉伸矫直机机架特大矩形件的四角倒圆弧，成了加工的难点。

因为震刀严重，工友们一个个败下阵来。

谭志强的脸憋得滚烫，这是他火热的心蒸腾出的能量。

他顶在了现场。通过"迂回"战术，最终，这个庞大的矩形件完美地达到了标准。

国家重点科技项目发射列阵骨架，按计划加工1件需21天，谭志强带着团队仅用7天就完成了。10件骨架加工提前108天，直接经济效益达233.38万元。

"当一个工人，要的是自己能干。当一个大工匠，要的是人人都能干。"

现在，只要一接新活，谭志强就会带着徒弟一起上。

在洛阳市职工技能大赛上，他的徒弟高昆和靳付军分别获得数控镗铣工种第一名和第三名。

入夜，中信重工铸锻公司冶炼车间的熔炉烧得正旺，杨金安套着厚厚的阻燃服，仔细观察钢水情况。参加工作30多年了，晚上在50多摄氏度的冶炼车间里，守护内部温度达到1600多摄氏度的大型炼钢炉，杨金安早已习惯了这样的工作状态。

杨金安和大工匠工作室的11名优秀技师、年轻工人组成了一个创客团队，每周五上午在一起探讨生产过程中的难题，固化每一个特钢项目的冶炼方法。

"因为炼钢都是在晚上，所以业务讨论安排在大家休息的白天。"杨金安说，起初他还担心大家不愿占用休息时间，没想到大家的热情让他招架不住。"本是一个 12 人的创客团队，可每周来开会的人能有三四十人，坐不下了就站着。"

2015 年 6 月，在杨金安的带领下，这些年轻的创客们 3 天之内两创纪录——国内最大规格、重达 338 吨的加氢钢锭以及直径 7.2 米、重达 204.8 吨的国内最大管板锻件先后完成浇铸！

6 月 10 日，刚刚下了夜班的杨金安尽管已经累得睁不开眼，但他仍然坚持留了下来。

上午 9 点钟，由杨金安召集主持的目前国内最大规格、超特大型整锻加氢筒体锻件用 338 吨钢锭浇铸的工艺策划会准时召开。尽管已经提前开了好几次相关策划会，但炉料、炼钢、铸锭等所有参战工序的精兵强将，都还是被杨金安"请"了过来。

"今天晚上的浇铸，工作室的同志，不分白班夜班，大家能来的都要来。这是不可多得的机会，我们要全程跟踪每一个环节。"杨金安的开场白，一下子就让现场气氛严肃了起来。

会议一直开到上午 11 点钟，送走了所有人，杨金安把自己一个人关在了工作室，从头到尾，反复地翻看早已了然于胸的每一个工艺策划细节。

看完工艺，杨金安又赶到生产现场，仔细查看炉料、炼钢、铸锭等工序的"开工"准备。

尽管和大家说得底气十足、信心满满，但第一次干这么大的加氢筒体锻件，且是 6 包合浇，任何一个环节、任何一个细节，都不容有失，杨金安心里一直"咚咚咚"地直打鼓。

"我们和张家港江南锻造公司一次就签订了 4 个超特大型加氢锻件合同，这是客户对我们装备能力的充分信任。中信重工今后能不能打开加氢锻件这个市场、能不能在这个行业站住脚，就看你们的了！"

铸锻公司经理禹兴胜的这番"鼓励"，杨金安怕大家背上压力，没有和任何一个工作室的工友说。

下午2点，拖着疲惫的身躯回到家，午饭也没有吃，杨金安挨着床就睡着了。

晚7点，就像定了闹钟一样，杨金安一激灵醒来，草草吃了些饭，就早早赶到了公司。

晚10点，送电，开始炼钢。"战役"即将拉开。

50吨电炉电极卡头打火！

送电不到1分钟，一个突发的小故障，一下子让所有人的心都提到了嗓子眼上。

杨金安吆喝着紧急关掉电闸，急忙和大家爬上炉子，一看，原来是电极夹头的横臂端面磨损，抱不紧、夹不实，造成电极打火。

按照经验，最稳妥的办法，就是修整夹头端面，但平时修端面都需要四五个小时。

生产计划已经排出，所有设备都在等，所有人都在等，修端面根本来不及。杨金安立即找来机修主任，紧急商量一番后，决定临时加铜垫片。

晚11点40分，机修人员经过1个半小时的火速抢修，再次送电。50吨电炉正常启动、开炼，30吨电炉开炼，60吨LF精炼炉等设备相继上阵。冶炼车间内一时间轰隆隆响声一片、红彤彤火热一片。

经过这样一段"小插曲"，杨金安更是半点不敢懈怠，他紧盯现场，紧盯取样分析。

工艺要求初炼时P（磷）控制在2个（0.002%）以内，他们控制到了1个半；精炼后要求控制在6个（0.006%）以内，他们控制到了4个（0.004%）。C（碳）更是精准定在目标值14个（0.014%），实现了"点控"（与工艺要求误差1个以内）。其他各项指标，也均比厂家技术要求要高。

"漂亮！"

6月11日下午5点30分，钢水精炼结束，杨金安又盯在了浇铸现场。

"出钢就在两三分钟时间内，一旦拖延时间，钢水会二次氧化，化学成分也会变化，钢水余量不足会出现'卷渣'，稍微考虑不足，连后悔的机会都没有。"

晚上7点钟，338吨超特大型加氢筒体锻件用钢锭在公司成功完成浇铸！

6月12日夜，杨金安和工友们又迎来了另一场大战——要完成材料为20MnMoNb、直径7.2米、重达204.8吨的国内最大管板锻件的冶炼、浇铸。

三天两夜，两破纪录！

一本64开的工作手册，巴掌大小，微微泛黄，杨金安却总是寸步不离身地带着。

每天的工作安排，炼钢种类、材料、大小、化学成分，以及每一炉钢水的电耗、氧耗、钢水收得率等，他都会一一记录在手册里。

杨金安说，像这样的大大小小的笔记本，自己已经记满了60多本。

正是靠着这些小本本的日积月累，杨金安建立起自己的一套炼钢"宝典"和创新创效的"大数据库"，从一名普通炼钢工人逐渐成长为一名大工匠。

然而，就在2015年春节前后，杨金安这个炼钢权威，却受到了"挑战"。

在冶炼30CrMoSiA钢（属高硅钢）时，大学生工艺员拿着工艺找到杨金安，要求炉后增C，被杨金安果断地拒绝了。

即便杨金安解释说，高硅钢精炼过程中特别容易"回C"，大学生工艺员仍然不相信，拿着工艺不依不饶。

杨金安斩钉截铁地说："炼这种钢绝不允许炉后增C，出了事我负责！"

结果，钢水到精炼后，取样分析，C已经增加到了26个，而工艺的上限要求是28个。

事后，一脸不解的大学生问杨金安。他笑笑说，其实，这些实践经验，都在我平时的笔记本里记着呢。除了高硅钢，还有15CrMo钢、18L钢，在精炼时都特别容易"回C"，连电极自耗的C都能吸进钢水里。

就这样，杨金安的"神奇"，彻底让一群大学生心服口服了。

杨金安的大工匠工作室里，一个 1 米高的玻璃柜内，陈列着一块块他们曾经成功冶炼的钢种样品，块块"价值连城"，超低碳不锈钢系列、核电钢系列、石化加氢钢系列、大型支承辊系列、航空航天钢系列……每一个钢种的诞生，都是一次创新的尝试。

杨金安说："我在炼出一块块好钢的同时，把自己炼成了一块好钢。"

如果说杨金安是一锭时代好钢，那么中信重工便是锻造他的熔炉，与祖国相伴相生 60 余年的国企，一直秉承着焦裕禄的精神，深怀着"实业报国、制造强国"的使命，将"精益求精、苛求品质"的精神融入文化的血脉，造就了多项"行业第一"和"领域之最"。企业这种"竞优"的天然养分为杨金安的成长提供了"肥沃土壤"，深厚的文化底蕴也为大国工匠破土而出和茁壮成长提供了最适宜的环境。在中信重工优秀文化中熏陶和浸染了 30 多年，经历了百炼成钢的淬炼，客户至上的价值导向、精益求精的品质追求、创造卓越的职业担当，不自觉中已经成为杨金安的职业习惯和精神底色。

这是一个历史性的时刻，2017 年 10 月 18 日上午 9 时整，中国共产党第十九次全国代表大会隆重开幕。那一刻，来自中信重工的一线工人、党的十九大代表刘新安激动得满眼泪花。

洛阳市仅有两名党的十九大代表，刘新安就是其中之一。

落日的余晖还未来得及卸下一天的疲惫，我走进中信重工重型装备厂数控一车间。刘新安的工作室就在入口处东侧。这里挂着三块响当当的金字招牌，它们是"党代表工作室""全国劳模工作室""国家级技能大师工作室"。

第一眼见到刘新安，很难把一个赫赫有名的人物和眼前这个安静的人联系在一起。但随即就发现，这是一个真诚的人，眼睛里闪烁着热忱的光芒；这是一个认真细致而信念坚定的人，他在叙述时平稳的口气偶尔佐以干净利索的手势，足以表明他性格里的执着；这是一个有着独特的人格魅力的人，他嘴角那缕孩子般纯真的微笑，让人觉得亲和的同时，不知不觉被他乐观向上的气质所感染。

秘籍之一：在挑战中超越！

谈及自己的成长秘籍，刘新安把这6个字放在首位。

他告诉我，只有目标明确的人，才能主动出击，全身心投入工作，并获得成功。

2007年5月，他从WH160镗铣床调到FAF260数控镗铣床任机长。当时，刚投产不久的260镗铣床月工时不足1000点。他认为，世界最大数控镗铣床不应该是这个水平，必须发挥出它应有的水平来。于是，他给自己和团队定了目标，5月份工时必须突破1000点，此后每月递增100点。

面对自我挑战，没有一点数控基础的刘新安，开始了自我突破。他向刚进厂不久、数控专业出身的徒弟学起了编程。同时，还到洛轴职工大学进行深造，学习数控技术。每周一到周五晚上7点到10点，他不顾一天的疲劳赶去学习。凭着一股不断超越的劲头，他不断刷新着生产纪录。5月份，260镗铣床工时达到1100点。6月份工时达到1200多点。7月份工时达到1300多点。此后，月工时就再没有低于过1500点。

时间进入2008年年中，由美国引发的全球金融风暴开始冲击中国。为有效应对经济危机，公司果断做出了"保市场、保生产、保技改"的战略选择。其时，公司全年在手任务将近20万吨，任务十分艰巨。他觉得，260镗铣床还有挖潜增效的可能。于是他又给自己定下目标：工时冲上1800点。围绕这一目标，他科学地利用时间，大胆变革创新。6月份，260镗铣床工时一举达到1800点，并且此后连续保持在1800点以上，位居全公司单机机床第一。

他对徒弟们说得最多的一句话就是"没有最好，只有更好"。"我们的思维要时刻保持超越的冲动，并且敢于挑战，勇于尝试。""要从心理上认可自己，时刻坚信我能。"

秘籍之二：在"算计"中挖潜。

他说，时间是有限的、恒定的。生产中，准结工时＋机加工时，是限定职工的时间，也是创造时间的时间。他在加工一件活的同时，就开始认真策划下一件活，准结工时的时间已前移至上件活的时间内完成，为下件活节省了时间。

"林书记，减速器机体马上就要加工完了，下一个活干啥？"一天上午10点多，他像以往一样找到车间书记林经有询问。正在260镗铣床加工的减速器机体中午12点左右就要完毕。林书记说，下一个要加工0808—450立磨立柱，活件已经吊到260镗床附近。

凭着以往的加工经验，他知道立磨立柱毛坯余量大、材质硬。从车间拿到加工路线单后，他就去刀具库领取了40片刀，去资料室借了图纸和工艺。回到机床后，他让徒弟观察着减速器机体的加工情况，自己则摊开图纸，琢磨起加工方法来。

在机体加工完毕之前这两个小时中，他吃透图纸、工艺，明确了加工关键点和难点，并把工装卡具、量具等所有准备工作全部做好了。中午12点多，减速器机体按时加工完毕，紧接着0808—450立磨立柱被吊上机床。经过装夹、找正，立柱开始接受"洗礼"。整个过程衔接紧凑、有序，时间得以高效利用。

"抢"这一钩，是他善于利用时间的另一种方法。一天上午快下班的时候，0800—217B工号破碎机调整环即将在260镗铣床结束该道工序，他就对徒弟郑玄说："你去叫一下天车工、起重工，就说我们准备下活了，让他们提前准备一下。"

徒弟郑玄一去通知天车工、起重工，他则开始清理铁屑、打毛刺，做卸活前的准备。下班的时间到了，准备工作也做完了，但天车工、起重工还在其他机床忙活。他就让徒弟去吃饭，自己盯在现场，中午无论如何也要把调整环卸下。他的想法是，正常上班时间大家都争着用天车，而我要赶在上下班时间上下活，打时间差。这样，别人等天车时，自己已经开始了加工。

已经下班很长时间了，天车工和起重工终于忙完，准备去吃午饭，却看到他还在那里等待。他们苦笑了一下："这个刘新安！"很快就给下了活，又把下一个活吊了上去。这时徒弟也回来了，他和徒弟一起找正、装夹好活件之后才去吃饭。

在他的带领下，徒弟们也都养成了"抢"这一钩习惯。车间领导和同事们开玩笑说："不愧是刘新安的徒弟，都学成了啊。"天车工和起重工都说，刘新安饿着肚子等我们，我们怎好意思去吃饭，再晚也要把他的活干了。

刘新安的心得是，时间就是效率。最成功和最不成功的人一样，一天都只有24小时，但区别就在于他们如何利用拥有的24小时。所以，时间的策划和精打细算是提高效率的重要措施。

秘籍之三：在创新中增效。

他说，合并同类项是数学寻求简捷的方式，在工作中也同样有效。不换刀，把可使用此刀的工序干完；不换面，把此面可干完的工序干完；诸如此类，能合并则合并干，效率就可大幅提高。善于合并同类项，是创新增效的方法之一。

公司为江苏诚德钢管公司研制的世界最大的 $\Phi 7600A$ 穿孔机下底座在260镗床进入加工。下底座长9.55米、宽3.8米、高4米，重150多吨，活件大、加工面多，找正、翻转活件都相当困难。

这么大的产品，对拥有20多年加工经验的刘新安来说也是第一次做。拿到图纸后，他就把机组召集起来一起探讨加工方案。为了更直观地说明问题，他带着机组人员先来到下底座旁，一点一点琢磨，最终确定了加工方案。

第一次装夹加工底面时，他创造性地把8个基准面一次加工到位。然后，沿纵向、横向两个方向画出两条中心线。基准面到中心线的距离确定之后，其他面的加工尺寸也就有了参照依据。这样一次装夹干出多个基准面，活件垂直度、水平度都有保证，累计误差也减小了。

　　两点之间距离最短的是直线，既是数学问题，也是现实问题。他在工作中致力于化难为易、化繁为简。加工编程能简则简，机床转速能快则快，工艺程序能省则省，思考问题的出发点就是要走直线。这是他创新增效的方法之二。

　　又一批公司具有自主知识产权的立磨立柱进入 260 镗铣床工序。此前已经加工过类似立柱，徒弟们就参照以前的程序按部就班编写了一套程序。他仔细审查了徒弟们编写的程序，发现他们忽视了一个细节：先前的立磨立柱底部边缘是个大圆弧，而这个立柱底部只有一段是圆弧，相接部位却是直线。

　　他耐心地对徒弟们说："这种方法太麻烦了，虽然能完成任务，但是一旦遇到问题后程序修改就不方便，加工中也容易走空刀，浪费时间。我们还可以找到更好的加工方法。"经过琢磨，他很快编写出了新的程序。对比自己编写的程序，徒弟们发现这个编程要简单许多。进入加工后，果然刀不走空，加工效率大大提高。

　　此后，这种经过优化的编程被固化下来，形成了"模板"。徒弟们都说，这种编程省时省力且质量有保证。

　　工欲善其事，必先利其器。刀具是机械加工效率的关键所在。对刀具的潜心研究，是他创新增效的方法之三。

　　以往，260 数控镗铣床在加工孔系时，采用的是硬度高、耐磨性好、抗冲击能力强的进口刀片。这种菱形刀片前后共有 8 个刃磨角。但由于使用的是 90° 刀体，受其装卡角度制约，只能使用其中的 4 个刀刃，其余 4 个刀刃无法使用，整把刀也宣告报废。

　　当时他就想，每个刀片价值 150 元，一年下来要给公司造成多大的浪费！如果寻求角度合适、能够使用同种型号刀片的成形刀体，将其余的 4 个刀刃利用起来，那该多好。于是，他去找刀具库的张新超师傅，决定改进刀具。

　　在张新超师傅的支持下，他仔细核对刀片型号，查阅相关刀具厂商的刀具订货号，并积极与厂家联系，咨询有关情况。在得知一种型号为PCBNL 0404S19 的 75° 刀体不仅可以使用同类型刀片，而且 8 个刀刃都可以利用后，他们立即订购了一把回来试验。

经过反复测试、对比，使用新的 75° 刀体，不但刀片 8 个刃磨角都可充分使用，而且抗冲击能力明显优于 90° 刀体，改进获得成功。重装厂过去每月使用 CNMG190612—PM4015 型进口刀片 100 片左右，通过改进刀具，已降低到 50 片。按每片 150 元计算，月均节约资金 7500 元，一年可节约资金 9 万元。

他的心得是，机遇总是偏爱有准备的人。创新也是一样。我们要时刻保持创新的精神状态。要有创新的意识，不安于现状，不墨守成规，勇于突破，敢于变革。要为创新创造条件，充分熟悉机床性能、加工工艺、产品特点等，做到深刻理解，融会贯通。同时要善于积累经验、教训。只有这样，才能举一反三，出奇制胜。

"我们制订了每年攻克 3 个至 5 个科研难题，并在 5 年时间内培养 60 名以上优秀青年技工的计划。"刘新安说，在技术创新的同时，他和工作室内的十几名成员还发挥传帮带的作用，在日常的生产活动中，进行专业技能推广，帮助一些青年技工提高自身的技术水平，促进高质高效生产。

为了培养青年技工，在总结推广《刘新安工作法》的基础上，他又把30 多年实践总结来的"多瓣筒体、端盖、齿圈操作法"编成小册子，将"绝活"传授给更多的人。

操作法成了推进工艺效率革命的示范性"法典"，并迅速引发了"多米诺骨牌效应"。

在大型数控镗铣床、大型龙门铣、大型立车、大型卧车、大型滚齿机等机床上，一批先进操作法"喷涌"而出——参数化程序的灵活运用，一次装夹加工多边形外形……

近些年来，正是依靠着刘新安等一大批"金蓝领"技术工人的协同攻关，中信重工将直径 5 米以上大型磨机的生产周期，从 30 个月一下子缩短到 10 个月，彻底打破了国外少数企业在国内大型矿磨装备领域的长期垄断。

凭借大工匠等各类创客群的人才优势和企业的技术积累与装备提升，从神舟一号到神舟十一号，从国产航母到大飞机关键件，从核电锻件到加氢产品，从回旋加速器到景洪升船机，从矿物磨机到智能装备，一个个国家重大专项、重点产品在这里横空出世。

走进中信重工的每一个工厂，给人的感觉是恢弘与大气，整洁与敞亮，给人以辽阔，以唯美，以迥异，以新奇。

哇——

多少人在惊叹："在洛阳，还有这样的国之重器！"

制造业发展，波澜壮阔又平静无声。当我们享受现代生活的便利，触摸冰冷的工业产品时，不应该忘记那些打造产品、创造历史的鲜活人物，那就是我们的大工匠、我们的楷模。

让工匠精神照亮中国制造之路！

重工"轻"发展

走近北京 CBD 核心区，远远就会看到一座超高层建筑直插云霄，亚金色的外观在阳光下熠熠生辉。这座北京第一高楼，有一个如雷贯耳的名字：中国尊！

中国尊创造了 8 项世界之最：

——按抵御 8 度地震烈度设防的世界最高建筑：528 米；

——全球超高层建筑中最高最大的室内观光平台（净高约 18 米，挑空 3 层的无柱空间，360° 俯瞰北京城）；

——世界最大截面的多腔体钢管混凝土巨型柱：64 平方米；

——双轿厢电梯提升高度全球最大：508 米；

——施工用跃层电梯提升高度全球最大：514 米；提升速度最快：4 米／秒；

——世界房屋建筑施工领域承载能力最高、面积最大、智能化程度最高的顶升钢平台：4800 吨，1849 平米，12 个顶升支点；

——全球地下室最深、层数最多的超高层建筑（地上 108 层、地下 7 层，可容纳 1.2 万人办公）；

——全球底座面积最大（6084 平方米）的超高层建筑。

借着在安检领域的突破与创新，中信重工中信成像公司成为中国尊智能安检设备的提供者。

中信成像公司为中国尊主要出入口提供了多台 X 射线检查、手持式液体检测和手持式金属探测等防爆安检装备。其中，CI6550DV 双源双视角 X 射线检查系统采用两组独立的 X 光源检查系统，从水平和垂直两个方向同时高速采集图像数据，被测物体即使任意角度摆放，都能立体输出物体轮廓，有效辨识物体形状，解决由于遮挡物导致的漏检、误报问题。

该装置配备的定制耐寒装置功能能够适应最低零下 20 摄氏度的工作条件，先进的智能判图技术避免了人工判图的种种弊端，可与世界同类顶尖产品的数字图像处理系统相媲美，实现对违禁品和危险品的精准识别、自动报警、智能框图等功能。

中信成像公司，是 2018 年 9 月由中信重工与郑州信大（现解放军信息工程大学）先进技术研究院合资组建的，主要从事工业 CT 技术研发及产业化应用。

在一间红白相间、面包车大小的金属防护箱体内，黑色射线源正对准平台上工件悄无声息扫描，高清晰三维图像在电脑上逐渐清晰……中信成像的工业锥束 CT 机正在扫描。扫描的对象，是被誉为工业"皇冠上明珠"的航空发动机上的一个零件。

表面上看起来零件完好无损，非常完美，但是它的内部是不是也是如此，这就需要工业锥束 CT 机来告诉我们答案了。

与传统的断层 CT 机相比，工业锥束 CT 机将二维成像技术突破成为三维立体成像了，探测精度从过去的毫米级变成了现在的微米级，甚至连一根头发丝直径的 1% 都可以看得非常清楚。

现在可以来揭晓检测答案了。

工程师告诉我："这就是我们检测出来的浇铸缺陷。我们通过国际领先的三维成像算法和图像处理软件，可以把缺陷在三维坐标中非常精准地描绘出来。"

"屏幕上这些彩色的点点就是它内部的一些缺陷？"

"对，这就是它的缺陷，我们把它的形状和位置用三维坐标精准地标注出来了。"

这样感觉好像是有了一双透视眼，可以洞察元件内部的一切了。

检测报告正在出具中。这个报告并不是我们常规认为的，比如说一张照片或者一张纸这么简单，这份数据往往是用一个硬盘来承载的，少则几十个 G 多则一两百 G。

他们的智能成像技术，不仅在装备制造领域大显身手，而且延伸到采矿选矿领域、材料领域、农业领域等。在中信成像工作人员的工作台面上，还摆放着小麦的种子。工程师告诉我，对特定体积中小麦种子进行工艺探测之后，可以了解它的含水量、参杂率等情况，根据这些数据就可以去选择储存方式。

根据工业 CT 的技术发展规划，中信重工将聚焦高精度大构件 CT 检测技术、DR 在线检测技术、高能量工业 CT 检测技术三大重点技术研发方向，依托解放军信息工程大学在图像算法及软件技术方面的优势，面向航空航天、军工、材料、汽车等行业领域，做精做专特色产品，创新对外合作模式，把中信成像打造成为工业 CT（含 DR）行业的领军企业。

比工业 CT 布局更早的是特种机器人产业。

2015 年 12 月 18 日，一个有着悠久历史和雄厚实力的国有企业和一个生机勃发、苗壮成长的民营企业正式成为一家人。

这一天，中信重工在完成收购唐山开诚电控设备集团有限公司 80% 股权的转让交割后，在唐山召开了中信重工开诚智能装备有限公司创立大会。

在工业自动化，尤其是矿山自动化领域，唐山开诚的知名度非常高，国际上一些行业巨头对这家民营企业青睐有加，罗克韦尔、ABB、西门子、施奈德都成了开诚的合作伙伴。

如果不是目睹了一起钻心刺骨的灾难，许开成和他的年轻的员工们可能还继续沿着既有的路径顺顺当当往前走着。

2005 年 12 月 7 日，唐山刘官屯煤矿发生特大的瓦斯煤尘爆炸事故，造成 108 名矿工死亡，29 人受伤，直接经济损失 4800 万元。

　　事故发生后第一时间，时任国家安监总局局长李毅中就出现在了刘官屯煤矿的矿口。这位中国"最忙碌的部长"此刻胸中憋了一团火。《国务院办公厅关于坚决整顿关闭不具备安全生产条件和非法煤矿的紧急通知》刚刚下达，有关单位明知刘官屯的劳动安全设施不符合国家规定，明知煤矿的采掘及通风系统布置不合理，而又无综合防尘系统，却没有及时采取措施，以至于酿成大祸。

　　李毅中涨红了脸拍着桌子对救护队喊："为什么还不下去！井下究竟是什么情况？"

　　救护队长嗫嚅着："井口的瓦斯浓度已经严重超标，下面的情况更加……根本下不去人。"

　　那样一幅悲切的场景在许开成脑子里久久驻留。

　　2007 年，经过上百次的试验，许开成带领研发人员终于造出了世界上第一台矿用探测机器人。

　　特种机器人是一个新兴行业，门槛很高，在提升产品实用性、实现产品系列化、市场开拓等方面，作为一家土生土长的唐山企业，唐山开诚的局限性都很明显，直至中信重工收购时唐山开诚的机器人只卖出了 1 台。

　　悲切的阴影还未散去，2015 年 8 月 12 日深夜发生在天津滨海新区的惨烈场景更令许开成震撼不已。

　　据中国地震台网记录，23 时 34 分 06 秒发生的第一次爆炸，震级 ML 约 2.3 级。30 秒后，第二次爆炸发生，震级 ML 约 2.9 级。两次爆炸合计相当于 24 吨 TNT 炸药，其威力超过一枚小型核弹。

　　许开成心疼极了："如果有了消防机器人，如果我们的机器人能够在现场判断燃烧物的成分和有毒有害气体，如果在这样的危险面前能够让机器人替战士们去扑火……"

　　"一定要研制出中国最好的消防机器人！"一股强烈的社会责任感在许开成心中升腾。

　　3 个月后，开诚智能第一台消防机器人下线。

一台看似小巧的机器人，可以轻松拖动 1000 公斤的水带向纵深挺进；一台泡沫灭火机器人，能瞬间让上百平方米的广场成为泡沫的海洋……开诚智能专门为执行特殊任务开发的特种机器人，被冠以"中信重工"的品牌之后，被一种无形的力量加持，展示出前所未有的广泛需求。

中信重工有着极好的媒体缘，一时间，哪里有消防机器人列装，哪里就一定会有记者的镜头追随。

《科技日报》头版显著位置连续刊发 4 篇开诚智能系列报道，揭秘特种机器人研制的前世今生；《经济日报》刊登中信重工开诚智能长篇介绍《中国特种机器人来了！》，为特种机器人产业推广造势；《人民日报》以《消防机器人受欢迎》的标题，刊发了一张照片，照片上是开诚智能的工人正在组装机器人。

第二届全国危化品救援技术竞赛在大庆油田举行，开诚智能 6 台消防机器人组成特别编队，代替消防员深入火海。

这是一个多好的登台亮相的机会！中央电视台的记者们扛着摄像机进入竞赛现场。

在茫茫草原上，石油化工装置泄漏，而附近就是 2 万立方米的原油储罐，火势熊熊蔓延，随时都有爆炸的可能，消防救援人员必须全部撤离现场。危急时刻，6 台消防机器人冲进火场，所向披靡。6 股近百米的高压水柱从机器人的消防水炮中喷出，直直压住了火势。10 分钟后，明火被彻底扑灭。

这是中国首次实现的无人化灭火，它的画面感、新闻性无不给观众、读者留下极为深刻的印象。

如此密集的新闻报道，让开诚消防机器人终于在市场上占有了一席之地。

如何真正打开消防机器人的市场，快速提升它的占有率？中信重工提出了"产业市场双落地"的策略。

如何"双落地"？

开诚智能发出邀约，邀各路企业一同参与开诚特种机器人的生产、销售和未来的发展。

张利第一个找到了许开成。他当时是徐州市民营商会的副会长。徐州是煤炭大市，境内煤矿遍布，煤矿安全是行业最担忧的问题。

张利问许开成，能不能在我们徐州设一个点？此时徐州正在打造全国"科技安全示范城市"。

开诚的消防机器人功能强大，每一位见过它、使用过它的人一定会过目不忘。更重要的是，对于各级地方政府来说，智能制造行业正是求之不得的，而特种机器人生逢其时，它将改变一个地方的形象和色彩。

2016 年 6 月，开诚智能与徐州市政府签署了共创"科技安全示范城市"的战略合作协议。按照协议，徐州市以政府购买和重点扶持并行的方式，为开诚机器人提供立项支持、快捷审批等保障服务，实现产品、产业"双落地"。徐州市政府向开诚智能一次性采购 300 台特种机器人，采购金额约 2 亿元人民币。

"我们从来没接过这么大的单子！"许开成脸上的皱纹泛起的全是笑意。

在"产业落地"这个支点上，开诚与当地的民营企业家合作，在徐州建设中信重工开城智能的第一家外联生产基地——徐州鑫科特种机器人基地，张利成了鑫科的总经理。

仅仅两个月后，第一批消防机器人便下线。鑫科还在泉山开发区买下一块 120 亩的工业用地，计划建设开诚智能最大的"特种机器人基地"。

对于张利来说，2016 年签订合同，2016 年建厂，2016 年出产品，2017 年销售收入就突破了 1.2 亿元，并且连续两年上缴的税收都超过 1000 万元。眼下投资什么产业能够如此高效、如此稳定？

对于徐州市来说，特种机器人填补了徐州市智能装备产业的空白，使徐州市安全装备水平有了很大提高，政府和企业实现了双赢。

当然，赢的还有消防救援人员。

2017 年 6 月，中信重工收到了一封感谢信，信是徐州市公安消防支队特勤一中队队长陶爱银写来的。

　　我在消防部队多年，经历过很多次石油化工消防救援工作，身边不少战士兄弟们都负过伤流过血，有的兄弟献出了宝贵的生命，头天还一起训练第二天就没了。我作为一名队长看在眼里疼在心里。现在好了，有了消防机器人，机器人可以代替我们冲锋到第一线，我们甚至可以在3公里以外操控机器人完成灭火救援任务，既安全方便又快捷高效。我们可以放心地告诉家人：我们有了生命守护神，你们再也不用担心了。

　　这就是中信重工的徐州模式——"政府引导，企业跟进，产品落地，产业落地"，如此"双落地"模式的成功大大加速了中信重工消防机器人的复制进度，到2018年底，全国各地已经建立10家生产基地，其中有8家参考复制了徐州模式。

　　2020年5月20日，内蒙古自治区通辽市消防救援首支规模型消防机器人战斗实体编队——"利刃编队"正式列装执勤，编队中的机器人均为中信重工自主研制。

　　目前，中信重工消防机器人已列装全国30余个省级和市级消防系统，参与数百次灭火实战。消防机器人的配备，提升了各地应急救援队伍攻坚克难的能力，为打硬仗、打胜仗提供了坚实的科技支撑。

　　2019年11月19日晚，山东省济宁市嘉祥县梁宝寺煤矿井下掘进工作面突发火灾事故，造成11名矿工被困。山东省人民政府接到事故报告后，立即启动应急救援预案，成立救援指挥部。4支救援大队、12支小队，共144名专业救援人员参与救援。

　　由于井下救援地点温度高、一氧化碳等有毒有害气体浓度大，着火点位于被困人员前方200米左右的位置，救援难度极大。中信重工开诚智能接到现场救援指挥部增援指令，快速反应，全力配合，在3小时内向救援现场紧急调配了4台消防机器人。同时，开诚智能售后服务工程师戚振江、鲁立中紧急赶赴现场，操控2台消防机器人深入煤矿井下配合抢险，并为现场救援人员进行技术指导。

经过 30 多个小时的紧张救援，在消防机器人配合救援大队救援以及各方救援力量的共同努力下，被困矿工全部成功升井，11 条鲜活的生命得以挽救。

2020 年 2 月 16 日，一声震天巨响打破了贵州省毕节市的宁静——某加气站天然气罐爆炸！

事故现场浓烟滚滚，高温高压、有害易燃气体弥漫，救援人员一时难以靠近。毕节市消防支队紧急增派已列装的中信重工开诚智能消防机器人赶赴现场参与救援。

消防员在距离加气站 150 米外远程操控机器人进入事故现场。

机器人扫射大流量水柱有效稀释泄漏气体，并为罐体降温。

至晚间 22 时许，历经连续 12 小时作战，消防机器人最终圆满完成剩余天然气罐体泄气稀释工作。

此次消防机器人紧急出动，替代消防员处置天然气泄漏事故，有效防止有害气体扩散和二次爆炸事故发生，最大限度地保障了救援人员的生命安全，为后续快速开展加气站修整工作开辟了安全通道。

"你瞧，那个又炫又酷的家伙又跑出来了。"

2020 年 2 月 22 日，在中国石化华南深圳管理处黄埔站，顺着技术员唐文胶手指的方向可见一台巡检机器人从充电屋里走出来，沿着那条设定的轨道，一步一步地行走着，一会儿停下来拍拍照，一会儿又对设备进行仔细查看，一丝不苟地查看站场设备运行状态。

中信重工防爆轮式巡检机器人已在全国多家石油石化企业"上岗"，最大限度地将巡检工从烦琐、重复和夜间的巡检劳动中解放出来，实现有效、可靠、智能巡检。

面对突如其来的新冠肺炎疫情，被称为"瓦力"的新一代防爆轮式巡检机器人似乎一点也不害怕。每天，它依旧在站场转来转去，用自己独特的"鼻子""眼睛"和"耳朵"，识别现场压力表和温度表数值，全方位地对站场生产设备进行移动式巡检，保障生产设备的安全运行。

2020 年 2 月 18 日，"瓦力"沿着既定的轨道，像往常一样巡查着，突然，它发现 3 号主输泵入口压力值较低，马上通过报警系统，告知了站场人员进行处理，及时消除隐患。"'瓦力'又立功啦。有它在巡检，心里踏实多了。"唐文胶说起这件事，忍不住给它点赞。

"小黄人"机身，高效水雾机大面积喷雾，智能语音播报……2020 年 3 月，由中信重工研发生产的、国内首个可自由回转防疫喷雾消毒机器人在武汉上岗。

防疫喷雾消毒机器人，被誉为"战疫消毒员"。中信重工开诚智能装备有限公司机器人研发部经理张树生说，别看它体积小，爬坡、越障样样行。高效水雾管，配全地形高强度履带，外挂大容量药箱，酷！只要疫情防控警报一响，它就上"战场"，能够有效降低作业人员交叉感染的风险，在抗击新冠肺炎疫情的战斗中发挥了重要作用。

从消防机器人到防爆轮式巡检机器人，再到防疫喷雾消毒机器人等，凭借对特殊工况的了如指掌、对核心技术的精益求精，中信重工已形成应急救援、特种作业两大系列 50 余款特种机器人产品及行业智能化解决方案，多项核心技术拥有先发优势，目前已成为中国最具竞争力的特种机器人产业基地。

中信重工开诚智能装备有限公司特种机器人国家级研发中心及产业化基地项目在唐山市高新区正式启动，项目达产后，将成为国内最大的特种机器人研发生产基地，年产特种机器人 1.5 万台。

2019 年 10 月 24 日，中信重工"特种机器人制造智能化工厂"项目在洛阳伊滨新动能产业园顺利通过工信部验收，这标志着中国首座特种机器人智能化工厂在中信重工建成。依托该项目，中信重工特种机器人生产效率提高 30% 以上，运营成本、产品不良品率降低 30% 以上，能源利用率提高 20% 以上。

在 2017—2019 年的《中国机器人产业发展报告》中，中信重工开诚智能连续 3 年获评"中国智能特种机器人产业第一梯队代表企业"。3 年的高速发展，开诚智能贡献了 6.5 亿元人民币的净利润。

但是，接下来怎么办？这么高利润的产业，怎么可能挡住竞争者的觊觎？怎么可能阻止追赶者的进入？开诚智能所构筑的行业门槛真的很高吗？

2020 年 8 月 13 日，中信集团党委书记、董事长朱鹤新到中信重工开诚智能公司调研，希望开诚智能瞄准国家战略需求，围绕安全生产、JM 融合和 14 亿人民对美好生活的需要，加快步伐，提升实力，做大做强特种机器人产业，并表示集团层面从我开始，做开诚智能的"第一营销员"。

午后的阳光倾洒在中信重工开诚智能公司特种机器人生产基地宽敞明亮的新厂房，一排排、一队队身披黄、蓝、白盔甲的特种机器人容光焕发般等待出征。

"特种机器人的应用场景没有'天花板'。"中信重工开诚智能公司总经理表示，公司将全方位落实中信集团机器人产业发展的战略部署，不断瞄准高端化、绿色化、智能化、融合化发展方向，自主研发核心零部件，深化人才梯队建设，融合大数据、5G 等信息技术，拓展产品的智能化水平，让新一代特种机器人"解锁"更多领域，"舞"动机器人产业升级发展的新高度。

整体经济增速换挡、转型升级的压力，对于任何一家企业来说都如同寒冬一般凛冽而现实。这就需要企业融入新的思考方式。在持续深耕先进装备制造、夯实国之重器的同时，中信"重"工阔步迈向"轻"发展。"重"与"轻"，"传统动能"与"新动能"，正在重塑经济增长格局，成为中信重工创新发展的新地标。无疑，这将更好地助力中信重工高质量发展，也将助力制造业升级。

| 未来已来 |

澳大利亚皮尔巴拉地区，到处都是一眼望不到边的连绵群山，裸露的地表呈锈红色，在这片广袤的土地下面蕴藏着无尽的高品位铁矿石。

中国最大的海外铁矿投资项目——中信泰富澳大利亚西澳 SINO 铁矿项目，就屹立在这片土地上。

自 2010 年中信重工研制的 6 组 12 台世界最大自磨机、球磨机交付以来，就有一支来自中信重工的团队与项目建设者共同奋战在 SINO 铁矿现场。但由于总包方工艺系统不配套，配套设备稳定性差，控制系统不完善，操作经验差，生产运行组织不合理等，一、二线投产运行 5 个月，仅累计运行 100 多个小时，生产铁精矿 2 万吨。多次邀请国内外专家研讨，数次维修调试，反复启车运行，依然迟迟不能实现持续稳定生产。

一、二线能否起死回生？三至六线是否继续建设以及如何建设？

2013 年 5 月，中信集团抱着"毕其功于一役"的决心，组建了以中信重工为主导，涵盖中信重工（CHIC）、中信泰富矿业（CPMM）、中冶西澳矿业（MCCM）、中冶北方（NETC）等单位精英骨干的项目指挥部，利用两到三个月的时间，负责第一条线的技术整改，以实现顺产、稳产目标。

摆在指挥部面前的是这样的现场状况：几十公里的生产作业线，光是地下精铁矿运输管道就有 30 公里长；46 万多个控制系统数据标签量；4.8 万多个控制点；不计其数、星罗棋布的各种设备；交织纵横的管道、泵阀、皮带、桥架、电线电缆、网线光纤……

当务之急，就是从这些浩如烟海的数据中梳理和提炼项目一号线的技术整改项。

从 5 月 12 日开始，每天早上 5 点到晚上 11 点，整个技术组团队便如长长的铁钉般深深扎到现场，一遍又一遍查看每条皮带、每根辊道、每组泵阀、每台设备，一个又一个分析数据、调阅图纸、审查工艺，一次又一次分析、论证、判断，大家各抒己见、畅所欲言、齐心协力、出谋划策。24 日，汇聚大家的智慧和心血，涉及项目所有作业区域和重点设备，多达 49 项的一线技术消缺单贴在了指挥部会议室的墙上。

随后的日子里，项目全场便开始了紧张的整改工作。5 月的西澳正是隆冬季节。每天早上 5 点就要起床；6 点依旧满天繁星，大家开赴工地；6 点半，早班例会布置安排当天整改事项；整整一天，各消缺项负责人亲赴现场，组织人员，遵照时间节点展开工作、推进进度、解决问题、验证效果；晚上 6 点，晚班总结会各负责人汇报完成状况，提出发现问题，指挥部制定解决措施，调整工作计划。忙完这一切，大家才又在寂静夜色中离开工地。

无数次研究讨论、一遍遍现场巡视、通宵达旦不懈奋战、夜以继日攻坚克难……历经 150 天，在中信集团的坚定领导和大力支持下，在全球矿业界的瞩目中，SINO 项目一、二号生产线犹如两条遒劲的苍龙苏醒腾飞——

5 月 21 日，SINO 铁矿一号线 60 天整改倒计时开始；

7 月 20 日，SINO 铁矿一号线整改工作全部按期完成；

7 月 26 日，SINO 铁矿一号线带料试车；

8 月 13 日，SINO 铁矿一号线实现连续运行超过 168 小时；

9 月 28 日，SINO 铁矿二号线带料试车；

9 月 30 日，SINO 铁矿二号线带料试车成功，实现双线并行！

大家在欣喜、祝愿的同时，禁不住流下了热泪。

在一、二线稳定运行的基础上，中信重工全面负责二期三至六线优化建设设计、技术支撑、调试服务、设备运行维护、技术保障、系统优化、咨询、实验等。截至 2016 年 4 月底，SINO 6 条线全部投入正常、稳定运行，综合作业率达到 80% 以上，处理量逐步提高，铁精矿品位趋于稳定，保持在 64% 以上。

《科技日报》在《国家战略引领中信重工国际化》的报道中称：

> 一度濒临绝境的中信泰富澳大利亚 SINO 铁矿项目神奇般地"起死回生"，中信重工团队在西澳铁矿再次上演"中信重工奇迹"，充分彰显了中信重工强大的矿山成套和全流程服务实力。

通过 SINO 项目，中信重工制定了国际业界认可的特大型磨机核心设计计算方法与制造标准体系，积累了特大型磨机安装和调试方法、数据、经验。

通过 SINO 项目，中信重工从单一的装备制造商向"核心制造 + 综合服务"转型，为客户提供包括物料实验、工艺选型、设备选型、安装、调试、系统优化、系统达产、维保服务、备件供应等在内的全生命周期服务。这种转型不仅仅是一种技术革命，更是一种认知革命，一种思维方式与经营模式的革命。

2018 年 10 月 22 日，中信重工收到了一封来自太平洋东岸、首钢秘鲁铁矿股份有限公司的年度维保项目中标通知书。

根据通知书，中信重工将从 2018 年 11 月 5 日开始，为刚刚竣工投产的首钢秘鲁铁矿 1000 万吨精矿扩建项目主厂房提供系统维保服务，维保范围包括中信重工设计制造安装的 4 台大型球磨机以及与之配套的磁选机、浮选机、旋流器、渣浆泵等选矿厂主厂房的所有相关设备。

中信重工的记者在自己的报纸上说，此事"让重工上下倍感振奋与期待"！

初步估算这一单每年的收入约上亿元。

这是中信重工首次在同一个矿山项目中实现设备设计、制造、安装、维保的一站式服务和全生命周期服务。

焦主任，多少年来，中信重工试图摆脱它的重资产的经营模式，试图转型"核心制造＋综合服务"的商业模式，但是，对于一家60多年的大型国有机械制造业企业来说，转型谈何容易！

都说维系一个老客户的成本远远低于开辟一个新客户的成本，但是对于中信重工这样的企业来说，它命中注定必须不断开拓新市场，寻找新客户。因为它所提供的产品的制造周期可能需要几个月、一年、两年……在某个时刻，全厂上下各个环节都围绕着一个产品打转，炼钢、浇铸、锻造、机加工、物流运输……但是这个产品一旦被安装到了客户的矿山、水泥厂、电站、石化厂的时候，它的使用期寿命很可能就是十几年、几十年甚至更长。

中信重工为SINO铁矿项目提供的全球最大的6台自磨机和6台球磨机，矗立在澳大利亚西南的那片戈壁滩上，如果没有特别的损伤或者特别大的技术变革，估计几十年都不可能更换。

在中信重工厂区的一个绿草茵茵的草坪上，放置着一台矿山用的提升机，这是当年你带领职工制造的。从1958年到2007年，提升机在河南义马观音堂煤矿平稳运行了整整49年，先是为井下服务，后来又调到陇海铁路线边上，用于煤炭的装卸。

49年来，这台提升机始终运转正常，"特皮实，都没咋修过"，矿上的检修工直夸赞。观音堂煤矿舍不得撒手，后来中信重工不得不用了一台新的提升机才将这台一直在服役的"中国第一"换了回来。

客户的褒奖让中信重工真不知是该笑还是该哭。中信集团让中信重工好好研究生产模式怎么从"离散型"向"离散＋连续型"转变，可一台产品的生命周期动辄半个世纪，又该如何"连续"呢？

不改变自己就一定"连续"不起来。

它早已习惯了离散型制造，习惯了它的订单加工模式。但是，今天的市场早已改变，今天的中信重工必须看清自己的位置，必须跟上这样的变化。

王伟群在《突破装备制造的天花板》一文中记述，两个月后，2019年1月2日，新年首个工作日，中信重工再与河南国联矿业有限公司签订了为期5年的年产2000万吨精品骨料项目生产线的运营管理、维保服务项目合同。

与上述首钢秘鲁的项目不同，这次与河南国联的合同，不仅有了维保，还包含运营管理。中信重工此前设计建造的砂石骨料生产线上，已经安装了大量的传感器，这些传感器每时每刻将设备运转信息发往它们的数据中心，数据中心将成为一个智能大脑，自动处理和管理着这个安全、环保、高效的无人矿山。

这又是一个年收入上亿元的项目，5年或可突破10亿元。

这仅仅是一两个企业的维保服务，这仅仅是中信重工的示范项目，中信重工在它60多年的历史上所积累的客户、所赢得的口碑、所打造的品牌如果都能够在运维板块上开花结果，那么它的前景该有多么宏大！

同样是水泥厂，即将签署的海外年产400万吨的水泥厂将是一个更大的项目，而这个项目除了产能更大、金额更高以外，业主方还要求中信重工在"EPC"后面加上一个"运营"——设计、采购、施工、试运行和运营。

在水泥厂建成后，业主方要求中信重工派出管理团队，承担水泥厂的生产管理和市场运营。

"我们把管理团队从技术经理、生产经理、工艺经理配齐，在当地雇佣工人，保证水泥厂运行。按照合同，业主方按照每吨水泥8美元的标准支付提成。1吨8美元，400万吨就是3200万美元，这就是我的营运收入。"中信重工领导说起这一EPC加运营管理的模式，兴致勃勃。

这样的商业模式终于在某种程度上解开了"离散型制造＋连续化生产"的生产模式改革之困，同样找到了"核心制造＋综合服务"这一商业模式的开门钥匙。

2013 年 4 月，中国广东核电集团在纳米比亚中西部的纳米布沙漠的湖山铀矿正式开建，所使用的半自磨机和球磨机均来自某国际知名公司。这是中国在非洲最大的实业投资项目，项目建设期间投资达 25 亿美元。项目建成并达产后年产量约 6500 吨八氧化三铀，将使纳米比亚国内生产总值每年净增约 5%，出口增长约 20%，可大大提升纳米比亚矿业的国际竞争力。同样也对中国的核电站意义重大，湖山铀矿达产后，可满足 20 台百万千瓦级核电机组近 40 年的天然铀需求。

20 台百万千瓦级核电机组是什么概念？目前中国装机容量排名最靠前的几个核电站中，大亚湾及岭澳核电站 6 台、阳江核电站 6 台、大连红沿河核电站 4 台、浙江三门核电站 6 台，均为百万千瓦级核电机组。由此不难判断湖山铀矿对于中国核电产业的意义。

但是，项目迟迟未能达产。

中广核向中信重工求援。

中信重工立即安排团队赶赴现场，理由是：第一，中国能够在国外开采铀矿很不容易，这是国家战略；第二，中国企业走出去，投这么大一个矿山很不容易，当然要支持；第三，中信重工负责去调试，确保达标达产，可以极大促进中信重工自身工艺技术；第四，项目调试完成达标达产后，后期的备件服务和运营服务就是中信重工的了。

曾几何时，中信重工也在产业链的低端，担任着世界工厂的角色。企业曾与美国一家公司为我国江西德兴铜矿合作制造过一台大型球磨机。当时的合作，从设计、人员培训到质量监理全部由美国公司完成，中信重工仅仅承担了分包商的角色。最后，虽然中信重工的制造量已占整个磨机系统总量的 70%，但获取的价值却仅占 15%！

然而，这一局面正在改观。

一组组设备运行参数，上传到工业物联网的"云端"，从非洲的刚果（金），从南美洲的巴西，从欧洲的俄罗斯……传输至中信重工客户服务部的巨型屏幕上，瞬间，数据"变"成一帧帧清晰的图像，实时显示着在全球各地运行的近 2000 台大型磨机的工况细节。

人在洛阳坐，却能对这些遍布世界的"中信重工造"了如指掌。

走进中信重工科技大楼，乘电梯来到第 22 层，一个绿植环绕的开放式工作区，就是给磨机装"大脑"的"后浪"们的创新主战场。

这个平均年龄仅有 28 岁的 26 人团队，隶属中信重工创新研究院，它有一个响亮的名字——智能化专项团队。

2020 年上半年，专项团队完成矿山全流程智能控制系统方案规划，并投入使用，可向全球客户提供更加优质的高效能磨矿系统解决方案和综合服务。

围绕磨机智能化，矿石粒度在线检测、衬板磨损在线检测、半自磨机智能控制，以及选矿设备全生命周期服务、基于物联网的大数据分析及预防性维护等一系列新业态，在中信重工不断催生、落地。

在柬埔寨、印度尼西亚和巴基斯坦，中信重工的另一个板块——工程成套板块的突围也已显现曙光。

所谓工程成套，指的是企业具有提供设备总成套、工程总承包（EPC）和现代装备综合服务能力。

对于重型装备制造业而言，在装备制造板块中，中信重工早已触碰到收入规模的天花板。要想突破这一天花板，必须将整个产业链外延，将重心更多地倾斜到中国和全球工程成套领域，将以往只是提供磨机、水泥窑的卖产品模式，转变成对矿山、水泥厂、冶炼厂、发电厂从工艺设计、采购、施工、安装调试到综合服务、运营管理等全过程的总包。这也是诸多国际巨头的成功之路，如西门子奥钢联、德国西马克。日本东芝也在收购了美国西屋电气之后，终于具备了核电站的总包能力。

总包业务毛利率高的时候甚至在 50% 以上，远远高于设备分包商，且可以采用轻资产运作模式，再不必忍受低存货周转率和低应收账款周转率的困扰。

中信重工在坚守核心制造的主战场的基础上，可否也把自己锻造成其核心领域的工程总包商呢？比如矿山？比如水泥厂？

于是，工程技术公司成为中信重工工程成套的主要平台。

"其实，从印尼古邦项目起，中信重工就尝试开展了 EPC 业务，但规模不大，基本上是零敲碎打，挣几个零花钱。"中信重工工程技术公司副总经理姚斌说。

柬埔寨 CMIC 日产 5000 吨水泥项目工程标志着中信重工真正在成套设备总包领域打开局面。

这是中信重工首次在海外独自承揽如此规模的 EPC 工程。"我们自己做的设计，设计就是在我们这个楼里完成的，主机是我们自己开发的，辅机是采购的，施工安装是劳务分包的。"姚斌说。

王伟群在《突破装备制造的天花板》一文中记述，2013 年，中信重工与泰国第一大水泥集团 SCG 签订柬埔寨日产 2500 吨水泥生产线。这原本只是一个补台的项目。但是，这个台补得十分漂亮，让中信重工开始扬名在外。于是，一个更大的、更现代的 CMIC 水泥厂项目再次与中信重工合作，签署 EPC 总承包合同，合同金额约 2.8 亿美元。

这是中信重工海外工程总包项目的一次完整的演练。

水泥生产线的建造本就是中信重工最擅长的领域，自己研发的新型干法水泥生产工艺，在中国水泥行业颇有美誉度。

但是姚斌他们并不就此止步。

设计上要有一流的工艺，采购上要有一流的设备，还要为今后业主的运营给予更多的方便。于是，每一个板块的布局，水、电、热等公辅设施经济合理的安排，物流运输的简便化，以及整个包装车间的智能化无人化的设计都让业主耳目一新。

东南亚多褐煤，这是煤化程度最低的矿产煤，含水量大、热值低，燃烧时对空气污染严重。作为 EPC 总包商，中信重工的设计团队细心地对工艺进行大幅调整，使这样一条生产线在电耗、热耗和氮氧化物排放上均达到了国际先进水平，成为柬埔寨最节能、碳排放最低的水泥厂。

高兴之余，柬埔寨 CMIC 公司又与中信重工签订 CMIC 日产 5000 吨水泥生产线配套纯低温余热发电 EPC 总包合同。

公司对工程成套产业寄予厚望。

2020 年 5 月 15 日，公司召开工程成套产业专题会。会议特别强调："要继续深入研究工程成套项目和运营维保业务的深度融合，两个产业是相互补充、相互促进、互为延伸的重要领域，是打造综合服务产业的关键。要把工程成套产业和服务产业结合起来，做大做强制造服务业，实现规模、利润和连续化生产。"

2016 年 8 月 11 日，时任中信集团总经理王炯在中信重工调研时曾说："从核心制造到综合服务，其中综合服务就是要找的突破点，要通过综合服务来找到基本收入的支持点。我理想中的中信重工，核心制造和综合服务占比五五开，这样我们的公司就健康了。"

做大做强制造服务业，点燃了中信重工人内心的蓬勃之火，也寄予了中信重工人孜孜以求的美好之愿。

今天，这样的图景已经日益清晰。

河流从不等待！

河流从不怀疑自己最终会波澜壮阔！

天光明媚，在洛阳，在世界的一个叫作神都、叫作牡丹花城的地方，一群大写的中信重工人，正在焦裕禄精神的引领下，创造着，扩张着，进击着，一天天地抒写着属于他们的东方神话！

时光荏苒，日历翻到了 2022 年 8 月 16 日。

焦主任，这天是你诞辰 100 周年的日子。

上午 8 时 30 分，中信重工党委书记、董事长武汉琦等公司领导来到焦裕禄大道，参加集中学习教育活动。

这条普普通通却饱含深情的大道，你当年走过无数次。如今，你走了，那种刻苦钻研、勇于开拓、自强自立的激情依然在车间燃烧；岁月逝去，那种亲民爱民、艰苦奋斗、科学求实、迎难而上、无私奉献的精神依然闪闪发光。

8名礼兵迈着铿锵有力的步伐，郑重地向焦裕禄铜像敬献花篮，参与活动的公司领导、劳模先进代表、党员代表，向焦裕禄铜像三鞠躬。

礼毕，面向鲜红的党旗，武汉琦书记举起右拳，带领全体参会人员重温入党誓词，铮铮的宣誓声响彻焦裕禄大道。

武汉琦书记说，作为焦裕禄精神的孕育形成之地，我们要争作新时代焦裕禄精神的传承者、弘扬者、践行者，用亲劲、韧劲、拼劲扛起共产党人的责任担当，在新时代制造强国的赶考路上，团结带领全体职工奋力打造具有全球竞争力的一流先进装备制造企业。

焦主任，请一起为咱们的共和国长子祝福！

逐梦的征程上，焦裕禄精神交融激荡，中信重工瑰丽的蓝图必将异彩纷呈！

★ ★ ★

下　篇
一个人的追寻

焦主任：

有这样一个人，因肝癌晚期住进医院，来看他的几个女职工没忍住，当场就哭了起来，临走，他说："请转告大家，要研究工作的可以来，一见我就掉眼泪的趁早别来，我老杨没问题！"

弥留之际，公司董事长赶到医院，支开了亲朋好友，握住他的手问他：还有什么放心不下的？极度虚弱的他轻轻地说："我没有个人的遗憾了，唯一的遗憾就是再也不能和大家一起干了……"

他是你众多新工友中的一员，他叫杨奎烈。

他走了，轻轻地走了，像一朵洁白的玉兰花随风飘落，融于泥土……

走前，他戴着连体托架，又一次来到有你深深足迹的厂区焦裕禄大道。司机摇下车窗，望着这条几乎每天都要走过的路，他泪水潸然。

在洛矿、在中信重工，有多少人，伴随着你的故事成长；又有多少人，悄悄地在心中树起标杆，默默地跟随着你的足迹前行。

带领 21 名女工搞技术革新，成倍提高生产效率的姑娘组组长刘玉华；

取得 30 多项技术革新成果，创造了当时国内外领先的"煤气平焰烧嘴"技术的全国劳模孙富熙；

12 年如一日，从旧砂中捡回再利用 11 万斤钉子的全国劳模曲绍惠；

毕生潜心钻研齿轮刀具，退休 20 多年无私奉献企业的"刀具大王"张邦栋；

创造了"刘新安工作法"的党的十九大代表、全国劳模、全国技能大师刘新安；

…… ……

身患肝癌仍不离岗位，生命最后一刻还惦记着工作的杨奎烈就是他们中的一员。

他是沿着焦裕禄大道，带着他喜爱的小号走进企业的，从普通工人到企业中层干部，直到把自己永远地留在这里。

他喜爱的小号陈列在"杨奎烈事迹展览室"。

企业管乐队演出，最嘹亮最激昂的声符一定是杨奎烈的小号发出的。他最喜爱的是天鹅湖中的小号独奏《拿波里舞曲》。他对这首舞曲的演绎，是我听过的最亮丽的小号演奏。

他走了多年了，但在焦裕禄大道上仍然可以追寻到他急促的脚步；在舞台上仿佛依然可以听到他流入心灵最深处的小号演奏；在我的手机里仍保留着他的电话号码，感觉随时会传来他爽朗的笑声。

这是一个始终追随着你脚步的故事。

| 2011 年 5 月 27 日 |

这是一个闷热的大晴天，空气中弥漫着让人难以躲避的热气。

还没到下午上班时间，能源公司经理、党委书记杨奎烈就从办公室出来，叫上在隔壁办公的党委副书记孙锡峰，一同向动力站房走去。

在中信重工，能源公司承担着为企业"输血"的重任。100 万平方米的厂区内，能源公司敷设的高压电缆长达 7 万米，连同 6 个高压间一起，将电能输送到每个车间、每台机床。氧气站、锅炉房等 6 个动力站房，如同人的心脏，通过 2 万余米的管道，生产和输送煤气、氧气、氮气、氩气等 10 余种工业用气。

杨奎烈和孙锡峰走进一个个站房，查看设备运行情况。

走完最后一个泵房回到办公室，杨奎烈突然感到左胸沉闷，不一会儿就如万箭穿心般疼痛。

"不好！"他暗暗叫了一声。

这一天终于还是来了！时间：2011 年 5 月 27 日。

虽有心理准备，但这一天来得这么快还是出乎他的意料。

当 3 年前他肝部第一次疼痛的时候，他就悄悄做了检查，无情的检验单旋即将他抛入了生命冰河。

还有比肝癌更可怕的病魔吗？还有比知道自己死期更残忍的打击吗？还有比正值壮年就要决绝事业和人生更深沉的憾恨吗？

1972 年的严冬，一列接兵的火车从洛阳出发了，这列接兵的火车里就有杨奎烈。

杨奎烈所在的连队平时担负着空军预备指挥所的战备任务，有时还要承担一些国防建设项目。一天，部队营房施工，两层楼高的土包突然塌方，瞬间将杨奎烈和几个战士推下山坡，倾泻而下的土石旋即将他们埋了起来。

下面的战士们惊呆了，待缓过神来立即扑上去，拼命地用手扒。

几个被埋的战士很快被扒出来了，可杨奎烈还不知道被埋在哪里。

按照常识，普通人闷气 1 分半钟，就会不适；2～3 分钟通常会极其难受，大脑缺氧，胸闷头晕；而 6 分钟就不呼吸，就会大脑死亡，生命终结。

战士们急了，边扒边哭喊着"奎烈，奎烈"，有的战友手指都扒出了血。5 分钟过去，终于挖出来了。杨奎烈脸色铁青，已经处于昏迷状态。战友们立即把他抬上卡车送往医院。

经过紧急抢救，杨奎烈终于苏醒了过来。

杨奎烈一睁开眼就问连长："其他人咋样？"

连长眼泪一下子涌了出来，扑上去抱着杨奎烈的头说："没事，没事，他们没事。"

杨奎烈长长地舒了口气，虚弱地说："好，好……"

出院以后，杨奎烈并没有完全康复，由于腰部受到撞压，留下了永久的疾患，一遇阴天就会隐隐作痛。然而，杨奎烈没有停歇，在工作和执行任务时，仍然是冲锋在前、吃苦在前。

战友关切地对杨奎烈说："你身体受过伤，别再那么拼命了。"他总是笑着说："我已经是死过一回的人了，咱还怕啥？"

有的人"死"过之后会玩世不恭，有的人"死"过之后会看透人生，而"死"过一次的杨奎烈却变得坚如钢铁。就像战友徐来平所说："有了这次经历，杨奎烈好像什么都不怕了，成了一个干工作不要命的人。"

拿到肝癌检查结果的那一刻，杨奎烈脑子里出现了一阵短暂的空白。命运！他想大吼一声，他不满，他不甘，他不愿！

回家的路上，他眼前浮现出在部队时的那次遇险经历，他忽然觉得命运其实待他不薄了。

杨奎烈几乎不假思索就做了决定：命运让我多活几十年，并且还要继续多活几年，就是让我干事业的！

下定决心后，杨奎烈向所有人隐瞒了病情，更加忘我地投入到工作中，其间曾两次累倒在岗位上。

这次犯病，而且疼得厉害，一种不祥的预感布满全身。

不行！我还有很多事要做，不能这么早离开岗位！

杨奎烈用手死死顶着腹部，硬是听完输配电车间主任翟新安的工作汇报。

大约 20 分钟后，翟新安跑出来，找到孙锡峰说："杨经理脸色苍白，浑身出汗，我让他去医院看看，他就是不去！"

孙锡峰赶紧叫上办公室主任李振敏，他们去推杨奎烈办公室门时，门反锁上了，敲门，里面没有回应。

李振敏立即拿来备用钥匙。当打开房门的那一瞬间，3 人都惊呆了！

只见杨奎烈躺在办公桌上，身体蜷作一团，脸色苍白，浑身发抖，汗不停地往下流，工作服已经被汗水湿透了。

孙锡峰见情况严重，当即拨通了中信重工中心医院的电话。

中心医院的陆武京书记和韩明芳主任赶了过来。

根据检查和病史，陆武京怀疑是内出血，必须要救护车送医院。

一听说要叫救护车，杨奎烈咬了咬牙，勉强侧了一下身子，颤抖着说："不要鸣笛，不要走正门，从 6 号门进来。"

6 号门，是向厂区外的衡山路开的一个进出货物的偏门。从这里走，他是为了不惊动厂区内的公司领导和职工。

杨奎烈被紧急送往医院。八九分钟的路程，他从未觉得如此漫长。

接下来发生的这一幕，让所有人猝不及防。

1 小时后，彩超、CT 检查结果显示：原发性肝癌并肝破裂出血！

杨奎烈的肝脏几乎全让肿瘤占满，最大的已经有 7 厘米，正在往外渗血，癌细胞已经向肺部蔓延！

孙锡峰和陆武京立刻把杨奎烈的病情向中信重工领导做了汇报。

时任董事长任沁新听说杨奎烈的病情后非常震惊。他们之间既是上下级，也是老同学，有着几十年的深厚情谊。无论如何，他也不能接受这个结果，他宁愿相信是公司中心医院的诊断出错了。于是他立刻要求送杨奎烈到条件更好的解放军 150 医院进行诊断治疗。

150 医院的专家会诊后满是疑问："病人怎么才送过来？ 3 年前他的肝部就应该有痛感了，他是怎么忍受过来的？"

这时大家忽然意识到，3 年前，那可是"新重机"工程的攻坚阶段啊！

而这 3 年来，杨奎烈给同事们的印象一直是精神抖擞，走路风风火火，看不出身体有什么大毛病。在这 3 年里，只有杨奎烈的妻子发现老杨的腰椎和颈椎痛得更严重了。当时她没有想到，这是癌细胞在侵蚀杨奎烈的身体。

无法想象他忍受着多大的痛苦，一分一秒地向死神索取时间，直到带领能源公司团队完成了"新重机"工程赋予的任务。

专家痛心地说："病人已经不具备手术条件了，他的时间也不会太多了，长则半年，短则 3 个月。"

听到这个诊断结果，任沁新立即赶往医院。我作为公司办公室主任，跟他一同前往。路上，他对着陪他去 150 医院的公司中心医院院长王德就是一顿猛批："杨奎烈这病都好几年了，你们每年的健康体检为啥没查出来？你们怎么做工作的？"

王院长一脸委屈："董事长，杨经理已经 3 年没参加体检了。陆书记说他知道自己的病，他不想离开工作……"

任沁新有些吃惊。他想不到自己的干部要靠燃烧身体来干事业！

2004 年新班子上任时，发展企业的责任就如一座大山压在他们的心头。

怎样能让这个已经资不抵债处于破产边缘的企业起死回生？

没说的，就是干！

中信出版社出版的《生命的动能》一书记述，那个时候，任沁新觉得自己既是领头羊，要不知疲倦地带着大家干；又像牧羊人，要时时鞭策、督促着这支队伍。抓工作，干部队伍太重要了，人是事业成败的关键。没想到，新班子振臂一呼，大家都跟上来了，所有的职工都跟上来了！人人都憋着一口气呢！

短短 8 年，看看现在的中信重工，分明是改天换地。这是大家用心血和汗水换来的。而杨奎烈，居然是耗尽生命来工作，这让他无比感动。

任沁新又自责起来。这些年对干部的要求太多了，关心太少了。他知道好多干部的身体都有些状况了，自己也常常会感到身体上的力不从心……

公司曾要求：每年体检，各个单位和中心医院要共同把关，做好统计，所有干部职工必须全部覆盖，一个都不能少！可杨奎烈竟然 3 年没有参加过体检！

杨奎烈知道，一体检就露馅了，就不能再干事业了。

快步走进病房，看到躺在床上明显憔悴的杨奎烈，难以言表的痛苦占据任沁新的心头。

"感觉怎么样？还疼吗？"任沁新握着杨奎烈的手关切地问道。

"好多了，不要紧。打过止疼针了，不疼。我的病我清楚，我能挺住，你别为我分心！"虚弱的杨奎烈反倒安慰起上级来。

"奎烈，我对不起你！"任沁新哽咽着。

任沁新觉得作为董事长，自己的干部病这么久了居然一点儿都不知道，心里很是愧疚。他也在想，如果这些年不给他这么大压力，也许一切都还能改变……

看到一向敬重的董事长流泪了，杨奎烈也动情起来："你别难受，人活着就几十年，就得干点儿事。我的病我知道，让我在病床上等死，比死还难受。咱不这么干，公司也发展不到今天啊。你不也一身病吗？"

任沁新心头一热，他明白杨奎烈早已将生死置之度外，此时，任何安慰的语言都显得多余了，当下的关键是照顾好他剩余的日子。

任沁新当即指定孙锡峰负责与杨奎烈的妻子马丽杰一起来照顾杨奎烈在医院的生活，并交代我："有什么事需要公司做的，公司办公室抓紧落实。"

他又安慰起哭红双眼的马丽杰，告诉她有什么情况、什么需要随时跟他联系。

任沁新还专门拜会了150医院的高春芳院长。院长对任沁新说："听说了杨奎烈的事迹，我们深受感动，我们会用最好的医生尽全力救助这位英雄，减轻他的痛苦，延长他的生命。"

安排好杨奎烈住院的生活，任沁新这才稍微安心，离开了医院。

病房里，杨奎烈笑着对孙锡峰说："恐怕我出不了院了。以后你们能不能每天过来把厂里的情况跟我说一说？"孙锡峰红着眼睛点头答应了。

孙锡峰太了解他的经理，杨奎烈是闲不住的。有工作牵着，有事业挂着，他就不想"走"，也就"走"不了。事业是能够滋润和照耀他生命的最后一缕阳光了。从此，能源公司的几位领导每天轮流到医院看他，汇报一天下来的工作情况。如果哪天去晚了，他就会站在病房窗户前向外张望。

紧张、担心、忙碌了一天的马丽杰静静地坐在床头，看着自己憔悴的丈夫。液体顺着滴管缓缓滴下，亮晶晶的，像妻子眼里噙的泪。一滴，又是一滴，冰凉的水珠化作温暖的勉励，他又隐隐听到了生命的潮汐。

杨奎烈紧紧握着妻子的手，目光里满是依恋和愧疚。

"你何苦要瞒我？"过了一会儿，妻子忽然有些怨意，"我们是夫妻，本该不管什么事都一起扛着。你倒好，病这么久了都不和我说！几次夜里见你特别难受，要送你去医院，你总是倔，说没事儿，吃个止疼片就好了。今天听说你出事了，我都觉得是场噩梦，一下午都浑身哆嗦……你想想，这么大的事儿你该瞒着我吗，又瞒得住吗？"她不由得抽泣起来。

"是我不好，"杨奎烈轻轻拍了两下妻子的手背，"对你讲实话需要勇气啊，我不敢想象你怎么面对，怕你受不了，就拖一天是一天了。今天吓着你了，对不起……"

　　"我懂，我不是怪你……我是，我是没法儿接受你的病，要是一切都还好好的该多好……"

　　杨奎烈轻轻抚摸着妻子的头，把她揽在怀里。

　　他知道，这样的时候不多了。

2011 年 6 月 29 日

"锡峰，你接我回去一趟好吗？"

6 月 29 日上午，杨奎烈接连打了 10 多个电话，求孙锡峰接他回公司转转。

杨奎烈入院的第 7 天，医生终于允许亲友们探视了。一直为他悬着心的同事、亲友们一大早就涌向了医院。刚过 9 点，病房里、走廊里就挤满了人。大家都很关心他的病情，安慰着他，鼓励他好起来。每个人心里都沉甸甸的，还有人暗自抹泪。

对同事们的关心，杨奎烈是真心感激。但好强的他不愿被当作一个病人看待。他的生命一定是要充满激情和力量的，哪怕是到了最后时刻。于是倔脾气的他对围在周围的人说："谢谢大家的关心！你们看我现在还好好的。请转告大家，要研究工作的可以来，一见我就掉眼泪的趁早别来，我老杨没问题！"

能源公司副经理袁广收是拿着一摞文件走进病房的。他和杨奎烈早达成了默契，只说工作，不谈病情。那天，他俩就在病床边摊开资料，再次研究了为 18500 吨油压机专配大截面切割机的动能供应问题。

经过一段时间的治疗，杨奎烈可以下地了。但由于他的癌细胞已经扩散到颈椎，造成颈椎骨质疏松，不能随意活动，即便是大声咳嗽一声都会有断裂的危险，轻则造成瘫痪，重则危及生命。

中信重工"新重机"工程的核心装备——世界最大、最先进的 18500

吨自由锻造油压机就要正式投产了，杨奎烈想象着它工作起来的场景，那将是怎样的震撼人心，他既兴奋又有一丝不安：油压机的电力供应和能源保障不能有任何闪失啊！

最后扛不住他的倔劲儿，无奈的医生给他搞了个支架，从腰到颈椎都护上。就这样，6月29日下午，"全副武装"的杨奎烈又回到了中信重工的生产现场。

像久经沙场的将军回到了熟悉的战场，杨奎烈站在18500吨油压机前，久久凝望着从中信重工人手中耸起的"大国重器"，思绪难平。

2006年12月，中信重工建厂50多年来投资最大的系统技改工程——"新重机"工程正式上马。它最核心的部分，就是要制造世界最大、最先进的油压机，锻造压力可达18500吨，能够锻造出400吨以上特大型钢锭，使中国的重型装备制造业达到世界先进水平。

而整个"新重机"工程复杂的动力和能源供应系统，正是杨奎烈担任党委书记、经理的能源公司负责打造的。

当时的能源公司只有300多人，要维护好旧有的能源供应管道系统的正常运行，有时还忙不过来，可是，他们必须同时完成"新重机"工程的能源供应系统的配套建设。每个人的工作量要达到以前的3~5倍。按惯例，有些工程可以外包，但是为了保证质量，杨奎烈坚持全部工程都自己完成。

决定一出，群情振奋，但接下来的就是面对一个巨大的工程和数不清的挑战。

"高压电缆必须在次日中午前敷设完毕，否则回填电缆沟，等除尘设备安装后再施工。"

接到"新重机"工程指挥部的命令，杨奎烈脸色暗淡，眉头紧蹙。

他直奔输配电车间，问党支部书记李强是否有办法。

李强为难地说："这一段电缆施工是骨头活儿，需要人拉、肩扛，要大量人力，时间这么短，恐怕最终要回填电缆沟了。"

"那怎么行！沟挖开了，再回填，然后又挖开，一则浪费，再则电缆施工的工期如何保证？"

杨奎烈斩钉截铁："我们必须赶在节点前完成任务！"

他从兄弟单位借来援手，决定连夜施工。

杨奎烈早早来到施工现场，交代安全注意事项以及人员如何调配。他对李强说："人员多，关键点上必须是你们输配电车间的人来干，要保证一次施工完成，千万不能返工。其他单位的人员你不好指挥，我来指挥。"

杨奎烈手中挥舞着红旗，嘴里喊着号子……1000多米长、近7吨重的高压电缆在他的指挥下，顺着人流，缓缓前进、前进……

一旦发现电缆方向稍微走偏，他立刻要求重来。他对大伙儿说："我比你们还急，但这埋在地下的电缆不能有丝毫马虎！"

"后面的人送电缆！"

"前面的人注意电缆的方向，把住电缆头！"

"注意脚下安全，过沟了！"

"加油！还有最后30米，加油！"

…………

杨奎烈挺拔的身影、响亮的号子，至今人们仍记忆犹新。

第二天中午12点前，电缆顺利敷设到位，可杨奎烈的嗓子却已经喊哑了。

供电系统是"新重机"工程的重中之重。不通电，重型冶铸工部就出不了钢；出不了钢，世界最大的18500吨油压机的关键件就造不出来；关键件造不出来，势必影响整个工程建设周期。

工程复杂、烦琐，环环相扣，步步关键，每一环、每一步都是硬任务。

在102高配的施工中，杨奎烈多次召集有关技术人员、施工人员开会，集思广益，研究施工方案，制订施工计划。为赶进度，他带领能源公司职工一起敷设电缆。每次，他都走在队伍的最前面。在施工关键阶段，他不顾严寒到东北设备厂家催货，保证了交货期。现场路径复杂，他在沟沟坎坎、高压间和电控柜之间奔忙，像个不知疲倦的机器人。连日的苦干，他的体重下降了 10 多斤。在他的带领下，正常需要一年半才能完成的工期，仅用半年就完成了，并且所有设备一次送电成功。

"新重机"工程竣工时，杨奎烈带领能源公司职工共敷设高压电缆 14 公里、总重近 8 万公斤；安装设备 119 台（套）、总重 17 万余公斤；建成河南省内容量最大的 110 千伏等级的"中信变电站"，将企业供电能力提高了 2.3 倍。

2008 年 6 月的一天，太阳尽情地把炽热洒向大地。

在"新重机"工程指挥部十几平方米的会议室里，每人手持一沓厚厚的纸张，激烈地辩论、争执着，空气变得比屋外还燥热。

原来，能源供应管道施工制订了两套方案，一套是利用废弃蒸汽管道改造，另一套则是另辟新址新架供气管道。究竟采用哪一种方案，以杨奎烈为代表的能源团队与"新重机"工程指挥部的专家发生了严重分歧，大伙争得面红耳赤。

"奎烈呀，你们能源供应还怕管道口径大？"专家很不理解。

"抢时间、抢市场，才是'新重机'这个庞大工程的关键，管道新旧不是主要问题，架设大口径管道没必要。"杨奎烈答道。

他进一步解释：第一套方案是立足"新重机"工程实际需要，管道口径虽小，但施工周期短，且节省资源；第二套方案需要新架管线，不仅影响工程建设的总体规划，导致投资剧增，而且施工难度大，工期将长达 5 个多月。

但考虑到城市煤气的有毒、易燃、易爆等特性，第一套方案的风险性要大大高出第二套方案。一时间，现场没有人敢轻易表态，讨论陷入僵局。

面对各方质疑，杨奎烈的烈性子爆发了，他抹了把头上的汗，坚定地说："使用旧蒸汽管道通煤气，出了问题，我负责！"

杨奎烈不容置疑的态度说服了大家。

能源供应管道利用原有的旧蒸汽管道，不但为企业节约了 100 万元的资金，还足足省出 4 个月时间，为满足 18500 吨油压机上横梁制造用气提供了保证。

当时人们并不知道，早在方案论证会之前，杨奎烈已经用一周的时间做了周密细致的论证工作。他不但与技术人员一起讨论方案的可行性，还查阅了大量资料，组织施工人员进行了旧管道耐压试验。

"新重机"工程管道通气后，专家们无不感慨地说："杨奎烈这种科学求实的较真精神，值得我们学习。"

2010 年 9 月，"新重机"工程清理工部已开始土建施工了，杨奎烈发现清理工部的配电间距丙烷站的安全距离不够。为了确保能源安全供应，他多次来到"新重机"工程指挥部反映情况："国家规范要求丙烷站与建筑物的安全距离至少 50 米，而现在却只有 46 米，不符合规范，必须立即停止施工！"

有人说："这是第一设计院设计的图纸啊，都设计好了，就差几米，那么较真干吗？"又有人说："你看土建已经开始施工，基础梁都在做，返工既浪费，又影响进度，算了吧。"多少人来说好话、来讲情，但杨奎烈不为所动，坚定地反驳说："安全都没有保障，谈什么进度？安全上没有一点商量的余地！不整改坚决不送电！"

看到杨奎烈如此坚持，"新重机"工程指挥部只好重新设计图纸，将配电间移了位置，保证了丙烷站的安全运行。

"新重机"工程开工以后，丙烷站需要为 18500 吨油压机增设供气管道。

杨奎烈组织有关人员对丙烷站有关设施进行多次论证，决定对汽化设备进行改造，他在和运行人员反复交流后，提出了详尽的施工方案。在施工前的技术交底会上，当他把自己的想法说出以后，工程设计人员佩服地说："杨经理的方案，比我们都专业。"丙烷站改造后的管道标准、规范，成了管网施工的样板。

能源公司现任经理袁广收说："这些年来，每当我到丙烷站巡视的时候，看到空中那一行行整齐规范的管道，就想起在丙烷站施工的日子里杨经理现场指挥的矫健身影，'立足根本，着眼长远'的教诲还回响在我的耳畔。"

"新重机"工程实施期间，杨奎烈的战位就在工地上，必须出差的话，他都选择周五下午出发，周日赶回，周一正常上班。一次，动能调度科的李林随他去南京考察设备，他们一路狂奔看了4个厂，3天打了个来回。

几十个小时窝在汽车里，跟他一起出差的年轻人都受不了，说"经理咱们休息一下吧"。杨奎烈伸伸胳膊说，我们早一天把设备材料采购回去，"新重机"工程就早一天投产，就能在市场竞争中占得先机。

一次出差，凌晨3点，尚阳被一阵痛苦的呻吟声惊醒，揉揉眼睛，一看，杨奎烈正在屋里走动扭腰。

"经理，你怎么这么早就醒了？"

杨奎烈说："没事，你睡吧。"

其实，那时杨奎烈已经感到身体不适了，但他依然忍痛工作。

2010年12月，赶在"新重机"工程竣工之前，杨奎烈和他的能源团队已全面按期完成能源供应系统建设，满足了"新重机"工程所有的能源需求。

能源公司会议室里，一年一度的职工代表大会如期召开，70多名职工代表认真聆听杨奎烈做工作报告。当讲到"新重机"工程能源工程全面完成时，他满脸喜悦；当讲到"新重机"工程六大工部相继投产和发挥作用时，他满怀自豪；当讲到全体能源人在工程建设中攻坚克难，战严寒、斗酷暑的艰辛时，他百感交集，潸然泪下。

今天，站在世界最大、最先进的自由锻造油压机前，杨奎烈仿佛听到了中信重工不断向高端迈进的澎湃潮声，看到了传统制造业向先进制造业的华丽转身，感受到了中国装备工业铿锵前行的历史脉动。

他热血沸腾起来，摊开图纸，和大家一起又一次研究了对油压机的电力和能源供应。

2011 年"七一"前夕，中信重工 18500 吨油压机组正式投产。

具有核心技术和高端制造能力之后，中信重工将战略重心转向具有潜力和高端的产业。

而今，中信重工的名片上赫然写着：国家级创新型企业和高新技术企业，全球最具竞争力的矿山装备制造商与服务商，中国最大的重型机械制造企业之一，中国最大的特种机器人研发与产业化基地。

然而遗憾的是，这一切，杨奎烈已经看不到了。

他是多么希望自己能够好起来，再和大家一起，为企业大干一场啊！

走出 18500 吨油压机工段，戴着连体支架的杨奎烈，沿着中信重工的主干道——焦裕禄大道缓缓前行……

焦裕禄大道两旁，梧桐苍翠挺拔，生机盎然……

| 2011 年 6 月 30 日 |

这天一大早，一位特殊的客人来看杨奎烈了。他就是著名演员王洛勇。

焦主任，为了展现你一生成长和奋斗的人生轨迹，上影集团等单位联合摄制了 30 集电视连续剧《焦裕禄》。这部电视连续剧由著名导演李文岐执导，何香久编剧，王洛勇饰演你。

王洛勇有着"百老汇华裔第一人"之称。接到剧组的电话时，他起先有点犹豫："我演焦裕禄，行吗？"身居美国多年、"洋范儿"十足、喜欢听爵士乐并常在纽约演音乐剧的他，在看了剧本后被深深打动，接下了这个角色。

杨奎烈祖籍东北，1954 年 10 月出生在辽宁省新民县，1956 年他两岁时跟随支援洛阳工业建设的父亲来到中原大地。父亲杨春湖是一名钳工师傅，手艺高超，当过工段长、调度组长、科长。"从大沈阳来到洛阳，刚开始都不习惯。那时的洛阳就是老城那点儿巴掌大的地方，一刮风尘土飞扬，一下雨泥泞满地。但大家都是奔着建设新中国来的，心劲儿大着呢，通宵通宵地干，没人喊苦喊累。"杨春湖提起当初到洛矿的情景就特别兴奋。

1956 年的洛阳矿山机器厂，已经是全国瞩目的地方。在这里，作为新中国的 156 项重点工程之一，全国最大的矿山机械制造企业正在如火如荼地建设之中。杨春湖所在的综合辅助车间率先建成投入生产，担负起企业自制工艺装备任务，为企业全面投产创造条件。这一年，后来被大家称为

"洛矿元年"。

杨春湖平时在厂里十分忙碌，但一有空闲，就喜欢把孩子们聚集起来，听他开讲一番。从他的口中，孩子们知道了洛矿是共和国的长子，知道了职工们怎样没日没夜地劳动，知道了工厂制造出中国第一台 2.5 米双筒提升机，知道了从洛矿走出去的你——焦裕禄，是全国学习的楷模。

作为曾和你并肩工作过 9 年的老洛矿人，杨春湖讲得最多的就是你的故事：主持试制新中国第一台新型 2.5 米双筒提升机，你几十天不回家，一件破棉大衣陪你在光板凳上度过无数夜晚；为了搞懂技术图纸，你经常在办公室通宵查阅资料，一个干馍、一杯白开水就是一顿饭……

你的名字深深烙印在了少年杨奎烈的心里。

1966 年 2 月 7 日，中央人民广播电台播报了来自新华社的长篇通讯《县委书记的榜样——焦裕禄》，震撼了全国亿万人民的心。

12 岁的杨奎烈和父亲收听了电台的播报，眼里噙满了泪水。

焦裕禄精神，激励着洛矿人，同样影响和激励着杨奎烈。

1977 年 3 月，杨奎烈经过部队的锤炼洗礼，带着一名共产党员的先进本色和一名战士的铮铮铁骨，追随着你和父辈们的脚步，坚定地选择回到洛阳矿山机器厂。此时的他还不知道，他的一生都将奉献于这片哺育他成长的大型国企，直到献出自己最后一息的光和热。

进入洛阳矿山机器厂工作的杨奎烈，被分到动力处做钳工。1983 年，厂职工大学开设河南广播电视大学企业管理和会计两个专业，由企业培养自己的管理人才。杨奎烈报名参加了企业管理大专班的学习深造。妻子马丽杰回忆说："那几年，老杨真是废寝忘食了，小脸明显瘦了一圈。睡梦中，还能听到他嘟嘟囔囔地背着英语单词。他怕影响孩子睡觉，就在路灯下学习，结果就是喂蚊子。一次，我数了数他身上被咬的疙瘩，足足有 200 多个呢。"

"杨师傅他们文化底子薄，年纪比我们大不少，但吃苦精神比我们强太多了。"杨奎烈的同学谢燕萍说，"真的，我们对他非常敬佩，他对知识的渴望程度是我们想象不到的。"

尚阳回忆起与杨奎烈一起学习的日子，不好意思地笑着说："那时候年少轻狂，自恃基础好，头脑反应快，一学就会，根本不把学习当回事，对杨奎烈他们，开始时并没怎么放在眼里。然而微积分的考试成绩下来，令我万分惊讶。杨师傅竟然考了86.5分，比我们小青年都优秀。我向他讨教学习心得，他说：你不了解我们这一代人的艰辛和意志。不管困难多大，除了深深地吸上一口气，咬紧牙关继续前行以外，我根本不会有别的选择。"

完成大学课程的杨奎烈，知识丰富了，能力上了一个新台阶。1986年7月，杨奎烈被分配到厂动力处管理科工作。

洛阳矿山机器厂是国家重型机械制造企业，对动能的要求非常高，其动能的特殊性、复杂性，是一般企业不能相比的。仅需要输送的气体就有氧气、二氧化碳、丙烷、氮气、氩气等十几种。在空中，在地下，可见的，不可见的，水、电、风、气的大小管线鳞次栉比、纵横交错、四通八达、密织如网。在大学课程里，动能管网是一门相当复杂的专业。对于只读了3年企业管理专业的杨奎烈来说，要从外行变成内行，挑战是巨大的。

走进能源公司的办公楼，从一楼上二楼的楼梯拐角处墙上，有一块牌匾，上书："每天进步一点点。"然后上到二楼，迎面墙上又有一块牌匾，上书："十天就是一大步。"杨奎烈之所以把这两句话分开挂置，寓意就在于当你一点一点地从一楼向上行走，直到二楼，才算进了一大步。钻研技术，乃至做人都是一样的道理，不求虚夸冒进，但求踏踏实实。十天就是一大步，那么一百天呢？一千天呢？

"半路出家"的杨奎烈买来专业书籍，一有空就钻研；日常施工中，他不懂就问，问老师傅、问技术员，争取"每天进步一点点"。凭借多年积累，杨奎烈在自己的大脑中建立了一个"影像库"。只要一闭上眼睛，厂区各种动能管线的走向、位置和路径立刻在大脑中清晰地浮现出来。他逐步成为一个动能"全厂通"了。

他提议建设的动能监控系统，实现了在动能调度室对前述设备的远程监控。

他提出"氧气内外联供"的主张，打破了氧气供应的被动局面，每年为公司减少氧气费用 90 万元。

公司空压机改造，他组织项目论证和方案策划，提出："分期改造、梯次搭配，经济运行"，既为公司节约了近百万元技改资金，实现了空压机经济运行，又圆满地解决了技改施工和正常生产的矛盾。

对公司最大的危险源——丙烷站，他亲自撰写应急预案和演练计划。省消防总队的领导观看演练后说："这里有你在，我就放心了。"

从一名普通工人干起，到能源公司动能管网车间党支部书记、能源公司气体厂厂长、能源公司工会主席、能源公司副经理、能源公司党委书记兼经理，杨奎烈以他的勤奋和坚韧留下一行踏实的足印。

焦主任，每一个时代的英雄都有自己的精神坐标，杨奎烈的精神坐标正是曾在中信重工的前身洛阳矿山机器厂工作了 9 年的你——焦裕禄。

你工作过的车间旁边就是厂区中央大道，大道旁边，有一尊焦裕禄铜像。杨奎烈常常会来到这里，站在铜像前默默瞻仰，静静沉思。

2011 年 6 月 25 日下午，中信重工焦裕禄大道旁气氛热烈，身着蓝色工装的员工们像迎接亲人一样，迎接他们的老主任焦裕禄"回家"！30 集电视连续剧《焦裕禄》在中信重工的开机仪式，让全体员工仿佛回到了那段激情燃烧的岁月。

王洛勇，这位你的扮演者，到中信重工后第一件事就是直奔焦裕禄展览馆，从你在洛矿的一张张照片中，从你当年的一份份稿件中，从你的一件件遗物中，找寻你当年的心境，融入你当年的生活，模仿你当时的神态。王洛勇还走访了好几位你当年的工友，认真聆听你在洛矿的故事。他希望用焦裕禄的精神来演好焦裕禄，这不仅是出于职业操守，更出于对扮演英雄的敬重。

不过，王洛勇演病中的你，却经历了一场特殊的生命体验过程。开始，他表现你肝疼是捂肚子、皱眉头，嘴里"咝咝"地吸气儿。导演李文岐说戏时问他："洛勇，你这是肝疼还是牙疼？"

王洛勇脸红了。他买了个细脚伶仃的三相插头，用胶带粘住绑在右腹部，剧情需要时便用力一按，插头尖利的铁爪往肉里一刺，疼得钻心，冷汗瞬间淌了下来，神情非常逼真。拍完片子，腹部伤口发炎化脓。电视剧封镜后1个月，编剧何香久到北京看王洛勇主演的话剧《简·爱》，特意让他撩起衣服，看到王洛勇腹部的伤口刚刚愈合，结了一个鸡蛋大的疤。

在洛矿宿舍楼拍戏时，有一次王洛勇内急，又不好意思用住户厕所。王洛勇来到附近的退休办，可值班老太太不愿让外人用厕所。剧组人员告诉老人，需要使用厕所的，是正在厂里拍摄的电视剧中饰演焦裕禄的演员。

老太太问："谁演焦裕禄？"

人们指了指带着戏妆的王洛勇。

老太太惊喜地看着王洛勇，半天没合拢嘴。她像做出了一个重大决定似的，慷慨地对王洛勇挥挥手说："请进来，上——厕——所！"

王洛勇方便完走出楼门，一群弓腰驼背的老人凑上前来，一张张皱得像核桃皮的脸紧贴王洛勇，蒙眬的老眼可着劲儿瞅。

"嘿，还真像嘞！""就是上嘴唇厚了点！""牙也太白，人家焦裕禄可一直抽烟呢！"

50多年过去，焦裕禄仍活在洛矿人心中！

6月29日晚，为庆祝剧组圆满完成在中信重工的拍摄任务，中信重工董事长专门为剧组饯行。

董事长对剧组说，焦裕禄在这里的9年给我们留下了弥足珍贵的焦裕禄精神。这些年我们把焦裕禄精神确立为公司的企业精神，这份精神的力量是我们成功转型的重要法宝。焦裕禄精神在企业上下深入人心，它不仅激励人，也塑造人。你们只知道已经去世的焦裕禄，可我们还有一个活着的"焦裕禄"，他的事迹同样震撼人心。

　　董事长动情地向剧组讲述起杨奎烈的故事，听者无不动容：都曾在洛矿工作，都身患肝癌，都累倒在岗位上，都为工作、为事业奉献了一生。他与焦裕禄有着太多的共同点，他的的确确是活着的焦裕禄啊！

　　正说着的时候，董事长收到了杨奎烈的短信，内容还是工作。董事长含泪给大家念了这段短信。他说道：我们活着的焦裕禄，现在身患癌症，生命即将走向尽头，可是还在想着工作……

　　当时在场所有人都唏嘘不已，眼泪灼热地流淌下来。

　　导演李文岐是东北人，当即满斟了一大杯烈酒，一口气灌了下去，亲笔写下一封给杨奎烈的信，托付董事长务必交到英雄的手上。他说："我敬重杨奎烈，但是实在经受不住这样的场面，因为我的弟弟也是患癌症去世的。"

　　王洛勇激动地说："董事长，我请求你，走之前一定要带我见见活着的焦裕禄。现在和明天都行！"

　　于是第二天一大早，焦裕禄的扮演者王洛勇在董事长的陪同下，走进了杨奎烈的病房。

　　看到王洛勇，杨奎烈不住地说："像！真像！你肯定能演好焦裕禄。"

　　两人一见如故，热烈地拥抱在一起。

　　王洛勇向杨奎烈讲述了拍片子的事，特别说为了演好焦裕禄，自己全面走进了焦裕禄，离他越近，知道得越多，就越敬佩他，越想把他演好。

　　王洛勇还告诉杨奎烈，虽然他的妈妈是上海人，爸爸是南京人，但他出生在洛阳，原来的家在涧西区八号街坊。这次进工厂拍戏，他才发现洛阳那么多老厂都还在。后来他到洛阳博物馆参观，看到从夏商一路走过来的文明，他觉得洛阳不管是古代人还是现代人都是勇敢的、有智慧的，他以自己是洛阳人为荣。

　　听他这么一说，两人更亲近了。

　　杨奎烈对王洛勇说，父亲和焦裕禄一起工作过，小时候经常听父亲讲焦裕禄的故事。他在洛矿工作了 9 年多，英雄人物的成长都是有一个过程的，他的这段成长和奋斗的历程应该让更多的人知道。

王洛勇关切地询问起杨奎烈的病情。杨奎烈爽朗一笑，说："我这病好不了了。不过平时没问题，偶尔腹部会很疼。"他又指着董事长说，"可他就不让我干活了。"大家都笑了起来。

王洛勇动情地说："听董事长介绍了你的事迹，我感觉和焦裕禄更像的人是你。"

杨奎烈摆摆手说："我不算什么，跟焦裕禄比差远了。我只是想，活着就要干点儿事。这些年做了一些事，可我总觉得不够，要是时间能重来我一定要再努力一些，要是能再多干几年就好了。"

董事长说："你的工作大家都看到了。工作的事情不要想太多，现在要安心养病。"

平时杨奎烈一直不让在病房里给他照相，他不想把自己病中的形象留给大家看。那天董事长提议来张合影时，他却欣然同意了，在医院和王洛勇留下了一张珍贵的合影。

临别时，王洛勇握着杨奎烈的手说了这样一句话："如果我早点认识你，焦裕禄我会演得更好！"

作为党的十八大献礼之作，电视连续剧《焦裕禄》在央视一套黄金时段播出后，在全国迅速掀起新一轮"焦裕禄热"。继在上海、北京召开座谈会后，2012 年 12 月 19 日，《焦裕禄》主创人员、专家学者专程来到焦裕禄精神的发源地——中信重工，就如何传承弘扬焦裕禄精神进行专题座谈。

在这个座谈会上，王洛勇激动地说——

在洛矿拍摄完毕临走的时候，我有幸见到了杨奎烈，他对艺术的那种感觉，对艺术的那种追求，对工作的那种挚爱，让我深深感动。他说我在"输血"啊！我当时不太明白，我还以为是治病输血，今天我才明白，能源就是洛矿的血液，就是生命。他说："这些管子漏不漏我每天都得看，如果漏一点，甚至是一点点，我们就得浪费很多很多的资源，我们还不够富裕。"从杨奎烈身上，我感受到了什么是焦裕禄精神。

| 2011 年 11 月 5 日 |

孙锡峰一进门就看到杨奎烈在看一本厚厚的"书"。

柔柔的阳光亲吻着他蜡黄的脸颊，他嘴角上扬，精神显得安宁和满足。

孙锡峰问："奎烈经理，又看什么书了？"

"诊断报告。"

"不会吧，怎么这么厚呢？"

孙锡峰一边说，一边走到他跟前。果然是诊断报告，足足有半寸厚。

杨奎烈说："这是前天检查的结果。"

他翻开一页用手指着说："你看，肺部这么多点点，都数不过来了，肝上又多了几个。不管它，长就长吧！"而后又笑着说，"死刑就死刑呗，还判个死缓。"

生命被抛至如此绝境，他却用自己的方式顽强地抗拒着，不向命运低头。还有比这更令人动容的情景吗？

他每天在病房里都要看电视、看书，床头柜上摆着一本厚厚的《三国志》。他最爱看新闻和体育，看《动物世界》，看到有趣处，他哈哈大笑。

有一天，他兴奋地拿着手机让孙锡峰看："锡峰，我编了一条信息想发给任董，你看看，我写得合适不？"孙锡峰接过手机一看，内容满满三屏，都是有关企业管理和发展的建议。

在病房里，他经常与来看望他的同事聊天，天文地理无所不谈，但谈得最多的还是工作的事。有时还不忘开开玩笑，提议"开春一块去钓鱼，鱼塘都选好了"。

他唯一的儿子杨庆飞毕业后在北京找了份工作，听说父亲病了，当天就辞职赶回洛阳，与母亲一起在医院照顾父亲。

杨奎烈远在国外的大哥、二哥也都回来看他了，和妹妹一起4人经常围坐在病房里谈天说地。这段与亲人们团聚的日子，每天洋溢着幸福的温情，让杨奎烈觉得无比快乐，病痛的阴影也随之淡化了。乍听到他们一家人在病房里有说有笑，人们还都觉得奇怪，再看看他们一家如此相互体贴，又不能不心生羡慕。

这些年杨奎烈忙工作，儿子杨庆飞一直在国外上学，很少相聚，现在总算有大把的时间了，他们每天都很开心地聊天。有时闲来无事，杨奎烈就会绘声绘色地讲一些故事，有时讲讲小时候怎么和小伙伴们一起挖红薯、爬树摘柿子，怎么和哥哥弟弟们下河捕鱼；有时讲讲当兵时连队里闹的笑话。杨庆飞说，每次听完，他都哈哈大笑，但是心里却是酸酸的。

"公司大楼前喷水池的鱼放进去我都没看过，咱们的能源人风采摄影展也展出来了，就让我看一眼呗！"

车开到医院，杨奎烈早就穿好衣服等在院里，车一停，他立刻钻进车里，别提有多兴奋了。

快进厂的时候，他说："我坐在后排左侧，看喷泉的时候你们把车开到喷泉北侧，这样车窗玻璃落下来后公司办公楼上的领导就看不到我，我也就不挨批评了。"

喷水池恢复使用时，杨奎烈自己买来红锦鲤放入池中，并悉心摆放了颜色、形态各异的鹅卵石，为鱼儿建造起一个戏水的乐园。杨奎烈看到那些游来游去活蹦乱跳的鱼儿，心情格外舒畅。

回到能源公司楼下，杨奎烈看着影展，说啊、笑啊，乐得嘴都合不拢。

经过几个月的治疗，杨奎烈的体重恢复了一些，精神也好许多了，他就开始循序渐进地做一些运动，还曾偷偷带杨庆飞去钓鱼。杨庆飞在《回忆我的父亲杨奎烈》一文中记下了钓鱼的经历——

我记得一个中午，风和日丽，我们顶着大太阳到了水库，父亲不顾途中劳累，下了车马上收拾东西，执意自己背着包、鱼竿，往岸边走，我在后面追都追不上。安营扎寨以后迅速开始缠线，绑钩，放鱼饵，和以前一样利索。我顿时产生了错觉，觉得爸爸痊愈了，一点问题都没有了。但是开始钓的时候，他几次都拿不稳鱼竿，失手滑进水中。我看了心里一阵难过，再看看父亲，他的表情淡定，一点也不失落，竿子一次次捞出来继续钓，悠闲享受着垂钓的乐趣，根本没把这一点小事放在眼里。还和我说今天天气好，风吹到身上真凉快。看着他惬意的眼神，别人做梦都不会相信，站在面前拿着鱼竿，戴着棒球帽悠闲自在垂钓的男人竟是一名即将诀别人世的癌症晚期患者！

杨奎烈常说："要热爱生活，不能整天总耷拉着一张脸，做人就得有一种昂扬向上的人生态度。"

他视工作比命大，把事业看得比天大，但在生活情趣上，同样不逊色。他时常把爱好和工作共融，在艺术的世界里寻找前进的力量。当小号响起，悠扬嘹亮的号声总是那样鼓舞人心；当歌声响起，整齐划一的合唱总是那样沁人心脾；面对自然的美景和火热的生产现场，那被他瞬间定格的一个个精彩，总是能够唤起人们对劳动者的亲近之情，对一草一木的珍爱情怀。

袁广收回忆说，有次出差，经过泰山脚下，他知道杨奎烈爱好旅游，就说："难得经过泰山，咱们上去一趟。"杨奎烈想了想说："这次考察时间紧，将来有机会再说吧！"车在泰山脚下飞驰，杨奎烈深情地看着远去的山峦，绘声绘色地背起了杜甫的《望岳》，至今他的耳畔仍回响着杨奎烈雄厚的男中音"会当凌绝顶，一览众山小"。

说起杨奎烈，中信重工没有人不知道他的艺术才能，他那悠扬高亢的小号，几乎在每一次职工文艺演出中，都令全场观众心驰神往。

杨奎烈学吹小号，还是在中学的时候。杨奎烈跟着音乐老师学会了吹小号，天生要强的他，学乐器也要学那个最强音。

1975 年，也就是入伍的第三年，杨奎烈成了部队文工团的关注对象。可是天不遂人愿，后来在体检中杨奎烈的身体被查出有点儿小毛病，让他与部队文工团失之交臂。文工团没去成，但杨奎烈和小号的情缘却没有因此割舍。

到洛矿工作后，凭着自己吹小号的拿手绝活，他被厂乐队相中，担任小号手。公司管乐队演出，每首曲子最嘹亮最激昂的声符一定是杨奎烈的小号发出的。他最喜爱的是天鹅湖中的小号独奏《拿波里舞曲》。这是一首十分著名的意大利风格的舞曲，整个舞曲以小号为主奏。杨奎烈以深厚的音乐内力与艺术感知，为人们展现了丰富的情感层次与画面想象，每个音符都流入心灵最深处。

《生命的动能》一书记述，后来，随着企业发展的脚步越来越快，杨奎烈的工作越来越忙，渐渐地人们再也听不到他的号声了，繁忙的工作使他的身体不堪重负，他不得不放下这把跟随他几十年的小号了。

但他实在舍不得，中信重工阳光艺术团也舍不得这位激情似火的文艺骨干，索性，不再吹小号的杨奎烈做起了阳光艺术团的艺术总监。

2009 年，中信重工举行庆祝中华人民共和国成立 60 周年大合唱比赛，能源公司合唱队一举夺得第一名。时至今日，人们仍清晰地记得杨奎烈的彩色特写照：他一身笔挺的西装，在舞台上激情飞扬、神情陶醉地指挥百人大合唱。而这背后，还有一段故事。

演出那天晚上，建安公司工会主席华凯先负责他们参赛队的后勤服务工作，8 点左右，他进入舞台后面查看演员的准备情况。当他准备踏上楼梯台阶时，突然看到有一个人从楼梯顶部的平台上一头栽倒了，他连忙快走两步扶起栽倒的人，仔细一看原来是杨奎烈。这时杨奎烈神智比较清醒，对围过来的人连说："没事、没事，刚才头晕了一下，歇会儿就好，歇会儿就好。"华凯先掏出一瓶矿泉水递给他，他喝了几口就想站起来，可腿有些发软。华凯先想送他去医院，可他坚持不肯，过了大约 10 分钟，杨奎烈推开众人自己站了起来，转眼就隐没在演出的人丛中了。等华凯先从后台回到座位上时，看到的正是杨奎烈指挥能源公司演出的那神采飞扬的一幕，根本看不出此前他刚刚晕倒从地上爬起来。

没有人注意到他虚弱的身体，只看到这个铮铮铁汉已经完全融入了音乐的动人旋律中，所激发出的只有对党、对祖国的无限热爱，对中信重工这个大集体的满腔热忱和对事业的无比忠诚。

也不知道是从什么时候开始，杨奎烈迷上了摄影。杨奎烈的同事孙锡峰回忆说，有一年冬天，他和杨奎烈相约去黄河滩湿地拍摄。

大冬天里，站在开阔的黄河滩上，迎着河风，身上冷得刺骨。就在两人寻找可拍摄景观的时候，突然，杨奎烈看到了一片荷塘里的一朵残荷，就像打了一针兴奋剂一样，令他喜出望外。一旁的孙锡峰也赶了过来，眼看着在岸上取景角度怎么也选不好，杨奎烈索性连皮裤也忘了穿，直接就跳入了荷塘。他这一下着实让一旁的孙锡峰惊呆了，这可是大冬天啊！可是任由孙锡峰在岸上怎么劝说，陶醉在美景中的杨奎烈，耳朵里已仿佛听不到任何声音了。

他喜欢拍荷花，更喜欢拍厂区那白的、紫的玉兰花。

他喜欢玉兰的无畏。春分之际，还是料峭春寒的季节，它悄悄地含苞欲放。在绿叶还未长出来的树梢枝头，绽放出冰玉无瑕的花朵。他喜欢玉兰的高雅。春光下，微风里，玉兰树斜斜地伸展着枝干，无叶无绿，只是花朵优雅、宁静地绽放。那些温润的花瓣，隐隐地带着些香气，虽不浓郁却清新自然。他喜欢玉兰的超然。"迎风一笑百花迟，烂漫开时即谢时。"它开在春天，却不贪恋春色，仅仅几天就随风飘零，回归大地。他更喜欢玉兰的圣洁。是雪花缀满枝头，这般晶莹洁白？不，它比雪花更圣洁，从里到外都散发着美德的馨香。

杨奎烈对摄影的痴迷不仅仅表现在风光景物上，他用那部佳能50D相机拍车间、拍工程、拍职工、拍企业的一草一木。为了工程后期管理维护的便利，在"新重机"工程施工期间，他每天都带着自己的相机奔走在施工现场，一有空就拍几张，记录下电缆、管道的施工位置。

他去世后，在他的笔记本里我看到了一首小诗（可能是他摘抄的）：

我拿起相机
一棵小草一片树叶
她们抒发的情感
都怒放着诗的真谛

我拿起相机
千姿百态装进心里
采摘人生百味储藏万物景色
描绘平淡生活中的惬意

我拿起相机
白云的鬓角落日的额头
晚霞的满面笑容
因为诗走到了一起

美好的生活，总是属于那些热爱生活的人！

家庭生活中，杨奎烈也颇富有情调。每逢去外地出差，杨奎烈总要挤出时间给妻子捎件小礼物；哪天厂里的活提前忙完了，他都会晚饭后陪妻子上街散散步；双休日有了空闲，他也会扎上围裙，给家人做一道自己最拿手的日本料理。杨奎烈有个习惯，下班回家从来不掏钥匙开门，总是敲门让家人开。他说："掏钥匙开门跟住旅馆有啥区别？老婆亲自开门才让人感觉像个家！"

杨奎烈酷爱钓鱼，给同事印象最深的是，他绘声绘色地讲钓鱼，如何收、放，与鱼斗智、博弈，如何挑灯夜战。他从来不吃鱼，却一生钟爱钓鱼，就是喜欢鱼咬钩那一瞬间的乐趣。而且他总是把钓鱼和人生、工作联系起来，他说："钓鱼就像人生，人生可以没有收获，但不能没有追求。"我想，这也是他休息的一种方式吧。他太累了，也许只有在这个时候，他才能抛却一切，在平静的世界里宁静思绪，好再以更佳的状态投入工作。

杨庆飞在《回忆我的父亲杨奎烈》一文中写道——

我接到消息当天从北京飞回来看望父亲，父亲从病床上起身，眼里充满了幸福和感动。父亲3年前肝部就有痛感了，很难想象他以怎样的毅力坚持到现在。好久没有见到父亲了，父子相见竟然是在病床上，父亲竟到了肝癌晚期。我紧紧地握着父亲的手，生怕他离我而去。我辞掉了工作，日夜陪伴着父亲，陪伴他走完最后的日子，也幻想着祖国医学的奇迹能在他身上发生。

从父亲在公司病倒被抬到医院急救，到他生命的最后，这300天我几乎天天陪着他。从刚开始我不能接受现实，哭泣惆怅，到坚强地和他一起奋战到底，我变了，同时也重新认识了我的父亲。每天看着他坚持按时吃药，配合治疗，和医生谈笑风生，和同事们谈工作，还隔三岔五地往公司跑，我异常敬佩，又有些迷惑。一个人被判了"死刑"，为什么还能保持一颗平常心，为什么还能跟什么事都没发生过一样呢？父亲总说，人终有一死，不能和命争。与其每天愁眉苦脸，心惊胆战，还不如痛快地接受现实，潇洒自如地走完最后一段路。这个道理我明白，但是我亲眼见到父亲实实在在地做到了这些，仍觉得非常不可思议。

2011 年 11 月 28 日

北风凛冽，银灰色的云块在天空中奔腾驰骋，正在酝酿着一场大雪。

病中的杨奎烈再次出现在能源公司 102 高压间值班室。

这是 2011 年 11 月 28 日。

高压间值班室里，他用手一个一个地摸暖气片，看看热不热，挨个向运行人员问寒问暖。

看到大家的笑容，他松了口气，说："那我就放心了。"

102 高压间是中信重工高压供电的中心，位于厂区西北角。多年来，暖气管一直没有铺设过去，高压间值班室的取暖问题成了杨奎烈的一块心病。

为了解决这个问题，2011 年 8 月，杨奎烈抱病召开会议，商讨解决方案，还亲自设计、筹划采暖工作。到了 10 月，工程施工期间，杨奎烈又多次来到现场，提出具体意见、指导安装。在安装完成后，他还逐个检查管道、阀门和暖气片的安装质量。

102 高压间值班室通暖气了，杨奎烈的一块心病终于放下了。

这是发生在能源公司锅炉工任景国病房里的一幕：两个危重病人的手握在一起，一个是杨奎烈，一个是任景国。

锅炉工任景国因重病住进 150 医院的消息，是杨奎烈无意中听说的。于是他不顾家人的劝阻，坚持要去病房探望。

要知道，虽然杨奎烈的病房和任景国的病房只相隔百余米，可中途却要翻过一个小山坡，然后再爬到 4 楼。对于当时入院没几天的杨奎烈来说，这实在是一件艰难的事情。

在家人的搀扶下，一段正常人几分钟就能走完的路程，杨奎烈却走了近 20 分钟。

来到任景国的病房，握着任景国的手，杨奎烈告诉任景国及家人："安心治疗，有我们在呢。"

任景国握着杨奎烈的手，两行热泪不由得扑簌而下……

杨奎烈的心里，装着职工、装着企业，唯独没有他自己。

大概是知道自己患上了绝症，杨奎烈几年不去体检，但他却十分惦记能源公司每位职工的体检结果，尤其是对查出疾患的职工，他都会非常认真地询问详情，催促医治，并交代职工所在部门领导多加关注，安排工作时给予适当照顾。

我采访时，很多工人的手机上还收藏着杨奎烈发来的短信。这些短信都是他们在家庭遇到困难的情况下，杨奎烈第一时间送来的关心。

这是 2007 年的一天。能源公司从经理，到各科室负责人，不约而同奔向同一个地方：医院手术室。

能源公司通信科科长李生武肝硬化伴腹水住院，马上要手术。

一双双期待的眼睛，送李生武进入手术室。

一小时、两小时过去了，手术室的门仍然紧闭。

门外，杨奎烈、能源公司领导班子成员和各科室负责人，有的静静地伫立，有的焦急地、轻轻地踱着步子。

手术室的门裂开一条缝，走出一名"白大褂"，杨奎烈和大家一拥而上，几乎异口同声："怎么样？"

终于，手术室的门敞开了！

哗啦！杨奎烈和大家一下围了上去。

李生武后来回忆："当时我并不知道自己的病会有什么结果，是细心的杨经理事先了解到我有可能下不了手术台，才叫同志们都过来陪我的。"

手术后第二天，李生武醒了。他看到的第一个人就是杨奎烈，当时他如同见到亲人般，泪水止不住往下流。

在生产会上说起此事时，杨奎烈心痛得两眼热泪，失声抽泣，哽咽地告诫全体干部一定要注意身体，多加保重。

动能管网车间维修工马琪说，杨奎烈是他们全家的恩人，没有杨奎烈，他的家就垮了。

那是 2002 年 7 月，马琪的妻子住院，持续高烧不退。杨奎烈得到消息后，很快赶到医院探望，安慰焦急无措的马琪及家人。然后，又找到主治医生询问病情。医生告诉他，病人得了胆管结石，如不及时采取有效治疗，将引起胆汁淤积、肝硬化甚至肝癌，建议尽快转院治疗。

得知妻子病情如此严重，马琪心里更没底了：往哪家医院转？咋治疗？钱咋办？诸多现实问题让马琪一筹莫展。看着马琪满脸愁容，杨奎烈用力拍了拍他的肩膀，告诉他说："别发愁，有我们在，困难总能解决的。"

随后几天，杨奎烈不仅帮马琪联系医院，协商转院事宜，还为他争取到大病统筹资金 5000 元，帮马琪解决了难题。转院后，杨奎烈还不放心，多次打电话给马琪："别着急，一步步来，有困难及时找单位。"每次见到马琪，杨奎烈总要询问他妻子的身体情况，以及家里有没有困难。

2009 年的冬天，能源供应公司 102 高配室施工改造正紧，适逢洛阳几年不遇的大雪，路面结了一层冰，厂里的推车不听使唤，工人们只好一步一滑地向高配室搬运设备。

这时，身后传来了音量不大却透着威严的声音："大家先把手里的活儿停一停。"工人们停住脚步回头看，杨奎烈不知何时来到了现场。

"现场这么杂乱，路面还这么湿滑，这样搬运太不安全了，人和设备都有摔伤损坏的可能……大家先把手里的活停下来，用拆下来的设备包装板从这里向 102 高配室铺一条木板路，表面看是会浪费点时间，但磨刀不误砍柴工。"话音未落，杨奎烈已经带头干了起来。在他的指挥下，这条通向高配室的安全之路很快就铺设完成了，不仅保障了设备的完好无损，大幅度提升了工作效率，更让工人们的心里一阵温暖。

杨奎烈有三次"犯上"的经历，其中之一是——

2006 年冬季，能源公司管道出现故障，煤气停供，影响生产，杨奎烈迅速召开会议，研究方案组织抢修。此时，一位公司主管领导找到他，要求能源公司 24 小时抢修，必须在 7 天内完成施工任务。

面对公司领导的命令，杨奎烈当场说："这项任务，我们坚决完成，但是要求 24 小时不停施工，其中的安全性和可靠性就没有了保障，尤其是夜间施工难度很大，很不安全。"

杨奎烈认为，让焊工们夜晚上到十几米高的管架上作业太危险，人的生命高于一切，况且全公司也就这么十几个焊工专业的骨干。对于杨奎烈这样的表态，这位主管领导心里很不高兴，觉得他不服从管理，从而对杨奎烈有了一点看法。

杨奎烈并没有解释什么，而是再次组织能源公司业务骨干召开抢修会议，在夜间不施工的前提下，从施工材料、施工方法到施工排班进行周密计划。进入施工后，他天天盯在现场指挥，想方设法加快施工进度，一天、两天、三天……抢修施工在一步步加快推进，终于在第七天，杨奎烈和他的团队按时完成了抢修施工任务，恢复了供气。

由于能源供应具有高温高压、易燃易爆、有毒有害等作业特点，工人的工作环境比较差。特别是氧压机房，由于场地条件限制，一直无法建设值班室，值班人员只能在几台设备的空地上放上座椅值班，一年四季在设备的噪音声中度过。冬天，机房里四处透风，温度一般在 0℃上下；夏天，设备产生的热度加上天气高温要在 42℃以上，每年都有值班人员中暑。

2008 年，杨奎烈主持能源供应公司的全面工作后，安排增加机房内壁扇，降低设备周围温度，向值班人员发放防暑药品，同时要求值班人员夏天每天对小机房环境温度进行检测，给他提供真实数据，并根据气体车间生产情况统筹考虑改造工作。

不久之后，生产需要增加氩气供应，二氧化碳站要搬迁，筹建特气站。杨奎烈立即交代技改单位在规划特气站时，把氧压机房的值班室一起规划进去。随着二氧化碳站搬迁，特气站投入，氧压机房的值班室也建成使用，实现了人机分离。

杨奎烈向公司领导打了申请安装空调的报告，使氧压机房值班室装上了空调，彻底改变了氧压机运行工人几十年来的工作环境，了却了他的一个心愿。

2009 年 8 月，中信重工洛阳重铸铁业有限公司投产后，一台变压器已经不能满足生产用电了。为了不影响生产，杨奎烈决定马上投运铸铁北变压器，并将这个任务交给输配电车间完成。

一个烈日炎炎的下午，天气非常闷热，大家越干越觉得累，忽然听到了清脆的汽车喇叭声。大伙儿扭头一看，呵，是杨奎烈来看大家了！他快步走到施工人员中说："大家辛苦了！来！来！来！先放下手里的活，吃块雪糕消消暑，然后咱们一起干！""雪糕？"大家一听都愣住了……这么热的天、那么远的路，估计雪糕早就化成水了吧。杨奎烈把雪糕一块一块地递到大家手中，并连声催促大家："快吃！吃啊！"拿在手里的雪糕，冰凉冰凉的，一点儿都没化。后来大家才知道，杨奎烈为了让他们吃上雪糕，特意安排人制作了干冰，然后把雪糕冻起来送到工地上。

这是多么细心啊！

吃完雪糕，杨奎烈指挥着大家，喊着响亮的号子，将长达 380 米、胳膊粗的高压电缆逐步敷设到位。

杨奎烈的直脾气，在能源公司是出了名的。有一次他巡视到站房，发现当班的女工没有及时接班，非常生气，就一直站在那里等这位女工。等这位女工到岗后，杨奎烈当着众人的面毫不留情地批评了她，严厉指出缺岗后可能给生产带来的影响、给安全带来的隐患。而当他了解到这位女工是因为孩子生病才未及时接班后，当天下午一下班，他就专门到这位女工家里去看望了生病的孩子。他对待工作的严厉和对职工的关心让大家感觉杨奎烈很"不一致"，正是透过这样的"不一致"，职工们感慨道："杨经理对我们工作中出现的问题批评得确实非常严厉，但他对我们的关心照顾也更是用真心、动真情呀！"

能源公司副经理尚阳在《杨经理，你是我人生的坐标》的回忆文章中记述了来自病房的温情——

2011年6月7日，是我孩子高考的第一天。上午考完第一门我问孩子："考得怎样？"孩子回答"不太好"，虽然当时我没说什么，但其实心里有点不高兴。做午饭的时候，却意外接到了杨经理发来的短信："孩子考得如何？"我十分惊讶，心想他都病成那样了，还挂念着我家孩子高考的事，便立刻给他回了信息："感觉不太好。"他回信说："你的情绪不够好，不要影响到孩子。让孩子多吃菜，少吃肉。"

要知道，杨经理是一周前病倒在岗位上的。6月7日，正是他身体十分虚弱的时候，自己尚处在最关键的诊断治疗期，却挂念着我家孩子的事。

一时间，我竟无法再给他回复短信。杨经理很善解人意，他从简短的信息里读出了我的心情，即使在自己住院的时候也不忘宽慰我，这该是怎样的一种情怀！

6月8日，孩子高考最后一门刚结束，我又接到杨经理发来的信息："孩子最终考得如何？"我回复："还可以。"他又读出了我当时的心情，发信息问我："过山车的感觉怎样？"过山车的感觉就是忽上忽下，形容我那两天的心情最贴切。经理是一个诙谐、幽默的人，他病得那么重，却还不忘调节我的心情。当时，我的眼睛模糊了，立即回复信息："杨经理，多保重。一会儿我们3口去看你。"

晚上7点多，我们一家3口手捧鲜花去医院看望杨经理。在病床前，他给孩子谈理想、话人生，和我们聊家常、说工作。至今，杨经理那晚的笑容还不时浮现在我的眼前。杨经理乐观、豁达的胸怀像灯塔一样，始终照亮着我，只要有他在，我的心里就特踏实，特别有着落。

│ 2011 年 12 月 16 日 │

（生命倒数第 85 天）

2011 年 12 月 16 日，是杨奎烈最后一次参加能源公司生产会。

在杨奎烈住院期间，中信重工 18500 吨油压机热负荷调试成功了，锻件首锻成功，油压机连续稳定运行……一个个喜讯传来，一次次告慰着病床上的杨奎烈，他身体似乎也在康复中。在他的反复要求下，150 医院同意他回家静养。但杨奎烈在家里怎么都静不下来，他每天趴在出租车后座上叫人把他拉到公司，下了车还和往常一样巡视一遍管网，直到别人不停催促，他才不得不离开厂区。

他告诉自己，死神手举利刃，一步步地逼近。既然无路可逃，那索性就勇猛地跃上它的刀尖吧！

在能源公司生产技术科科长赵宏伟的办公室里，放着一本能源公司每周生产会签到本，从 5 月 27 日—12 月 16 日，杨奎烈的名字只空缺了 3 次。越宏伟说：10 月 25 日，他病重起不来，那天他没来，但到 12 月 6 日那天，他又来了。12 月 16 日，这是他最后一次参加会议。

当天生产会的主要内容是煤气切换工程安全施工策划。他首先听取各单位关于煤气切换工程安全施工策划的汇报。听到一半时，他离开了会议室，好大一会儿没有回来。

赵宏伟有些不放心，在走廊里找了几个来回，最后在卫生间里发现他一手扶着门框，另一只手攥拳使劲抵着肝部，蹲在墙边，额头上全是豆大的汗珠。

赵宏伟赶快扶着他说："杨经理，我必须送你去医院！"

杨奎烈摆摆手说："挺一会儿就好了，你别紧张，没事，我还有工作没安排完。"

在赵宏伟的搀扶下，他一步一挪地回到会议室，坚持安排完工作才离开。

走出会议室，下到楼下，杨奎烈在楼前驻足流连。这世上有太多太多的景致可以让你驻足：或许是某个人，或许是一样物品，或许是一件事……对于杨奎烈来说，焦裕禄大道上的焦裕禄铜像常常让他驻足，能源公司办公楼前的景观石也常常让他驻足。

景观石上镌刻着两个字："源源。"一字楷书，遒劲有力；一字草书，飘逸奔放。

细心的人很容易发现，其实在中信重工厂区，到处伫立着镌刻的景观石，但唯有此处是重复的"源"字。

为什么要刻两个"源"字？

杨奎烈解释说："'源源'寓意着能源人要为中信重工安全地、源源不断地供应能源。"

从钢水四溅的浇铸现场到红彤彤的加热炉群，从突突声响的气割一线到机器轰鸣的生产车间，斑斓多姿、富有生机的企业生产一刻也离不开能源动力——电、风、水、气。

没有持续稳定的电力，机器就无法连续正常运转，电炉就无法开炉炼钢、炼铁；少了风，连丝孔里的细小铁屑都弄不出来；缺了水，冶炼系统的冷却设备就不能工作；断了气，更加致命，它涉及的不仅仅是气割、焊接，更直接关系到整个生产系统的运行。生产中一旦停电、停水，正在进行的炼铁、炼钢操作处置不当或不及时，不仅会造成铁水、钢水穿炉泄漏等严重事故，还可能发生人员伤害，损失将难以计数。

由此可见，能源供应的安全、持续、平稳对一个企业起着至关重要的作用，如同江河之水，是维系企业扬帆远航的动力之源。

担负着 15 种能源生产供应重任的能源公司，高危站点多而广，要害部位密集，是一级重点防火防爆单位。"生产必须安全，安全才能促进生产。"身为能源公司经理的杨奎烈，嘴边常挂着这句话。

他要求大家做到三个"宁可"：思想上"宁可多一事，决不少一事"；工作中"宁可费事，决不侥幸麻痹"；安全管理时"宁可躬亲力行，决不甩手任之"。

设备工具公司北院东面有一个露天跨，和能源公司氧气站相邻，按照消防要求，危险源附近都要有环形消防通道，当时，设备工具公司正在整理仓库，占了环形通道。

杨奎烈发现后，到设备工具公司找到经理张跃争，认真地对张跃争说："你们这样做不符合消防要求，一旦发生事故，后果不堪设想。"

设备工具公司起初并未重视，没有及时把占道的东西清理走。

杨奎烈不依不饶，又三次找张跃争说"占道"的事，弄得张跃争很不好意思，吩咐赶紧腾开消防通道，而杨奎烈直至亲眼看到消防通道疏通才作罢。

负责全厂冷却用软化水供应的锅炉车间软化水储罐，因长期使用锈蚀严重，保温层严重脱落。冬季即将来临，没有保温层护着的储罐很容易因天冷结冰被冻裂。

但该储罐并未列入当年维修计划，预计维修成本 38 万元，资金预算上没有这块支出。维修若排到第二年的大修计划，将导致更多的安全隐患，带来更大的经济损失。

杨奎烈果断决定大修！

当有人提出这么大笔的资金支出与总公司制定的财务规定有冲突时，他说："一切以工作为前提，出了事我负责。"

他一方面与维修厂家联系，争取到先维修后付款。一方面奔走于公司有关部门，写检查，打报告，最终得到公司领导的支持，拨付了资金。

有人问他："你明知道是要写检查的事儿，为什么还要去做呢？"

他说："只要是为了工作，就是写检查也值！"

勇于担当，是杨奎烈的性格，也是崇高责任使然，他常常对同事说："组织上把我放到这个位置，就是让我担当责任的。"

1997 年大年初二，家家户户洋溢着过年的喜气，但杨奎烈和能源公司一班人的心里却笼着一层愁云。

给公司供煤的铜川矿务局煤矿发生事故，计划燃煤落空，中信重工煤气厂因燃煤告急面临停产。与厂家电话多次交涉，但毫无结果。

此刻，杨奎烈正发着低烧。

他清楚，煤气厂没有了燃煤就要停产，煤气厂停产就会影响公司重点产品的生产，那将会给公司、给国家重点工程带来巨大的损失。

他带着生产科长赵宏伟，登上了西去的列车。

过年了，铜川矿务局的领导和职工都放假了，本就没有几个值班的人员又因为出了事故也都回家了。空荡荡的一个单位，连个人影都找不到。

北风怒号，像一匹脱缰的烈马卷着杂物在半空里肆虐。

杨奎烈踱来踱去，缓慢地、不停地游走。

他停下脚步，对赵宏伟、也是对自己说："我们不能空着手回去呀！我们一定要找到他们的领导，不解决燃煤的问题，这个年我们就在铜川过了！"

他已经烧了 3 天了，浑身酸痛，但他吃点退烧药和止疼片仍每天坚持到矿务局找人。

第六天，看到装满燃煤的车皮发出，他才拖着病体和赵宏伟返回洛阳。

2009 年开年，能源改建项目迎来冲刺阶段。

由于能源改建急需改造铆焊厂西一跨、数控跨、75 吨跨运输通道，前期测算需要 20 天，但当时铆焊厂生产总量大，任务非常繁重，停工 20 天对铆焊厂来说，损失不可估量。

铆焊厂厂长马岩找到杨奎烈说："20 天肯定不行，我最多只能给你 3 天时间。"令马岩想不到的是，杨奎烈一口答应："放心吧，马厂长，天大的困难我们克服，决不影响咱铆焊厂的生产。"

杨奎烈亲自带队，多次到现场组织讨论会，提前策划，反复进行测量计算，创新改造思路、改造方法，把管网线路改造的各项前期工作提前做好，准备到位。

春节放假 3 天，杨奎烈一直在现场指挥，和职工们一起高空交叉作业，24 小时三班倒，硬是用 3 天时间完成了 3 个跨的平车运输通道的改造。

铆焊厂东二南路的厂房煤气管道，主要用于铆焊厂大炉里热冲压件前期加热。但煤气管道因年久而破损严重，需及时更换。

杨奎烈带领施工队赶到现场，他爬到十几米高的管道线上查看，提出增加煤气阀门的方案，一方面可以控制煤气使用，节约能源；另一方面今后检修时可以在不停供铆焊厂整体煤气的情况下进行检修，避免影响铆焊厂的生产。

在之后的施工中，杨奎烈每天早上都准时出现在现场，晚上下班前检查当天任务完成情况。拆除旧管道和新管道预制同时进行，交叉作业。

经过 7 天奋战，终于顺利完成了煤气管道更换任务。

2011 年 5 月，杨奎烈第三次病倒在工作岗位上。

当时，中信重工有 11 台大型产品同时试车或召开产品推介会，创造了企业生产新纪录。

试车中动能是最关键的一环。每一台（份）产品，杨奎烈都要到现场指挥协调，逐项落实动能情况，安排铺设临时电缆线路和电控柜，反复测试，确保没有任何纰漏。

同事们都劝道："奎烈，你身体不好，先去休息休息吧。"他总是笑着回答："没事，我自己的身体我知道。"可是，试车结束了，杨奎烈却病倒了。

杨奎烈性子急，只要生产需要，他往往一句"我马上过去"，就很快赶到了现场。

一天深夜，时任气体厂厂长的杨奎烈接到 300 制氧机值班人员电话，说设备出现异常。

"我马上过去！"

放下电话，杨奎烈急忙赶到现场，经排查发现机体连接螺栓断裂，必须马上抢修。

"马上抢修？"袁广收一脸为难，"钳工骨干都派到浙江去了，家里留下的都是些徒弟，谁来修设备？"

杨奎烈毫不犹豫地说："我！"

这就是杨奎烈，一个始终和职工一同奋战在一线的党员干部。

中信重工重装厂五金工车间灯火通明，挖掘机的轰鸣声响彻整个车间，东跨翻活区改造正在紧张地进行。

忽然，车间一片漆黑，有人大喊："停！停！停！"原来由于施工不慎，地下电缆被挖掘机挖断，造成厂区大面积停电。

紧急时刻，重装厂联系了能源公司。当时已是晚上 10 点多，一接到消息，杨奎烈立刻召集人员成立突击队，带领大家到重装厂紧急抢修。

经过大半夜的鏖战，终于在凌晨 3 点将线路敷设完毕，恢复了通电。

早 8 点不到，杨奎烈又急忙赶到改造现场，指导挖掘机操作，并对在操作中要注意的事项一一叮嘱，保障了改造工程顺利进行。

"新重机"工程重型机加工部的采暖计量表躺在狭窄的角落里，无法工作。为了摸清车间的动能消耗情况，重机厂党委副书记李青给杨奎烈打了个电话，接到电话，杨奎烈说："你不要走开，我马上过去。"

到现场后，杨奎烈根据现场情况很快拿出了解决方案，顺利地解决了这一问题。

《生命的动能》一书记述，杨奎烈有一个习惯。每逢夜里刮风下雨，他在家就会心神不宁，睡觉也不踏实，趴在窗台上观察外面的雨情，不停地伸出手去试探雨点的大小。雨一旦下大，他就穿上雨衣，二话不说就往厂里跑。

2004年6月的一天凌晨，一道闪电刺破长空，长鞭一样抽向大地。随着一阵震耳欲聋的雷声，一场罕见的暴雨突然袭来。

由于厂区地势较低，排水设施陈旧，从建设路上冲下来的雨水灌满了厂区，很快便淹没了焦裕禄大道南段等路面，全厂一片汪洋。

惦记着能源管网的杨奎烈在第一时间赶到了工厂门口，新任中信重工总经理的任沁新等领导也都赶了过来。顾不上暴雨浇身，任沁新和大家甩开膀子，深一脚浅一脚忙着扛沙袋、堵洪水，奋力顶住了随时可能被洪水冲开的大门。

当时，建安公司的华凯先负责到厂区内检查工地基础。焦裕禄大道上，几位上夜班的职工推着自行车在深水中艰难前行。

杨奎烈看清是华凯先，就大声喊着问："凯先，你带人了没有？"

"没有，就我自己！"

杨奎烈继续喊道："你赶快带人去检查吧，这雨太大，水可能会漫进车间，要赶快想办法排水。"

等检查完设备返回的时候，华凯先看见杨奎烈还在雨中忙碌着。杨奎烈站在齐膝深的水中，手握木棍和手电筒，逐个排查雨水箅子，边排查、边记录，边告知防汛队员注意安全。每找到一个雨水井，他就安排一名防汛队员掀开雨水箅子并站在井口旁边，提醒过路的职工小心危险。

在滂沱大雨中，杨奎烈和一队防汛队员依次站立在焦裕禄大道上翻滚着漩涡的雨水井旁，如同一个个"人体坐标"，指引着上夜班的职工安全通过。

这一幕，至今仍烙在许多中信重工人的记忆中。

2008年4月的一天下午，一辆载货大卡车由于货物超高，将横跨衡山路通向中信重工的煤气管道撞破，一时间滚滚煤气大量泄漏。

第一时间赶到现场的杨奎烈对生产技术科科长赵宏伟说："宏伟，你赶紧去拉警戒。"

拉警戒，只有公安交管部门才能执行。可当时情况紧急，已容不得赵宏伟多想，他赶紧一边拉警戒，一般指挥过往车辆绕行。

杨奎烈站在距泄漏点仅 10 米远的上风口，密切观察泄漏情况。而当时，哪怕有一阵风转向，杨奎烈都会有生命危险。

"我已通知一拖公司减压，抢险人员已到位，马上就可以实施堵漏了。"杨奎烈气喘吁吁地对赶到事故现场的时任中信重工副总经理王春民说。

王春民嘱咐："告诉大伙儿，别忘了自身安全。"

杨奎烈说："放心吧，我给大伙儿都交代了。"

面对突如其来的危急情况，杨奎烈靠前指挥，拉警戒、疏散人员、安排堵漏有条不紊。

在杨奎烈的带领下，经过两个多小时的紧急抢险，成功地完成了堵漏，避免了一场灾难的发生。

王春民事后总结：紧邻衡山路有不少职工在上班。这场事关职工生命安全和企业安全的大事故，处置不当后果不堪设想！

一天夜里凌晨 3 点多，80 吨电炉钢包在运转过程中"跑钢"了。

现场万分危急！

"迅速启动应急处理预案！你们跟我去现场！确保各高压间运行人员到位！"杨奎烈果断下达一系列命令。

火速赶到现场后，杨奎烈爬上浇铸平台，有条不紊地指挥着：

"停 150 吨保温炉 10 千伏高压开关，停冶铸供氧阀门！"

"翟主任，要注意钢水下的低压电缆！"

"天车电源、照明电源要确保供电，要注意你们身边的钢水！要多加小心！"

1000℃以上的钢水就在身边，烤得杨奎烈浑身发烫，但他依然不为所动，沉着冷静指挥，直到事故得到有效处置。

还有一次，重机厂外的煤气管道突然发生泄漏，当时车间开动的机床和生产人员很多，现场安全出现危机。

在向能源调度中心通报情况后，杨奎烈安排人员组织抢险，并立即赶赴事故现场。一到现场杨奎烈就说："赶紧切断气源，生产现场抢修人员一定要注意把安全绳系好。"经过连续6小时的堵漏抢修，险情排除了，重机厂恢复了繁忙的生产，但杨奎烈还不放心，对重机厂厂长说："险情虽被排除，但还要彻底整改，确保不留隐患呀！"

第二天一早，杨奎烈又来到现场，组织有关人员详细策划方案，确定计划节点，立刻安排施工整改。

2008年5月12日。天空很安静，大地很安静。下午2点多的时候，洛阳突然晃动了一下。

地震了！

大地晃动的那一刻，洛阳也有明显震感，当地手机通信一度中断。

能源公司当班调度员指挥各站房紧急处置完毕后，正苦于无法向杨奎烈汇报工作时，电话铃响了，来电显示：杨奎烈办公室的座机号码。

此时此刻，杨经理冒着危险在办公室坐镇指挥。

听了当班调度简单的汇报后，杨奎烈叮嘱调度员："赶紧下楼躲一躲，说不定还有余震。"

人们都集中在安全的空旷地，但他们看到杨奎烈正一个站房一个站房地巡视。

危急关头，他选择勇敢逆行。

他逆行的身影永远那么帅。

2012 年 2 月 1 日

（生命倒数第 38 天）

这天是大年初十，深冬时节。在中信重工制氧机安装现场，能源人仍然以高涨的热情忙碌着。

上午 10 点左右，有人无意间往站房的门外扫了一眼，又看到了那个熟悉的身影。

这是杨奎烈最后一次回到中信重工。

春节前夕，杨奎烈病情开始恶化，肿瘤挤占了整个腹部，黄疸全面暴发，他已经吃不下饭，只能靠输营养液维持生命。由于营养不良整个上身瘦得几乎皮包骨头，而由于肾脏严重衰竭，无法正常排尿，腰部以下肿胀得非常严重，两只脚像面包一样。

此时，由于外供能源紧张，中信重工氧气供应面临"断炊"。公司紧急决定新上一台 800 立方米 / 小时制氧机，进行煤气管道切换工作。

临近春节，设备制造厂家无法派出安装队伍，只能安排一名技术员现场指导。中信重工决定依靠能源公司的力量，组建安装突击队，自主进行安装和调试。

得知要组建安装突击队，杨奎烈又在病房里躺不住了。

1 月 23 日下午，正在安装现场忙碌的孙锡峰被制氧间值班班长叫到站房接电话，他有些奇怪：谁会把电话打到这里呢？

他拿起电话问对方是谁，对方回答了，由于声音太小他没有听清楚。

他又问："请问你是哪位？"

对方加大气力说："我是奎烈啊！"

孙锡峰一愣："杨经理，有什么事吗？"

"我想让你接我去趟厂里。"

"你昨天不是刚来过吗？今天就好好休息吧！"

杨奎烈不肯："我一定要去！"

孙锡峰有些生气，这个自己一直敬佩的领导实在太不懂得爱惜身体了，于是他故意说道："我不去接你，看你怎么来。"

杨奎烈听后急了："公司还没免我，现在我还是能源公司的经理，大家过年都在那里忙，我总得看一看吧！我必须得去。你立刻来接我。"

当3年前杨奎烈决定隐瞒自己病情的时候，他就把自己当作一根蜡烛，燃烧掉自己，奉献出全部的光和热。此时，这根蜡烛的主体已经燃烧殆尽，维持这微弱的光热的，是那仅存的烛泪！而他，是下决心连这烛泪也要一并燃烧掉的。

下午2点半，杨奎烈又一次回到了能源公司，让人直接把车开到了制氧机安装现场。

"杨经理来了。"看着明显消瘦又戴着连体托架的杨奎烈，突击队队员们一阵心酸。

"突击队里也算我一个！"杨奎烈笑着说，"可惜穿不上咱们的工装了。"

那天的他几乎变了一个人，脸色蜡黄，全身肿胀得非常厉害，站在那里的两条腿直打颤。

杨奎烈强打精神，用发抖的声音说："这个年大家过得太辛苦，我再来看看大伙儿。"

他休息了一下又说："今天天冷，露天干活大家多穿点，一定要注意安全啊！"

就这样，杨奎烈在设备旁当起了"参谋长"，一直和工人们忙到晚上6点多。几个施工点他一个个走，一个个询问安装进度，一遍遍叮嘱注意安全，见了职工们他一个个和大家握手。

这时候大家意识到，杨奎烈不愿躺在病床上，他想用这种特殊的方式陪着朝夕相处的同事们过最后一个年。

生命尽头的他始终惦念着制氧机的安装，惦念着奋战在一线的同事们。

从 1 月 23 日到 1 月 31 日（大年初一到初九），也就是在杨奎烈离世前第 47 天到第 39 天的 9 天时间里，杨奎烈竟背着家人和医生，先后 5 次来到能源公司制氧机安装现场。

今天，从不吸烟的他，从兜里面摸出两盒中华烟。撕胶条的时候，浑身无力的他已经撕不动了，便把两盒烟散出去，拿出打火机，他又按不动，让身旁的人替他给大伙点着了。

杨奎烈斜靠在一个柱子上，微笑着看大家抽烟。

大家竭力控制自己的泪水，控制住内心奔腾的情感，谁也不想让自己显得脆弱。

可望着就要永远离开他们的杨经理，谁都没有修炼出那种超脱凡尘的淡定——所有抽着烟的职工都落泪了。

没有一个人吭声，大家多希望时间就在这一刻静止……

大家心里明白，杨奎烈知道自己已经不可能再回到为之奋斗了 30 多年的岗位了，再也不能和大家并肩作战了，他想用仅存的这点儿体力再看一眼将要竣工的制氧机，再看一眼曾经与他一同日夜奋战的同事们。

就是这样，杨奎烈还在安装现场巡视了一圈，认真询问安装进度，询问能否按时调试。当确认现在正在收尾、肯定能按时调试时，他满意地点了点头。

在家人和医生的劝说下，杨奎烈终于离开了现场。

离开时，他深情地看着大家，然后，朝着不远处的能源公司办公楼久久凝望，望着那熟悉的 3 层小红楼，那熟悉的翠柏，还有那熟悉的镌刻着"源源"的景观石……

1985 年，洛阳市举办歌咏比赛，洛矿厂组队参赛。临近比赛了，歌还没选好，指挥也没选好。在关键时刻，杨奎烈站了出来，他选了《没有共产党就没有新中国》和《我的祖国》。人们印象最深的是奎烈给大家讲歌词，他说："唱《没有共产党就没有新中国》，第一遍是深情的，要如泣如诉地唱，告诉你一个道理，没有共产党就没有新中国。最后一遍是铿锵有力的，要高亢、激昂地唱，坚定地告诉你没有共产党就没有新中国！"杨奎烈充满深情、充满激情、充满豪情的讲解和神采飞扬的指挥，使洛矿厂一举拿下了全市职工歌咏比赛的一等奖，又拿了全市共青团歌咏比赛的一等奖。

这两首歌，一首歌唱党，一首歌唱祖国，杨奎烈把对党的忠诚、对祖国的热爱深深地融入心里，他是在用心歌唱我们的党和祖国啊！

在从计划经济向市场经济转型的阵痛中，曾经风光无限的洛阳建设路，从东到西成了"亏损一条街"。和所有惨淡经营的老大哥们一样，此时的中信重工也陷入一段令人心悸的"寒冬岁月"。

那时企业订不来货，拖欠职工 19 个半月工资，最后无奈地实行了大批的下岗分流。一个昔日人头攒动、热火朝天的企业一下子变得冷冷清清。很多职工都在为自己的未来担忧，其中就包括杨奎烈的妻子马丽杰。

1999 年，马丽杰 43 岁，是铸锻厂生产科的一名职工。9 月的一天，马丽杰一路流着泪走回家。这天，她最担心的事情还是发生了。

没有人知道，面对下岗的妻子，杨奎烈的心里曾经有过多少挣扎。人们只知道，每当太阳升起的时候，杨奎烈又像往常一样早早地出门上班了，或许，根本没有什么能动摇他心中的那份坚守。

一家老小生活的重担就这样落在了杨奎烈一个人身上，沉重的压力不言而喻。听说兄弟媳妇下岗了，厂里又月月发不出工资，杨奎烈身在异国他乡的几个兄弟看不下去了。

杨奎烈兄弟 4 人，只有他一人一直留在国内，其他 3 人都陆续到国外发展、定居，当时的生活条件都比他好。

《生命的动能》一书记述，杨奎鳌是杨奎烈的大哥，那时已经移民澳大利亚墨尔本。虽然远隔万里，可是当听说奎烈家里的情况后，向来少言寡语的大哥第一时间就给杨奎烈打来电话，劝他不要再在厂里苦熬死撑了。越洋电话一打就是一小时，大哥不无恳切地说："奎烈啊，以往哥在国内做生意，为了支持你的工作和事业，没给你添过一点麻烦，可是现在哥看着你一家这个样子，当大哥的，于心何忍啊，你会管理、懂经营，论技术这些年积累下来也是个专家了，凭你的能力，别再在厂里待了，不行就到外边干吧，缺什么我们支持你，你好好考虑考虑……"

杨奎烈感激大哥的好意，但没多说什么，便把话题岔开了。

几天后的一个夜晚，刚吃完饭，家里的电话又响了起来，杨奎烈一看号码是大哥打来的，顿时一阵为难，他想让妻子接电话应付过去，可马丽杰也不愿意违拗大哥的好意，转身进了里屋，杨奎烈只好硬着头皮接起了电话。

"哥！"

"喂，是奎烈吧？我是大哥，打电话没别的事儿，还是上次和你谈的，不知道你考虑得怎么样了，决定了没有？"

杨奎烈张了张嘴，想说什么却没说出口，只是冲着电话强笑了一下。

"奎烈啊，你倒是说话啊，你这样拖着，一家老小跟着你受罪啊。不行的话，就到我这儿来吧，我在这边也算是站稳脚跟了，生意上正好缺个帮手，你过来了咱们兄弟还可以干一场。咱爸走了，我这当大哥的不能看你们受苦啊……"

说着说着，大哥的声音哽咽了，听出大哥哭了，电话这头的杨奎烈鼻子一酸，也掉下泪来。为了不让大哥担心，他宽慰道："大哥，我知道你是为我好，为我们这个家好。你放心吧，我们的日子真还过得下去，你们都在国外，我就不能再出去了，以后你们想回来了总还要有个家不是吗。我要是真过不下去了，会给你和嫂子打电话的，到时候你不帮我也不行。你放心吧，放心吧……"

二哥杨奎甲和杨奎烈感情最深，当时已经移民日本多年，在日本开了一家餐馆，经营得很红火。听说奎烈家到了这步田地，他焦急万分地打来电话，一开口便以命令的口气对杨奎烈说："咋回事儿，我听说马丽杰下岗回家了？"

"二哥，你在国外咋知道了？"

"你别管我怎么知道的，你这个人就是倔脾气，没看日子都过成什么样了，还在那儿死要面子活受罪，你这是自己受罪不行，还要带上老婆孩子一起受罪？你那点儿几个月都发不出来的工资养得了一个家吗？我这边现在条件挺好，机会也不少，你收拾收拾就过来吧，甭管干啥，就是当厨子也比在你们厂里赚得多多了。我看就这么说定了啊！"

"二哥！二哥……"

电话中传来一阵忙音。还没等杨奎烈回答，二哥已经挂了电话。杨奎烈笑着摇摇头，放下了电话。

接下来的几天，杨奎烈都在琢磨着怎么给二哥回电话，他知道二哥的脾气，比自己还倔，况且这事儿二哥压根也没想和他商量。

犹豫了很久，杨奎烈还是拨通了日本的长途。

"二哥！我是奎烈啊。"

"噢，准备得怎么样了，签证都办好了吗？什么时候的飞机？"二哥还是一副急脾气。

杨奎烈笑了："二哥啊，我正要和你说呢。我想了想，觉得我还是继续在厂里干。我知道你是怕我吃苦，怕我们一家受罪。其实我们过得挺好的，钱多了多花，钱少了就少花呗，我舍不得离开厂子……"

"奎烈，你这话二哥就不爱听！"杨奎甲打断了他的话，"你二哥我对你好不好？那快倒闭的破厂子比你二哥还亲啊？还是你看不起你二哥？"

听到电话里二哥的狠话，杨奎烈知道二哥生气了。

"二哥！你的好意我心里明白，我们一家都明白，你就别再逼我了。我们已经决定了，我不过去了，就这样吧，啥也别说了。"

"你就是一头倔驴，我和大哥再商量商量吧，这事儿没完啊！"

"啪"的一声，二哥挂了电话。电话这头，杨奎烈呆呆地坐着，眼睛久久地望向窗外。

之后的几个月里，大哥、二哥的电话仍然是一个接一个地打，轮流劝说，可就是没把杨奎烈说动心。他一次次谢绝了大哥和二哥的好意，以他特有的乐观劲儿给自己释怀和定心，告诉他们自己会过得去这个坎儿、会过得好的。

他怀揣着对企业的拳拳之心，将血脉深深地扎在了这片培育他成长的热土，直到 2012 年 3 月那个玉兰花瓣飘落的春日。

正因为有杨奎烈和中信重工人熔铸于骨子里的忠诚和坚守，才有了中信重工史诗般的凤凰涅槃。

杨奎烈逝世后，2012 年 7 月初，洛阳市总工会主席张冀昌带着《中国工人》杂志记者来中信重工采访，我随公司工会主席何淳一起陪同。在科技大楼，张冀昌按捺不住激动的心情，向记者讲述了他所熟悉的中信重工——

中信重工，我都来多少次了，但是每来一回，我就感慨一回。

记得建厂 50 周年的时候有个活动，在企业的体育场开运动会，我看了，我流泪了。因为我太了解他们了，有好多是我当年的老同学，现在他们退休了，他们在那跳绳操、扭秧歌，他们由衷地高兴。你要知道，当时，我的同学下岗，一家人没饭吃，但他们始终是抱着团儿，硬冲到现在。现在生活好了，那种快乐，是由衷的，不是装出来的。

咱们现在所在的科技大楼，是最近盖的，多气派啊。接着往后走，那排排红房子，"一五"期间苏联援建的，多有历史啊。再往后走，是世界最大最先进的 18500 吨油压机，是世界数一数二的数控机床，多给力啊。

行业里的前几名，有的已进入亏损，而中信重工今年的目标还是 10 亿元的利润。

这里的工人有福哩。公司建有一流的生活服务中心，一线员工每天有 15 元的午餐补助；为每名员工建立了健康档案，每两年为全员免费体检一次；设立了 7 个洗衣房，免费为一线员工洗涤工装；建有 20 层高的大学生公寓，入住的大学生享受着公寓化管理、人性化服务。公司还有自己的阳光艺术团，有自己的运动员、书法家、画家、摄影家、作家和诗人。刚才，我们看的首席员工，他们一个月收入有六七千元呢，最高的时候八千元。

我看到，张冀昌眼睛里闪着光，越讲越动情，《中国工人》杂志记者随手写下报道的题目——"骨子里的精神。"

中信重工一天天地好起来了，可为之奋斗的杨奎烈却要离它而去了……

车行在厂区的路上，杨奎烈叮嘱司机开得慢些、再慢些。

他久久地回望着送行的人们，回望着他再熟悉不过的写满了他一生心血与奋斗的车间、厂房……

厂区焦裕禄大道两旁，梧桐挺拔、伟岸，气宇轩昂。

杨奎烈望着这条几乎每天都要走过的路，泪水潸然……

焦主任，写到这里，我的眼前不禁浮现出你的一幕——

获悉你病危，省委组织部部长张健民、开封地委组织部部长王向明，在省委会合后一起赶往医院看望你。

张健民和王向明来到医院，病势危重的你使劲睁开了干涩而沉重的眼睛。省地两位组织部部长分别代表省委和地委，向你表示亲切慰问。

你微微领首，握住他们的手。许久，你问了一句入院后从未问过的话："请组织上告诉我，我得的是什么病？还能不能治？"

张健民坐在床头，强抑悲痛说："裕禄同志，党为了治好你的病，已经尽了最大努力。根据医生诊断，你的病是肝癌晚期，皮下扩散。目前，国内外治疗这种病，还没有什么好办法。你对组织上还有什么事情要讲，请尽管讲吧！"

你听罢张健民的话，十分平静。入院后，从医生痛惜而无奈的目光里，从徐俊雅强装笑脸但却掩饰不住的悲戚中，你对自己的病况已了然于心。身体的强烈示警，已使你清晰地意识到生命之烛行将熄灭。

你抬抬头，用尽气力说："感谢党的关怀，组织的救治。我没完成党交给的任务，没实现兰考人民的期望，对不起党，对不起兰考人民……"

"你在兰考的工作很好，"张健民眼里噙着热泪说，"省委和地委领导同志，对你的工作都很满意。你已经出色地完成了党交给的任务，你不愧是一个真正的共产党员！"

你一阵激动，昏迷了过去。

当你醒转过来，两位部长问你对组织上还有什么要求。

你似有千言万语，但你只断断续续向组织提出："我死后不要为我多花钱，省下来支援灾区……我活着没有治好沙丘……死后希望组织上把我运回兰考……埋在沙丘上……看着兰考人民把沙丘治好……"

焦主任，焦书记，你是多么舍不得离开兰考啊！

主政兰考一年多来，全县149个大队，你已经跑遍了120多个。你把整个身心，都交给了兰考的群众，兰考的斗争。你多么希望能很快地治好肝病，带着旺盛的精力回来和群众一块战斗啊！

这是历史的巧合。都曾在洛矿工作，都是身患肝癌，都是累倒在岗位上，都为工作、为事业奉献了自己。杨奎烈有着和你一样的"履历"。

当杨奎烈以你为榜样，从焦裕禄精神这座精神宝库汲取动力，全心全意奉献企业时，他的生命便注定要融入焦裕禄精神传承和发扬光大的洪流中。

他常说："走在焦裕禄大道上，踏实！工厂是我的生命之根。我对工厂的爱，是从根上生出的，渗到骨子里去了。"

渗到骨子里的爱，是何等的真挚、何等的崇高！终让一名普通党员干部用生命做笔，为爱写下了深情的注解。

路边的焦裕禄铜像仍在微笑地凝视着他，一段段记忆如光影般在他眼前流转、浮现，第一次听父亲讲焦裕禄的故事，第一次走进这片开阔的厂区，第一次见识那钢花四溅，炙热得连血液也要燃烧起来，还有那日夜轰鸣的站房，那"横平竖直"的管道，那最艰苦也最骄傲的"新重机"……

一切鲜活得仿佛就在昨天，而今，却要说再见了。

这一别，便是永远。

从那天起，杨奎烈再也没能走出病房。

2月8日，公司新上的制氧机顺利出氧了。工友们第一时间把喜讯传到150医院，已经虚弱得抬不起胳膊的杨奎烈喃喃地说："好，好，生产有保证了……"

2012 年 3 月 2 日

（生命倒数第 8 天）

或许是走了神，要不然就是来得太突然，中信重工厂区的玉兰就这样绽放了。没有绿叶的衬托，没有伙伴的陪伴，它却早早随着春的到来不声不响地来了，如此沉默，如此芳香，如此独立，如此高洁！

病房里的杨奎烈，腹水越来越重。为了减轻痛苦，医生只好给他做透析以排除体内大量的水分。然而，透析又造成血小板减少，他经常流鼻血。各种止血药物都用上了仍止不住，而且身上所有扎过针的部位也开始渗血。为了压住出血点，医生只有将他的鼻孔堵死。鼻子里不流了，血又从嘴里往外流。为了不让血从嘴里流出来，他硬是咬着牙，紧紧闭住嘴，将血一口一口地往肚子里咽。直到医院调来血小板后，血才渐渐止住。

他仿佛又闻到了玉兰那熟悉的芳香。那留在他心底的浓郁的芳香散发开来，弥漫了整个病房。

3 月 2 日上午，杨奎烈把负责照看他的孙锡峰叫到病床前。他拉着孙锡峰的手，用微弱的声音说："锡峰，我托付你个事儿，我走了以后，后事由你来负责。记住，不要麻烦公司，要简办。"

晚上，我陪着刚从外地出差回来的公司董事长匆匆赶到 150 医院看望杨奎烈。

支开了亲朋好友，董事长轻轻握住他的手问道："奎烈，你还有什么放心不下的事？"

董事长心里十分清楚，杨奎烈的妻子马丽杰是企业困难时期的最早一批下岗职工，直到 2011 年 12 月退休，一直没有重新上岗。唯一的儿子也因回来照顾父亲而辞去了工作。

此刻，两位多年的挚友双手紧握，四目相凝。

极度虚弱的杨奎烈轻轻地说："我没有个人的遗憾了，唯一的遗憾就是再也不能和大家一起干了……感谢组织的照顾……"

董事长哭了，杨奎烈的眼泪也溢出了眼眶。

杨奎烈一再叮嘱："后事一切听组织安排，没有任何个人要求，也不能收挽金。"他还说，"我死后，就把我的骨灰撒在邙山上，我不愿你们看着我难受，我也不想看着你们难受。"

这就是一个国企党员干部的临终时刻！

他从来没有个人的私利，像圣洁的白玉兰，一尘不染地绽放在光溜溜的树枝上，美丽而恬静。

能源公司涉及能源的供应和管理，拥有各项动能物资采购和资源配置的职能，在权钱交易屡见不鲜的社会环境中，杨奎烈作为能源公司的党委书记、经理，不能不说是屁股坐在了火山口，稍不留意就有可能被诱惑的旋涡所吞噬。

那一年，能源公司进行电力系统智能化改造，需要购进大量设备，身为能源公司一把手的杨奎烈，成为众多设备厂家急于结识的"财神爷"。有段时间，他走到哪里，电话和客户代表就跟到哪里，都是替产品求情说好话的。

一天，一位销售经理走进杨奎烈的办公室。

来人递上名片和产品样本，希望杨经理能了解和关注一下他们的产品。

杨奎烈告诉客人，业务上的事找招标采购部门。

销售经理知道杨奎烈爱看书，便岔开了话题，和他聊了聊，说回头要给杨经理带几本书来。

杨奎烈没把这事儿当真，不经意地说："好，等我看完了还你。"

谁知第二天果真有人送"书"来了。

来人笑容可掬，指着怀里的纸包说："杨经理，这是我们经理带给您的书。"

杨奎烈打开纸包一看，愣了，里面竟然全是百元面额的钞票！

他顿时脸色突变。

送"书"人转身就走。

"把钱拿走，拿走！不然我就报警了！"杨奎烈像是受到了莫大的羞辱，发狠道。

来人被杨奎烈的吼声吓住了，赶忙拿着钱走了。

多年来，杨奎烈负责的项目工程和物资采购价值超过亿元，但他从未谋取过一点私利，始终一身清白。

社会充满了人情世故，作为能源公司一把手，杨奎烈有时也难以摆脱人情关系，他常常为此而烦恼。

这不，一位老同学找上门了。

杨奎烈热情地迎上去："稀客稀客！坐！坐！"

"一定有什么事吧？你可是个不轻易开口的人啊！"

老同学瞬间被杨奎烈的热情感动，也就直说了："我小妹夫想换个轻松一点儿的工种，你给调一调。"

不就是换个岗位嘛！这事他说句话就能办。

可杨奎烈犯难了：给同学的亲戚换个轻省点儿的工种，理由不足，也不合规，再说给他调了，别人怎么看？

顾及老同学的面子，杨奎烈笑笑："让我考虑考虑吧。"

时间一天天地过去，事情好像没了下文。

老同学也不知是不好意思，还是不抱希望，也没再催问。

谁知，半年多以后，杨奎烈带着二哥刚从国外给他带的暖贴，去了这位老同学的家，兴冲冲地说："二哥刚从国外带来的，你的胃不太好，贴上暖暖胃。”

老同学接过暖贴，心里暖融融的。

杨奎烈一脸歉意："你小妹夫调换工种的事儿……"

没等杨奎烈说完，老同学什么都明白了，能办的事，可以办的事，他一定会挂在心上；不妥当的事，不能做的事，他不愿做，也不会去做。

和所有的父母一样，杨奎烈对自己的儿子充满了希望与期待。杨庆飞高中毕业后，便远赴澳大利亚留学。杨奎烈夫妇几乎倾其所有，供养儿子。

终于，杨庆飞要毕业了，按照学校的要求，家长要参加毕业典礼。杨奎烈答应儿子去澳大利亚一趟。中信重工澳大利亚公司就在悉尼，他决定趁此机会去参观学习。

他特意来到中信重工董事长的办公室，提出了这个请求。

董事长一口答应："行啊，我来安排！"

董事长心想，莫不是杨奎烈想把儿子留在澳大利亚公司工作？这个海外公司刚起步，也需要优秀的学子加盟。

杨奎烈走后，董事长拨通澳大利亚公司总裁安吉夫的电话做了安排，并特意交代，如果孩子也一同前去的话，要注意了解一下他的学识和能力。

这天的天气晴朗，蓝天、白云映衬着红楼、绿草，映衬着一张张青春的笑脸。在一个陌生的国度，一个自己20年前取下的名字被大声读出，杨奎烈充满自豪。儿子阳光、自信地走到台上，接过校长手中烫金的毕业证书，高擎着，向一直默默守望着他的父亲奔来。杨奎烈兴奋地迎上去，与儿子击掌相庆。

与儿子共享了具有里程碑意义的一刻后，性急的杨奎烈就带着杨庆飞来到了中信重工澳大利亚公司。

澳大利亚公司是中信重工征战海外的桥头堡，在国际矿业市场影响力日增。在安吉夫的引领下，杨奎烈父子兴致勃勃地参观公司，实地感受中国企业的国际化脉动。安吉夫特意和杨奎烈的儿子杨庆飞做了交谈，对其表现竖了大拇指。当天，安吉夫就向董事长做了汇报。

杨奎烈回公司第一件事儿，就是向董事长汇报在澳大利亚公司的参观学习情况。董事长原以为杨奎烈会向他提出让儿子留在澳大利亚公司工作的请求，并准备答应，但杨奎烈却只字未提。

杨庆飞回国后去了北京，依靠自己的能力找到一份工作，为了专心陪伴父亲度过人生最后时光，2011 年辞职了。

对于儿子杨庆飞的工作问题，杨奎烈直到病逝前，也没向董事长提过一句要求。

票子、儿子说完了，该说说房子了。

杨奎烈一生没住过新房，也从来没向组织提过有关房子的要求。

从 1994 年当上中层领导干部起，直到临终前，杨奎烈一家 3 口还住在 20 世纪 60 年代建的老楼里。

那是父亲留下的房子，有五六十平方米，楼梯逼仄阴暗，几乎透不进什么光。

朋友们纳闷，杨奎烈到底图啥呢，辛辛苦苦一辈子，连一套差不多的房子都没挣到。

他有他的理由："老楼离单位近，走两步就过去了，方便随时赶往厂里处置紧急情况。"

斑驳的老楼，见证了杨奎烈的情怀。

行文至此，我突然想到一个词：欲望社会。

"欲望社会？"

哦，那是郑钧的歌——

> 为了我的虚荣心我把自己出卖
> 用自由换回来沉甸甸的钱
> 以便能够跻身在
> 商品社会欲望的社会

　　　　商品社会令人疯狂的社会

　　　　热热闹闹人们很高兴欲望在膨胀

　　　　你变得越来越忙物价在飞涨

　　　　可我买得更疯狂

　　　　商品社会欲望的社会

　　　　商品社会没有怜悯的社会

　　在商品社会、在欲望的社会，我闻到了玉兰花的芳香。

　　留下一身正气，带走两袖清风，杨奎烈用一生的精气神挥毫写下了一个大写的"人"。

| 2012 年 3 月 9 日 |

　　像阴云一样笼罩着马丽杰的那一天，难道这么快就来了吗？

　　这天是 2012 年 3 月 9 日。

　　天空烟雾蒙蒙，沉沉欲坠，似载满离愁别绪的心。

　　杨奎烈浑身一点力气也没有了，尽管打了止痛针，还是疼痛难忍，有一口气无一口气地呻吟着，头吃力而缓慢地扭动着。昨天晚上还在为丈夫祈祷的马丽杰，突然间手足无措。

　　一起走过风雨，一起体会甜蜜，一起承担苦难，一起分享快乐，能于人世间找到一个牵手相伴一生的人是何等幸福啊！可是，他就要离自己而去了……

　　马丽杰望着命若悬丝的丈夫，泪水早已模糊了双眼。她不愿丈夫看到自己的悲伤，每次感情难以抑制的时候，她就轻轻走到病房外，任凭泪水倾盈。

　　可这是和奎烈在一起的最后一点时间了，每一分每一秒都是那么珍贵，她一定要陪伴到最后。因为除了陪伴，她什么也做不了。于是她又匆匆抹去眼泪，回到床前，抚摸着他的额头……看着他，悲伤的情愫再一次聚集，她眼前一暗，就像落下了一道沉甸甸的黑幕，她不得不再一次走出病房。

　　杨奎烈痛苦地挣扎着。

　　他的神智已经不清醒了，可是那让他无尽牵挂的人，她的面容却还是那样清晰。看着她像个孩子一样无助地抽泣，他的嘴唇微微颤动，千言万语汇在心头，却再也没有力气说出来了。他的手又黄又瘦，无力地平放在床上。突然，他的手动了动。马丽杰赶快俯下身，伸出手。杨奎烈拼尽最后一丝力气，握住了她的手。

这是流淌在他们之间无言的表白。

那年，厂职工大学开设河南广播电视大学企业管理和会计两个专业班时，杨奎烈夫妻俩都知道这是一次难得的机会，都想通过上学弥补自己学识的不足。可就在这一年，他们的儿子杨庆飞刚刚出生，嗷嗷待哺，正需要人照顾，两人之中必须得有一个人放弃这次机会。最终"官司"打到了岳父那里。岳父盯着忐忑不安的女婿和满脸通红的女儿沉思良久，最后劝自己的女儿："小杰，你就让奎烈考吧，毕竟孩子更需要妈妈。"

马丽杰哭着答应了。

"这一辈子最对不起的人，一想起眼眶就会红的人，还是妻子。"说起相濡以沫的另一半，杨奎烈面有愧色，"她文化水平比我高，也有自己的追求，但是为了我，什么都放弃了。为了不干扰我学习，她独自承担起抚养孩子的责任，揽下所有家务活，不顾工作和家务的劳累，还经常辅导我文化课。"

"我欠她的太多了，结婚这么多年，我们有吵架但从没真正翻过脸。我在学习中，也有想打退堂鼓的时候，但想到她的付出，我没有理由退缩。"

那年，厂里建议她"协保下岗"时，她不知道自己是怎样茫然地走回家的。

"协保"，是指进入再就业服务中心的下岗人员同中心、原所在单位三方协商后，就保留社会保险关系签订协议。这是再就业工程中，为帮助下岗人员走向劳动力市场采取的一项政策。

《生命的动能》一书记述，以往一家人吃饭都是有说有笑，可那天的饭桌上却弥漫着一股压抑的气氛。儿子杨庆飞正在读高中，马丽杰几次想开口对丈夫说下岗的事，可又不想让儿子知道，只能话到嘴边再咽回去。杨奎烈看在眼里，待儿子吃完饭，便说："庆飞，抓紧去复习功课吧。"眼看儿子进了里屋，一番让马丽杰至今记忆犹新的对话开始了。

"丽杰，你今天是不是有啥事儿啊？"杨奎烈低声问妻子。

"老杨，今天领导找我谈话了，建议我协保下岗。你说说，我怎么办……"满腹委屈的马丽杰刚一开口，已泣不成声。

看着妻子的眼泪，杨奎烈一阵心疼。他不是不知道，妻子是个要强的人，而且她文化水平比自己高，要不是当初为了这个家，把上大学的资格让给了自己，妻子说不定现在进步得比自己还要快，又怎么会面临下岗的选择……可企业的困境摆在眼前，他感到无能为力，他不能为一己私利给企业增添负担。

杨奎烈忍着心痛和愧疚，强装笑容，安慰妻子道："这个事儿，不瞒你说，我是有思想准备的。现在庆飞正在读高中，是最关键的阶段，咱们俩都这样忙里忙外的，对孩子教育也不好。庆飞是咱家的未来，咱们苦一点没啥，可孩子的学业和前途不能耽误。依我看，单位既然让你协保下岗，你就在家照顾庆飞吧。企业现在这么难，我也没法儿给你开这个口。不留也罢，等以后发展好了，庆飞也上大学了，你再回来工作。"

杨奎烈的一番话，让马丽杰既心酸又无奈。自己几十年如一日地支持丈夫工作，可是到头来，连丈夫的一句说情都换不来。那个她一直依赖的臂膀，在碰到原则问题时就不会为她张开了。可想到这一家老小，她的心又软了下来，丈夫一直身体不好，这个家她不来照顾，还能指望谁呢？马丽杰沉默良久，终于缓缓地叹了口气："算了，老杨，我知道你的性格，你是个有原则的人，一直以来我都听你的，这次我也不让你为难，本来我想着家里负担重，我上着班，尽管暂时没工资，总还有个盼头，可是现在还能怎么办呢……要是以后家里靠你一个人真养活不了了，我再出去打工……"

妻子的声音轻轻的、柔柔的，仿佛潺潺流过的溪水，仿佛微微拂面的春风，仿佛片片飘浮的白云。

杨奎烈的眼眶湿润了。他伸出右手，用手指轻轻地在妻子的脸庞划过，把一缕头发理到耳边。

马丽杰就这样协保下岗了，带着无奈的留恋与不舍离开了这个渗透了她的汗水和期待的企业……

解放军 150 医院肝胆外科 106 病房内，哭啼声、呼唤声，声声相连，仿佛空气都是悲伤的。

医疗救治回天无力，只能选择放弃。

马丽杰握着杨奎烈的手，久久不愿松开。

豆大的汗珠从杨奎烈的额上滚落下来。

晶莹的泪水从马丽杰的腮边滴落下来。

当马丽杰看到心电监护上显示心率为 0、心电图为直线后，仍死死抓着杨奎烈的手不肯松开。也许是听到了妻子心底的呼喊，或是对世界仍有留念，杨奎烈原本为 0 的心率又迅速升为 22，但很快又降至 0。

短则 3 个月，长则半年，这是医学理论上杨奎烈生命的最长期限！

杨奎烈向这个期限冲刺！一个共产党员的追求，打破了生命限期！

2012 年 3 月 9 日 11 时 38 分，在与病魔顽强抗争同时也坚持工作了287 天后，杨奎烈闭上了他疲惫的眼睛，走完了他与国企共守的岁月，年仅58 岁。

| 2012 年 3 月 13 日 |

2012 年 3 月 13 日，河洛大地，乍暖还寒。上午，一场隆重的告别仪式在洛阳殡仪馆举行。

哀乐低回，泪水奔涌。鲜花翠柏丛中，身覆中国共产党党旗的杨奎烈面容安详，仿佛刚刚睡去。

告别大厅外的挽联"践行焦裕禄精神殚精竭虑丹心照日月，奉献新重工事业鞠躬尽瘁高风恸大地"，是这位新时期践行焦裕禄精神的楷模一生的生动写照。

中信重工领导班子成员全来了，大家来为这位鞠躬尽瘁的好干部送上最后一程。

公司生产、营销、技术等各个系统的中层干部都来了，大家要向这位累倒在工作岗位上的好伙伴致以最后的敬意。

杨奎烈所在的能源供应公司 300 多名员工打着挽幛也来了，挽幛上写着："杨经理，我们永远怀念您！"

原定 500 多人参加的告别仪式，到场人数逾千，很多职工自发地来给杨奎烈送行。

洛水呜咽，邙山含悲，人们久久不愿离去……

在杨奎烈住院的 287 天时间里，他有日志记录的参加公司生产安全工作会议就有 12 次，前往工地现场 100 多次，平均每天接打业务电话 20 多个。

焦主任，48 年前，从中信重工的前身洛阳矿山机器厂走出的你——县委书记的好榜样焦裕禄，身患肝癌，累倒在岗位上；48 年后，中信重工能源供应公司党委书记、经理杨奎烈，同样是身患肝癌，为工作为事业，奋斗到生命的最后一息。

这不是巧合，而是一种精神和价值理念的传承。

杨奎烈去世后，在他病房的床头柜上，人们见到了他写给公司的最后一份建议书：《关于能源供应的变化及应对措施的建议》。建议是他口述，儿子杨庆飞用键盘一字一字地敲击的。

建议的开头是："随着新重机工程的正式投产和能源价格的不断攀升，特别是市政府引入天然气之后对工业燃气造成的冲击，为了企业能源供应的有序进行，应当有重点地逐一分析，研究对策，未雨绸缪，确保能源供应，不给企业的生产造成大的影响。"他详细分析了公司工业燃气和电力供应面临的形势和问题，并向公司提出了 6 条建议。

杨庆飞说："这份建议，父亲口述得很吃力，但很流利，几乎一气呵成，我知道，他早在心里打好了腹稿。从这份口述的建议，我感受到企业在父亲心中的位置，也感受到是企业、是中信重工事业在支撑着、延续着父亲的生命！"

在杨奎烈的办公室里，善后小组发现了一个小本子。2003 年，中信重工实施"平炉改电炉"工程。这个工程是在原址上改扩建施工，碗口粗的电缆是利用现场的地形进行挖沟铺设，施工难度非常大。施工中职工经常看到杨奎烈拿个小本子在记着什么。原来，这个小本子记的全是参照物。电缆铺设不规则，沿线都有哪些固定的物体，距离电缆沟有多远，他都一一记在了本子里。这样做的好处是，一旦发生故障便于检查和及时抢修，若干年后如果需要查找电缆线路，一翻本子就能查到。

在整理杨奎烈遗物时，善后小组在杨奎烈的办公室抽屉里发现了几张空白的体检表。上面除了单位醒目的红色印章和名字一栏填上"杨奎烈"3 个字以外，各项检测栏目处一片空白，而这些空白体检表格，被杨奎烈偷偷放在能源公司 54 个工人的职业健康检查报告的下面。

在他的办公室里，善后小组还找到了 8 本从未间断过的工作日志。在这些密密麻麻的工作日程上，没有星期天，没有节假日，即便过年和节假日也不例外。他的行动轨迹永远是两点一线：家庭、单位；单位、家庭。

在杨奎烈的工作日志里，记录着企业管理、记录着技术创新、记录着安全生产，同时也记录着有关职工的点点滴滴。

这里有几条他 2008 年记的日志——

2008 年 9 月 16 日：计时工，可以及时转正，留住人才。尤其对于铆、焊工，公司人事部应该要有特殊政策。

2008 年 10 月 13 日：王向东，35 岁，爱人没有工作，女儿 7 岁，还有老母亲瘫痪在床。

2008 年 10 月 27 日：夏玉明，男，48 岁，1977 年参加工作，第一批下岗（夫妻双双下岗）。

2008 年 11 月 3 日：工会要确保有关待遇的落实。

其中的一本工作日志里，记录着密密麻麻的电话号码和一个个工人的名字。事后才发现，这些都是困难职工或者家属。

笔者浏览了一下电话号码，随便拨通了一个，电话那头，能源公司制氧运行班工人刘胜利声音哽咽："你能想象杨经理礼拜天骑着自行车，大老远去医院看望一个工人的母亲吗？"

靠墙的书柜里，一本显然是经常翻看的书斜放在一堆资料边，书名是《责任心是金》。

书籍旁边还放了 3 件宝贝：安全帽、望远镜、照相机。

安全帽——不仅是他工作的标志，也是他人身安全的保障，更是他辛勤工作的见证。

望远镜——很多管线架在十几米高的水泥柱上，肉眼看不清哪里有"跑冒滴漏"、哪里有故障点，他的望远镜就发挥了很大的作用。

照相机——他要经常巡视全厂管网线路，他要记录下有隐患的地方，好给维修和巡检人员提供资料。

在杨奎烈去世后，在他工作的电脑中，人们看到了2445张"新重机"工程建设过程的现场照片，这都是他日积月累亲手留下的。

这些照片清晰地记载了电缆、管道的施工位置，生动地记录了"新重机"工程能源大会战时轰轰烈烈的劳动场面。

在他留下的照片中，人们还看到了绽放的白玉兰。

它不显山不露水，纯粹得连叶都是多余，在那光秃秃的树枝上，亭亭玉立，蓬勃向上，袅袅身姿，风韵独特。那白里透红的花瓣，似在莹雪中浸过，焕发着美玉一般的光辉……

2012年3月16日，中信重工召开向杨奎烈同志学习活动动员大会。

3月20日，《洛阳日报》发表长篇通讯《沿着焦裕禄走过的路——追记中信重工能源供应公司经理杨奎烈》。洛阳电视台新闻联播连续5期播发杨奎烈同志事迹系列报道。

新华社内参《国内动态清样》以《杨奎烈将生命融入事业树立国企党员典范》为题，中央电视台在《身边的感动》栏目中分上下两集，报道了杨奎烈同志的事迹。

"都曾在洛矿工作，都身患肝癌，都累倒在岗位上，都为工作、为事业奉献了一生。同事们说，杨奎烈有着和焦裕禄一样的崇高信念和精神追求，是新时期'焦裕禄式的好干部'……"这是新华社刊发的长篇通讯《新时期"焦裕禄式的好干部"》的结束语。

《人民日报》在为长篇通讯《杨奎烈 像焦裕禄那样活过》所配发的评论《坚守信仰 成就伟大》中写道：杨奎烈走了，可他关爱职工的公仆情怀、爱岗敬业的精神境界、鞠躬尽瘁的奉献精神永暖人心、励人奋进。他用生命诠释了人生的价值和意义，诠释了一名共产党员的信仰和操守，诠释了焦裕禄精神的新内涵。

洛阳市委、市政府追授杨奎烈为"新时期焦裕禄式的好干部"。

中信集团党委举行杨奎烈事迹报告会，追授杨奎烈同志"献身中信事业的优秀共产党员"荣誉称号。

洛阳市总工会、河南省总工会、全国总工会分别追授杨奎烈同志"洛阳市五一劳动奖章""河南省五一劳动奖章""全国五一劳动奖章"。

2013年，杨奎烈同志被中央党的群众路线教育实践活动领导小组办公室确定为党的群众路线教育实践活动先进典型。

杨奎烈已去，但其事迹却如恒星般绽放着光芒。"新时期焦裕禄式的好干部""国有企业的优秀带头人""党的群众路线教育实践活动先进典型"……杨奎烈的名字从中原大地传颂到华夏九州，定格为时代的先锋。

沿着焦裕禄大道，一条以杨奎烈命名的路——血脉相连的传承之路，在中信重工、在神州大地延伸……

┃ 尾　声 ┃

　　徐俊雅带着孩子去车站接来焦母，可是焦裕禄忙于提升机试制竟没有抽出时间看望母亲。

　　厂区锣鼓喧天，大伙为提升机试制成功而开庆功大会。

　　此刻，焦裕禄回家看望妻儿母亲。

　　得知母亲已经在回山东的火车上，他疯狂地奔跑而来，怔怔地跪在车轨上……

　　焦主任，这是电视连续剧《焦裕禄》2011 年 6 月在中信重工拍摄的画面。

　　30 集电视连续剧《焦裕禄》回顾了你在兰考的 475 天，以及在洛阳矿山机器厂 9 年忘我工作的故事和背后许多不为人知的细节，还原了你成长生涯中最光辉的生命轨迹。

　　作为党的十八大献礼之作，电视连续剧《焦裕禄》在央视一套黄金时段播出后，引起观众强烈共鸣。

　　2012 年 12 月 19 日，《焦裕禄》主创人员、专家学者专程来到焦裕禄精神的发源地——中信重工，就传承弘扬焦裕禄精神进行专题座谈。

　　阳光冲破灰色的天空露出笑脸，驱赶着冬季的寒冷，带给工厂盎然生机。

　　19 日早上 8 点半，你的二女儿焦守云和剧组成员就到了你曾经工作过的一金工车间生产现场。

"欢迎《焦裕禄》剧组回家！""欢迎二姐回家！"

身着蓝色工装的员工们打着横幅，像迎接亲人一样迎接他们。

座谈会上，与会人员首先通过《焦裕禄精神与洛矿》电视专题片，深刻感受焦裕禄精神在洛矿这片热土上孕育和形成、传承和弘扬的清晰轨迹。

接下来，你的二女儿焦守云和《焦裕禄》剧组主创人员、与会领导、专家学者、职工代表一起回顾焦裕禄事迹，畅谈焦裕禄精神，共同感受一个时代的脉动与心跳。

焦主任，现将他们的发言原汁原味地传递给你。

你的老工友刘玉华：

电视剧《焦裕禄》拍得很好，很成功。演员表演得很感人，将焦裕禄的一生活生生地展现在了舞台上，我每次看都掉眼泪。

焦裕禄在我们洛矿工作了9年，我与焦裕禄一起工作多年，他是我的领导。可以说，我们洛阳矿山机器厂，现在的中信重工在半个世纪的发展中都在传承、弘扬焦裕禄精神。

1958年7月，我们二金工车间21个女工成立了"姑娘组"。当时重工业战线缺乏劳动力，厂长和焦裕禄主任就说，要解放妇女、男女平等，让妇女参与到国家重工业建设中。实践证明，他们看得很远。我们"姑娘组"成立9个月就完成了1年零10个月的工作量，全厂80%以上的职工都以学赶我们"姑娘组"为目标，投入了兵对兵、将对将的竞赛运动。我们曾19次被评为先进集体，荣获41面奖状和奖旗，7次出席全国、省、市的群英会和先进生产者代表会议。当时，《洛阳日报》的记者经常来"姑娘组"采访。一天，一金工车间主任焦裕禄看到了《洛阳日报》一篇点赞"姑娘组"的报道《一朵迎春花》，拿着报纸笑呵呵地来到我的车床前，给"姑娘组"鼓劲加油。可以说我们也是在焦裕禄精神感召下创造了奇迹。

我今年75岁，虽然退休了，但在矿山机器厂干了几十年，对厂里非常有感情，也非常关注中信重工的新发展，每天看厂里的电视新闻，一天不看就着急。过去我们出差，不敢说自己是河南人、洛矿人。经过"十一五"和近几年的发展，中信重工扬眉吐气。我在火车上一说自己是中信重工的，就有人说，你们中信重工很出名呀，许多中央领导都去视察。从20世纪90年代末曾经连续19个半月发不出工资，到现在成为国际化企业，这也是中信重工人传承、弘扬焦裕禄精神的结果。

时任中信集团党务工作部主任杨林：

中信集团是在中国改革开放之初由邓小平同志倡导成立的。33年来，中信集团充分发挥经济改革试点和对外开放窗口的重要作用，现已发展成为位居世界五百强行列中的一家金融与实业并举的大型综合性跨国企业集团。有人会问：在这样一个企业中，还需要焦裕禄精神吗？我们的回答是：当然需要！

1993年12月，洛矿整体并入中信系统。那时我就有一种很强烈的感觉，进入中信的不仅是一家曾为国家重点建设项目的大型装备制造企业，不仅是这一大片厂房和生产设备，更有一种体现大工业风范的企业精神，焦裕禄精神正是它的象征。从那时起，焦裕禄精神融入中信人的血脉，成为中信集团精神财富的重要组成部分。

在中信重工，一直没有停止过对焦裕禄精神的追寻，也在孕育着焦裕禄式的共产党人。他就是今天已广为人知的"新时期焦裕禄式的好干部"杨奎烈。同样的英年早逝，同样的忘我工作，同样的心系群众，同样以顽强毅力与相同的病魔抗争到最后一息……杨奎烈同志继承了以焦裕禄为代表的共产党人的精神、操守、胸襟和情怀，他的模范事迹和崇高精神，为今天的共产党员特别是党员领导干部树立了精神标杆。杨奎烈同志逝世后，我写了一篇怀念他的短文。我认为，焦裕禄式的好干部这个称呼，于杨奎烈同志是当之无愧的。他成长在焦裕禄生前工作过的企业，在工作岗位上以焦裕禄为榜样，像焦裕禄一样忘我工作、无私奉献。在中信重工这片热土上，这恐怕并非巧合，而是一种价值观念的延伸。我相信，在中信还会有更多人走在焦裕禄的大道上，为党和人民的事业挥洒热血，贡献才智和力量。想想焦裕禄，想想杨奎烈，我们扪心自问，还有什么不能付出，还有什么不能舍弃呢？

电视剧《焦裕禄》主演王洛勇：

从知道要到洛矿来，我的心一直在怦怦跳。公司团委岳书记把我拉到大转盘的那个时候，我一看到洛字，心就在跳。从演完这部戏以后，也在跳，不知道观众会有什么反馈。现在，戏放映出来以后，观众有这么多好评，我们得到这么多表扬和肯定，我才深深知道，这不是靠我的演技，而是靠焦裕禄这么多的了不起的事迹、了不起的人生经历。我生吃恶补，一点点地向他靠近，在这个过程中，有一个"军团"在帮助我，包括咱们的洛矿工人、领导，每一次对我讲到焦裕禄在厂里的这些故事，他们眼中总是充满泪水。

走进《焦裕禄》剧组，我到兰考，到哈工大，到洛矿，每一个人都在帮助我。走进角色的这个过程，就是一个脱胎换骨的过程，这个过程就是向焦裕禄看齐的过程。

为什么焦裕禄在洛矿"充电"？为什么洛矿能够变成国际上屈

指可数的大企业？在拍戏的过程中，我觉得洛矿才真的是在传承弘扬焦裕禄精神，你们是当之无愧的。这让我知道，人穷不可怕，生活贫困不可怕，条件差不可怕，可怕的是没有精神，没有梦想，没有实际行动。在洛矿拍摄完毕临走的时候，我有幸见到了杨奎烈，他对艺术的那种感觉，对艺术的那种追求，对工作的那种挚爱，让我深深感动。他说我在"输血"啊！我当时不太明白，我还以为是治病输血，今天我才明白，能源就是洛矿的血液，就是生命。他说："这些管子漏不漏我每天都得看，如果漏一点，甚至是一点点，我们就得浪费很多很多的资源，我们还不够富裕。"从杨奎烈身上，我感受到了什么是焦裕禄精神。

著名评论家解玺璋：

1978 年我离开工厂，之后没有再回过工厂，所以今天特别早起，先在中信重工的厂区转了一圈，接着又参观了车间。见到很多穿着工作服的工人师傅，这种气氛让我有种既熟悉又陌生的感觉。熟悉的是，人与人之间的气场让我觉得特别感动，这让我想起了年轻的时候。我 16 岁进工厂，在工厂待了 9 年，后来上了大学。工厂就是我起步、我受到最初教育的地方，那时候初中没毕业就进了工厂，接受最基本的教育就是在工厂。但是我也感觉非常陌生，现在的工厂完全是现代化的模式，跟印象中的工厂完全不一样。我切切实实地感受到了国家经济的发展和腾飞。

我们这一代人了解焦裕禄，就是从穆青的长篇通讯《县委书记的榜样——焦裕禄》中知道的。当时我就有这样的疑问：焦裕禄的这种精神是怎样形成的？电视剧《焦裕禄》给出了答案。在该部电视剧里，虽然焦裕禄在洛矿的经历只有两集左右的篇幅，但是我特别重视这两集。一方面因为我在工厂工作过，电视剧里的场景能让我联想到当时的情况；另一方面，焦裕禄在兰考的这一部分，我们比较熟悉，这些情节和细节，甚至一举一动，我都能想象是从哪个地方而来。从这两个方面来看，这里展现出的焦裕禄是很新鲜的形象。可以说，洛矿作为一个代表，可以加深人们对于工人阶级的理解。为什么说工人阶级是领导阶级，这个群体的先进性表现是什么？通过焦裕禄一生的表现，我们可以看出焦裕禄对集体主义的理解，他对制度、规矩的坚持，这些都是在工厂和工人队伍里面形成的。在工厂里，产业工人天然地会产生对集体主义制度和规矩的尊重。这正是产业工人的力量之源。大工业组织并不是天然形成的，而是工业运营方式造成的。因此，这两集虽然很短，但是给人的联想很多，在整部戏中的分量也很重，从这个角度可以理解焦裕禄人格形成和精神形成的基础。

电视剧中讲到20世纪50年代国家工业建设的发展。里面讲到他和苏联专家之间的关系，看他学习跳交谊舞。他不是从个人的角度考虑，而是从民族工业的发展角度考虑和处理问题。例如，在那个时期，知识分子是比较敏感的问题，焦裕禄就关心出身不好的知识分子。当时技术人员中有一些南方人，吃不惯北方的面食，他回家跟岳母商量，把家里的几斤大米拿出来给技术人员。这不仅仅是几斤大米，这是表明了党对知识分子的态度。在兰考，焦裕禄处理机耕队的这部分戏，他不是简单地从工作方法的角度，而是站在对人的尊重和整个事业发展的角度来考虑问题。焦裕禄的这种做法，与他9年的工厂经历分不开。9年的工厂经历给了他开阔的视野，给了他一个较高的起点。

电视剧《焦裕禄》表现了焦裕禄完整的人生，包括他拉手风琴、二胡等各方面的才华。以前我只是知道他用杯子顶着肝部，这部电视剧改变了焦裕禄的传统形象，它完整记述了焦裕禄的成长经历。这是《焦裕禄》电视剧的一大贡献。

电视剧《焦裕禄》拍得意味深长。它针对现在的社会状况、道德状况，为观众拓展了一个广阔的可以思考的空间。现在大力弘扬焦裕禄精神，是非常切实而且及时的。来到厂里以后，通过观看展览以及与很多老师傅的谈话，我感受到焦裕禄精神仍然在弘扬和传承着。这个电视剧给人的警醒，就在于让我们重新思考人的精神可不可以达到焦裕禄这个标准。这个电视剧激发大家去思考和讨论：一个人要用什么样的精神境界来支持自己？这也是电视剧《焦裕禄》的一大贡献。

你的二女儿焦守云：

今天来到洛矿的感觉就是回家了，回家的感觉是两个字：温暖。

习近平同志2009年从洛矿到我们家，给我们兄弟姐妹讲，他刚从洛矿过来，洛矿有焦裕禄大道，有焦裕禄展览馆，有焦裕禄雕塑。说句很惭愧的话，这些情况在几年前我们是不知道的，因为真的很多年没有回来过洛矿，没有回过家了，这点我们做得不好。从那以后，我对洛矿、对中信重工、对这个家有了更深的眷恋，有了更深的向往。

一开始加入剧组，第一次来洛矿，是陪着编剧何香久一起来的。来了之后，洛矿真的没有把我们当外人，真的让我们有了回家的感觉。前几天我和团委的微博一直在互动，团委发了一条微博：欢迎艺术家来中信重工！我就问：不是艺术家的欢迎不欢迎？他们马上回了一个：你是我们的家人！

今天进了一金工车间，真的想哭。以前很多人喊我大姐，这只是个称谓。剧组的同志喊我二姐，我特别高兴，我们一天到晚待在一起，前后断断续续4年时间，我已经习惯"二姐"这个称谓了。来到这里，看到"欢迎二姐回家"的横幅，我真的想哭。

　　来这里的感受一次比一次深，我不是在空谈自己的心情，这是一个很真实的感觉。这里是我父亲生命的一个新的起点，给了我父亲一个平台，给了我父亲一个快速成长的机会。父亲从这里迈向了我们国家有名的学府——哈工大，又到了大连起重机器厂实习。他在这里不仅学会了科学知识，而且学会了科学管理，为他以后的工作和生活奠定了基础，使他的生命达到了一个新的高度。我经常在外面说，父亲的充电过程是在洛矿完成的，在兰考的1年零4个月里，他是在发光的。如果没有这个充电过程，发光也就无从谈起。正是他在洛矿走完了这个过程，所以他才在兰考达到了一个辉煌的巅峰。

　　洛矿人爱他们的老主任，爱他们的老科长，这是任何地方都比不上的。因为我在各地到处走，听到各种赞美的话，最由衷的话语是我们洛矿说的。父亲在这里留下了他深深的足迹，所以这里有焦裕禄大道。沿着这条大道，洛矿人对我父亲最好的纪念方式，就是一代一代地走下去！我们的员工每天都在用脚丈量着这条大道，所以从这条大道又走出了杨奎烈同志这样的焦裕禄式好干部。杨奎烈同志最后说："我最遗憾的就是不能和大家一起干了！"我父亲最后说的是："我没有完成党交给的任务！"异曲同工，听到这里我真的想哭。

　　洛矿人热爱我的父亲，洛矿在传承方面做得是最好的，所以我们有了今天的辉煌。我们洛矿出这种焦裕禄式的好干部也好，其他的模范人物也好，都是必然的！

　　在洛矿拍摄期间，我们得到了洛矿人的巨大帮助，我们觉得洛矿是我们的靠山。在我们刚开始拍这个电视剧，还搞不清楚会拍成什么样子的时候，洛矿人坚定不移地站出来支持我们，给了我们坚持下去的信心，这是一个家庭般的温暖。我可以说，我们剧组每个人都非常努力，所以今天我们敢在这里给大家汇报，敢坐在这里和大家一起分享。

电视剧《焦裕禄》的上映，引起了很大反响，洛矿人的呼声是最高的。不是因为我坐在洛矿的地盘上这么说，在哪里我都这样说。为什么呢？在微博上洛矿人整天迫不及待地问什么时候播，搞得我都不知道是真是假，我就说等吧、等吧！当他们得到确切消息以后，洛矿人守着电视倒计时，就像兰考人放鞭炮一样，我们的心情是一样的。我觉得我们一起怀念了这么多年，每个人都想能再看到我父亲活生生的形象。在洛矿拍摄的时候，有些人看到了，但是电视剧播出时到底怎么样，大家都热切希望看到。播放期间，从微博上看到洛矿人真的是非常振奋。尽管在洛矿这一段有点短，可能有些失望，但是没有影响洛矿人的观看热情。

王洛勇老师是得到我们洛矿人认可的。第一次来这儿拍的时候，我问了大家几句话。我问，洛勇老师像不像焦裕禄呀？大家就说：像，非常像！因为我们就在我父亲的雕像前举行的仪式，他的脸型就和那个雕像非常像！王洛勇老师的形象，我们洛矿人认了，我们兰考人认了！我把洛勇老师的定妆照拿给家人看的时候，都说这个"中"！我很有成就感，毕竟是我首先认可的他。要是这个不"中"，我就没法交代了。我看了他的演出经历后，就更加有信心了。我们已经不太认可穿上毛背心就是焦裕禄这种形象了！我们希望还原我们父亲的形象，我们的父亲是高大的、是英俊的，我们的父亲是风趣的、幽默的、温和的。他不光是艰苦奋斗，不光是艰苦朴素，不光是苦干实干，他还英俊潇洒、风趣幽默，他还有苦干加巧干，他还有对生活的热爱的态度、对工作学习科学的态度。这些在我们脑子里都是影响巨大的，都是不好复制的。看王洛勇老师演出，脑子里会浮现出父亲的形象。我今年60了，我父亲去世的时候，我12岁了，我对他的印象、姿态、说话的样子，我记得都很清楚。现在每个电视台播放我都追着看，我现在已经有些痴迷了。

　　著名的评论家李准说，这些年有不少主旋律电视剧，这一部是最好的！我代表家里说一句话，确实有不少表现我父亲的，我们也认为这部是最好的，从心里头认可的。这确实是由衷的。我们身边的人见到我都说："这回这个人咋演得这么像哩！"我们真的很高兴。

听到了吗？焦主任！

他们聚首在你曾经工作了 9 年的洛矿，饱含深情地谈论一个共同的话题：焦裕禄。

这是对你 9 年工厂岁月的感念。

这是对焦裕禄精神在工业大熔炉里孕育形成的高度认知。

这是对一个传统国企在焦裕禄精神引领下傲然崛起的深情礼赞。

这是对焦裕禄精神所展现出的无穷魅力的心灵感言。

这是对伟大的焦裕禄精神的时代呼唤。

"依然月明如昔，思君夜夜，肝胆长如洗。"

中信重工焦裕禄大道，梧桐参天。

大道旁，焦裕禄半身纪念铜像庄严肃穆。老主任目光深邃，似乎在深情凝望着。

春雨缓缓飘落下来，如缕如丝地飘落到大地上。

哦，那是焦主任你匆匆洒落的汗滴。

小草醒了，大地绿了……

　　此致

敬礼

　　　　　　　　　　　　　　　敬仰您的新工友　骆自星

　　　　　　　　　　　　　　　2022 年 3 月 18 日

| 参考文献 |

［1］张红涛，时丽茹.焦裕禄精神在洛阳［M］.北京：中共中央党校出版社，2018.

［2］王洲.生活中的焦裕禄［M］.北京：中共中央党校出版社，2018.

［3］焦守云.我的父亲焦裕禄［M］.北京：人民日报出版社，2016.

［4］高建国.大河初心［M］.北京：作家出版社，2020.

［5］《精神的路标》编写组.精神的路标［M］.北京：中信出版社，2014.

［6］王伟群.艰难的辉煌［M］.北京：中信出版社，2010.

［7］王伟群.艰难的辉煌2［M］.北京：中信出版社，2020.

［8］《生命的动能》编写组.生命的动能［M］.北京：中信出版社，2013.

［9］陈晋.人民共和国这样走来［J］.求是，2019（2）.

［10］赵志伟，王继辉.沿着焦裕禄走过的路［N］.洛阳日报，2012-3-20（01）.

［11］张宝.全球矿业发展的里程碑［N］.中信重工新闻，2009-7-20（01）.

［12］雷利甫.老挝国家项目上展风采［N］.中信重工新闻，2017-6-19（03）.

［13］赵志伟，陈曦.一名洛阳"洋专家"的两次巅峰体验［N］.洛阳日报，2015-9-15（09）.